児童文学塾

～作家になるための魔法はあるのか？～

日本児童文芸家協会編

#《目次》

第五章　ノンフィクション……109

第六章　デビューを目指して！……119

第七章　誌上ミニ添削講座……143

★印…書きおろしまたは大幅改編

はじめに

童話・絵本作家になりたい、児童文学を書きたい、童謡詩人になりたい……、子どものための文学を志す方は、多くいらっしゃることと思います。

しかし、自分一人で書いていても、なかなか上達することはむずかしいものです。

そこで、日本児童文芸家協会が発行する雑誌『児童文芸』は、先輩作家が新人向けに児童文学の書き方を紹介する文章を、長年掲載してきました。

この単行本は、その一部に、書き下ろし原稿を加えたものです。

残念ながら、まだまだいっぱい、いい記事はあったのですが、とても全部を紹介できなかったことをお許しください。

ぜひお手元に置いて、書いていて迷ったときの道しるべにしていただければ幸いです。

もっともっと読みたい、という方は、『児童文芸』を購読するか、過去のバックナンバーを協会ホームページからご注文ください。

第一章　児童文学総論

児童文学・体験的「スキル論」

漆原智良
うるしばら・ともよし　永年、中学校・大学の教壇に立つ。最新作に『ぼくと戦争の物語』（フレーベル館）、『三月の空を見上げて』（第三文明社）、『焼けあとのおにぎり』（国土社）。本協会顧問。

■はじめに

作家仲間や知人から新刊書をいただく。上梓された喜びからか、表面上は極めて明るい表情をしている。しかし、私はいつも真っ先に考える。「この作品を生み出すため、言葉を絞り出すためにどれだけ苦労しただろうか」と、作品の裏に流れる作者の努力を想像するのである。

本編集部から『児童文学を書くに当たって、最低これだけは身に付けておいてほしいスキルをテーマに』という依頼をいただいた。だが、児童文学に関するスキル本は多く出回っているし、本協会員であれば、最低の技能は身につけているはずである。

そこで、私自身の実践を通した中から生まれた体験的「スキル論」を述べることにする。

■四つの心がまえ

何のために童話・児童文学作品（以下作品という）を書くのか？　「童話作家になりたいため」「自分の思いを童話の形にして残したいため」「趣味として」「自分の作品を子どもたちに読み聞かせしたいため」「童話サークルの仲間と語りたいため」など……目的はさまざまである。

だが、悲しいかな。私は過去に「作家にはなれない」と、自ら諦めて去っていく人、商業出版一冊出版したが、いつしか消えていってしまう人などを数多く見てきた。

作品を生み出すには「楽しみながら原稿用紙（またはパソコン）に向かおう」という姿勢と同時に、次のような四つの心構えも要求されてくるのではないだろうかと思っている。そのことは、私が一九六一（昭和36）年、初めて雑誌『文芸広場』に投稿し、福田清人先生に見いだされ、その後、五十余年書き続けてこられた体験からいえるのである。

①**感性をみがく**＝直接体験で旅に出たり、大自然に触れたりする。間接体験（良書・観劇など）を多く積む。感性が豊かになると、例えば、岩に砕ける波を見ても「美しい白い波」と、どこにでも転がっているありきたりの言葉ではなく、個性的な自分の言葉で「真珠のネックレスを伸ばしたみたい」と、光った表現が出来るようになる。

②**気迫でぶつかる**＝書くことはしんどい作業でもある。一作

が完成するまでには、１．題材の発見↓２．主題の決定↓３．構成の工夫↓４．草稿を書く↓５．推敲する↓６．清書する。と、いくつもの峠を越えなければならない。「勤務しながら書く人」には時間が足りない。しかし、書き続けていないと言葉は泡のように消えて行ってしまうのだ。「雨だれの努力」一日二〜三枚でも書き続けることが必要。

③人との交流を大切に＝書くという作業は孤独との闘いである。それだけに独りよがりにならないように、仲間との交流、合評会が必要なのだ。自分の書いた作品を批評、批判されることによってハッと気づき、その瞬間に作品が成長していくからである。辛辣な批評をする指導者でも、最終的にはその作品の面倒を見てくれる（例えば出版社紹介など）。

④最低の技能を身に付ける＝童話・児童文学作品を執筆するにも最低の約束やきまりがある。本稿では、それを詳細に紹介していく。

なお、私は、先駆者の含蓄ある言葉をつねに心している。「幼年にわかる童話、子どもだましにならぬよう、おとなの目から、あなどりをうけまいと心配りしている・浜田広介」「童話は子どものためのものとは限らない。子どもの心を失わない、すべての人類に向かっての文学である・小川未明」

■新鮮な題材の選択

最初に「何を書きたいのか」「何を書かなければならないか」「そのためにどう書くか」。それをしっかり固める。

★どういう形式でまとめるのか考える

・リアリズム作品＝身近な生活を題材にした物語。家庭生活、学校生活、など。

・ファンタジー作品＝魔女や、動物たちが登場してきて活躍する物語。架空の世界を扱うにも、その世界としての現実があり、秩序があり、夢の底に人間本来の希望、願望、優しさ、思いやりが流れている。

・ノンフィクション作品＝ある人物の活躍する物語。歴史上の人物の伝記など。

★グレードを決める

・幼児童話＝一歳〜三歳くらいを対象。（もちろん大人まで）

・幼年童話＝四歳〜六、七歳くらいを対象。

・少年少女小説・児童小説＝八歳〜十四、五歳くらいを対象。

しかし、明確に何歳と分けなくてもよいのである。なぜなら、童話は対象年齢から高齢者まで読むものであるからだ。

かつて『夏の庭』で、本協会新人賞を受賞した湯本香樹実さんは、「私は書いているあいだ、児童書という意識はなかった」と話してくれた。少年と老人が主人公であり、少年少女にも理解されるということで受賞となった作品である。

★価値ある題材を選ぶ

「書きたいことは、山ほどある」と、耳にする。その書きたいことが題材なのだ。その中から、価値ある題材を選ぶことが大事。つまり、新鮮な題材、奇抜な題材、特異な題材を選び出すことである。

作家仲間や友人に「いままで、聞いたことがない、面白そうだ。読んでみたい」と、思われる題材を選ぶことだ。さらに、自分しか書けない題材を発見できたらしめたものだ。

特異な題材（今までにない題材）で、価値ある題材を読者は期待しているのである。ちなみに、近年の私の題材は、「孤島の哀歓」「被災地の瓦礫を押し退けてヒマワリが芽を出した」「津波の被災から立ち直ったTさん」「隣の動物園内が日本で初めて通学路になった」「カッパに助けられた少年」などであり、出版社への企画提出は一発で通過した。

■児童文学作品の三要素

児童文学作品は、作者が「訴えたいこと」に対して、物語を想像し生み出されていくものである。「想像は創造の入口」なのである。つまり作者の創造した人物を通して、人生や世の中をいきいきと描き出していくフィクションなのだ。たとえ、ノンフィクション作品としてまとめ上げるにしても、「発端→展開→最高潮→結末」という、ひとまとまりの構成の中で物語として成立させなければならない。

まずは、作品を支える三要素「背景（時代）、人物（主人公を中心に）、事件（出来事）」をメモにまとめてみよう。

・背景（時代・舞台）→いつ、どこで
・人物（登場人物）→だれが
・事件（出来事）→なにをした

（例・私の最新作『ど根性ひまわりのきーぼうちゃん』より＝東日本大震災直後（いつ）、瓦礫を押し退けてヒマワリが芽を出した。お父さんが、たねをもらってきて（できごと）、かなえちゃんが（人物）、花を咲かせた）

このように三要素の土台石が定まったら、再度「題材・主題」を整理してみる（著作権の問題があるので自作で）。

★（例）タイトル『天国にとどけ！　ホームラン』
・種類、グレード＝ノンフィクション。中学年生以上
・題材　気仙沼に誕生したバッティングセンター
・主題　東日本大震災で家族七人を失った千葉さん。一人残ったわが子のために、アイディア商品を開発。バッティングセンターを作るために奔走する姿。

このように礎石が決まれば、次に「構成を考える」のである。そのために現地を訪れて、千葉さんから当時の様子を聞きだしたり、情景を脳裏に焼き付ける。そうして、主題から脱線しないように「構想メモ」を作成する。

構成法はさまざまあるが、初心者は「クライマックス法」が良いだろう。

①発端→②展開→（いくつもの障害を乗り越えていく）→

③クライマックス↓④結末。

私は本書を「各章を七～八枚」で構成し、十五章百枚ほどで仕上げようと思った。各章の中に、どのような素材を盛り込むか。その素材が作品の中でどのようなキーワードとして生かされるか、工夫しなければならない。

だが何よりも考慮しなければならないのは、作品の主人公をはじめ登場人物の「言動と心情の変化」である。人物の喜怒哀楽、苦悩、葛藤などをどの場面で、どのように盛り込むかが作品を左右する。

作品を書き出すまでに、これだけの作業（1題材の発見↓2主題を決める↓3構成の工夫）が必要である。この段階では、まだ1行も書き出していないが、作品の半分は完成したようなものである。

ここから「構成表」を前に置いて「草稿」に取りかかる。

■説明・描写・会話

作品は、物事の変化や、人物の動きによって成り立つ。つまり、文章の骨格に当たる部分を「叙事」という。幼年童話などは、文章を省略、簡潔化し、「叙事と会話」（ときに擬声語）で成り立っているものが多い。小学校・中高学年生向き作品になると、さらに詳細な表現が要求される。そこで「説明と描写」によって「叙事」に膨らみを持たせていくのである。

- 児童文学作品
  - 叙事
    - 説明
    - 描写
  - 会話

・説明＝物事や人物の動きなどさまざまな事柄についてより正確な理解、情報を与えることを目的に、それを総括的に述べていく。

・描写＝その場の情景や人物の行動や心情が具体的に読者の目に見えたり、皮膚で実感することができるように描くこと。

■さまざまな表現の工夫

★作品の書き出し

「書き出しが勝負」と、よく言われる。最初の一枚目には特に神経を使おう。

「親譲りの無鉄砲で子供の時から損ばかりしている（夏目漱石・坊っちゃん）」＝主人公の性格から書き出す。

「十年をひと昔というならば、この物語の発端は…（壺井栄・二十四の瞳）」＝作品の時代から書き出す。

ほかにも「人物の紹介から」「聞こえてくる音から」「場所の説明から」「情景描写から」「会話から」「主人公の前途の暗示から」など。

★自分の新鮮な感性で表現

私が、まだ駆け出しのころ。「海は荒れていた。船は木の葉が舞い散るように揺れた…」「島民は、猫の額ほどの土地をたがやしていた」と、書いて「古い」と指摘されたことがある。それらは、自分の言葉ではなく、使い古された慣用句を借りて来て使っていたからだ。これらは、確かに楽で使いやすい。

自分が感じた思いの中から、選び抜き、研ぎ澄まされた言葉を絞り出していなかったのだ。

「綿みたいな白い雲」「太陽のようなヒマワリ」「泣き出しそうな空」「お盆のような丸い月」「リンゴのようなほっぺた」「モミジのような赤ちゃんの手」

こうしたありきたりの言葉を使うと、作品の価値そのものさえ問われてしまう。

例えば「風が吹いてきた場面」でも「…風が光るようにふいてすぎ、影が走った…」「木漏れ日のなかを、風が舞っていた」と、感じたままを、自分の言葉で表現していきたい。

また、創作コンクールなどで応募されてくる作品などに目を通すと、「初めて書いた人」「書き慣れている人」が、言葉の使い方から即座に判断できる。前者は五～六枚の中に、次のような言葉がくり返し多用されているのだ。

「・とても・つまり・やさしい・ものすごい・なぜかというと・…と、いった・それは、それは・かなしい・うれしい……など」

これらを使ってはいけないというのではなく、「ありきたりの同じ言葉の多用」はあまり好ましいものではない。

★空間（場所）の順序によるまとめ方

表現には「時間の流れによるまとめ方」と「空間の順序によるまとめ方」がある。作品の大半は前者が多い。だが時には立ち止まって「空間的順序」も工夫してみよう。

（参考例）私の住んでいる南陽市は、古くから温泉の町として知られ、米沢盆地の北部に位置しています。

米沢盆地は標高五百メートルほどの山々に囲まれていますが、その山々はさらに二千メートルの高い山々に連なっています。南にはなだらかな吾妻山、西南には水晶のようにとがった飯豊山、北西には朝日岳、東に蔵王山……。

（『雪迎え』錦三郎・作より）

（解説）作者が一点に立ち止まり説明していく手法。さらに、川の流れ、田園、森林、寺院、神社……と続くのだが、このように、1南陽市全体の説明、2盆地を囲んだ山々を説明（南→西南→北西）すると、作品が生きてくる。

ただ、時間順に追うだけでなく、出来事を「遠くから近くへ→左から右へ→中央からまわりへ……」と、あらゆる視点から説明（描写も）の肉付けをしていくと良い。

★五感でとらえた説明・描写

ある応募されてきた作品から

（参考例）１風がヒュウヒュウ吹いているのでベランダにでた。２夜の十時を過ぎているので、あたりの住宅は静かだ。３樹木の葉がこすれ合ってザア、ザアと、音楽を奏でている。４虫の声も聞こえなくなった。５秋も深まって来たなあ、と思った。６風も冷たくなってきた。７向かいの山が黒ずんで見えた。８星空が高く見えた。……。（数字は筆者注）

（解説）このような、わずかな場面でも、１音と行動。２耳（静けさ）。３と４耳（聞こえるもの・聞こえないもの）。５自分の思い。６皮膚の感じ。７と８目（山、星空を見る）。

ささやかな段落ではあっても五感で書いている。

自分の感覚で、音、光、色、形、手触り、匂いなどをとらえて表現することが基本である。

ほかにも「グレードに適した表現法の考慮＝低学年作品に難語句やハイレベルの内容を見かける」「作者だけが納得していて、読者に伝わらない表現」「会話文の羅列」などに注意したいものだ。

■推敲十回の心がけ

「草稿」が出来た。この段階では、まだ自分の手元にある。私は合評会で「推敲十回」と語っている。つまり「何回も見直して、加筆、削除、修正しなさい」という意味だ。私でさえ「本誌に依頼原稿を投稿」すると、最終稿まで赤字修正がついてくる。最近は「文字変換のミス」「句読点のミス」などがある。細かい点は編集者が丁寧に修正してくれる。

それよりも、最も重要なことは、作品全体の中で人物像の心情がいきいきと描かれているか？　躍動感に満ち溢れているか？　また、作品の中の「できごと」が、新鮮で、読者を惹きつけるものになっているか？　陳腐な事件の羅列ではないか？　など、再度検討することだ。

児童文学作品が「生き方を問う、生き方を考えさせる」という重責を担っている限り、「主人公の思い、人びとの交流、人間の葛藤など」が、読者の内奥に食い込むものでなくてはならないからだ。推敲には十二分に時間をとってほしい。そのためには、締め切り直前に執筆するのではなく、依頼を受けたら即「構想を練り→草稿を書く」ことだ。

タイトルは作品の顔。その作品にふさわしい魅力的なタイトルであるか、もう一度考えよう。

■清書して完成、そして送稿

清書して送稿。現代は「メール添付」で締め切り日に送ればよいから楽になった。その折にも、苦労を見せず、「昨日脱稿したような、明るい笑顔」で送ることだ。「笑顔」も電波を通して相手に伝わっていることを心してほしい。それが、明日に繋がるからだ。

（二〇一八年十二月－二〇一九年一月号掲載）

作家になるための魔法はあるのか

沢田俊子
さわだ・としこ　書くことは自己をさらけ出すことです。隠さず、ひるまず、ええ格好をせず、胸を開いて、本を読んでくれる子どもたちと真摯に向きあうように、心がけています。

わたしが童話を書くことに出会ったのは、五十歳近くになってからでした。句読点の打ち方さえ知らなかったただのおばさんが作家になれたのはなぜなのか、自分でも不思議です。「魔法のおかげ」で片付けるのは無責任ですが、そういうしかありません。

でも、もし、作家になるための魔法が本当にあるとしたら、それはどんなものなのか、この際、突き止めてみるのもおもしろいかも、と好奇心がわいてきました。やってみますね。作家になる魔法はあると信じて検証して行きます。何年か前、「〇〇細胞はあります」といって、証明できなかった研究者がいましたが、わたしが、魔法があると確信できるのは、わたしという物的証拠があるからです。しかし、魔法の正体は何なのか？　よくわかりません。

検証①　きっかけ

童話教室に通い始めた当時、わたしは、原稿用紙の埋め方すら知らなかったのですから、一人称と三人称で描き分ける違いなど判るはずがありません。説明でなく、場面で描くってどういうことだろう？　子どもの葛藤って？　未来が見える終わり方って？　伏線とは？　知らないことばかりでした。もし、童話作家になる魔法を学べる学校があるとしたら、この童話教室こそが、そうだったのではないでしょうか。そう仮定して、先を進めてみます。

検証②　チャレンジの場

童話教室に通っているうちに、短い童話が書けるようになったのですが、作品がたまっていくだけで、空しく感じていました。(作品を羽ばたかせたい。) そんな思いでいたある日のこと、教室の仲間が、「こんなのがあるよ」と公募雑誌を見せてくれました。そこには、いろいろな公募が紹介されていて、「五枚作品ならここ」、「十枚ならここに」と送り先が明記されていました。わくわくしました。

が、当時（一九九〇年ごろ）の風潮として、公募に応募することは邪道、「筆が荒れる」と嫌って、応募させない指導者もいました。つまり、作家を志している者は、書きたいテーマがあるから書くのであって、公募に迎合して書くなんて恥ずべきことだという考え方です。正論かもしれません。が、ただのおばさん（おじさん）が、公募に応募しないで、作品を羽ばたかせる方法があるでしょうか？
あったら教えてほしいと、疑問に思いました。

作家になれば、「しかじかのテーマで、この枚数の作品を、何日までに」という依頼があります。「書けません」とはいえません。その時に、公募時代の経験が役に立ちます。というのも、「原稿依頼」も「公募の応募」も、ニーズに応えて書くということでは、全く同じなのです。公募で腕を磨いておけば、怖いものなしです。

検証③　入賞のための魔法

公募にチャレンジしていて、気づいたことがあります。短編の場合、最終選考に残るには、「普通に上手」なだけではだめだということにです。公募によっては、何千、時には万を越える応募作品が集まります。黙々と応募作を読破していく審査員の心を掴むには、意表を突くしかないのです。童話教室で教わった「起・承・転・結」というセオリーだけでまとめてしまわないで、最後に、ひと工夫してみました。たとえば、「くすっと笑わせたり」、「どんでん返しでずっこけさせたり」、「なるほどとうならせたり」、あるいは、あべこべに「あきれさせたり」、「しんみりさせたり」する、「起・承・転・結。おまけにひとつ」の手法です。この「おまけに一つ」という技は、入選のための魔法の奥の手でした。それを試すと、おもしろいほど入選していきました。

一九八八年～八九年、全国で村おこし創生事業が行われていたのですが、その一環で、福井県勝山市は、恐竜の童話や絵本を募集していました。プロアマ問わずの激戦だったのですが、初めて五十枚という物語に挑んだ、ど素人のわたしの作品が大賞になったのです。なぜなのでしょう？
「なんだいこの作品は！　恐竜の公募なのに、恐竜が一匹も出てこないではないか。」と審査委員長の小松左京氏はあきれた末、その発想がおもしろいと、太鼓判を押してくださったのです。わたしの作品を大賞にすることを渋る審査員もいたそうで、小松氏不在の表彰式では、ほかの審査員（絵本作家）から、嫌味に近い選評をいただきました。お気持ちわかります。完成度の高いプロ作家の絵本に比べ、わたしの作品は、出版する時には書き直さなければならなかった稚拙な作品だったのです。が、そんな作品がなぜ入選したのかというと、公募で培った魔法力、「おまけにひとつ」のおかげです。札束の中から偽札でも見つけたように、小松氏をおどろかせ、氏の心を掴むことができたのだと推測しています。

受賞作『モモイロハートそのこリュウ』は、汐文社さんが単行本にしてくれました。これがわたしのデビュー作です。汐文社さんに辿りつくまで、いくつかの出版社さんから断られたと聞いています。魔法が効かなかったからではなく、これこそ、魔法力が働いたのです。というのも、それをご縁に、その後も汐文社さんからたくさん仕事をいただくことができたのですから。

公募先は選んでください。入賞して賞金がもらえても、作品を企業のイメージアップに使われるだけで、作家デビューにつながらない公募もたくさんあります。公募を選ぶ目を養うことが大切です。ちなみに、二〇一九年度の「童話塾in関西」（十一月九日）では、実行委員たちで、作家への道につながる公募一覧を作成して、配布しました。

検証④　魔法の杖の磨き方

完成度の低い作品を安易に応募すると落選が続き、自信を失うことになります。どうこう言っても公募は、選ばれし作品のみが入選するのです。が、書き始めたころは、自分の作品が入選レベルに達しているかどうか、本人にはわからないものです。そこで、合評の場が必要になってきます。合評は、作品を磨く場です。童話を書こうとめざした時、もしだれもが、目に見えない魔法の杖をゲットしていたとしたら……、と考えてみてください。その杖に魔法の力を宿らせるには、磨かなければなりません。合評こそが役に立ちます。が、同じレベルの仲間で「何々さんらしい作品」とか、「前回よりお上手です」という仲よし合評に甘んじていては、いつまで経っても堂々巡りです。もし、作家になりたいのなら、経験豊かな作家や編集さんから、魔女の一撃的合評や、容赦ない添削を受けることをおすすめします。谷底に付き落とされて、なにくそと自力で這い上ってきた時に、見える世界が変っているはずです。あきらめたらその時点で、そこがゴールです。

検証⑤　書き直し力

長年、教室やサークルなどで指導してきて気づいたことは、公募入選する人や出版に至る人には、「書き直し力」があるということです。いいえ、句読点の付け方、言い回し、重複、誤字脱字などの推敲力ではありません。そんなことは最終的にすればいいことで、肝心なことは、作者がその作品で何を伝えたいのか、それがうまく伝わる構成になっているかどうかです。合評を受けて、「子どもの深い葛藤が魅力的なエピソードとして描けていないこと」や、「無駄な描写や不要な人物が多いこと」、「話がわき道にそれていること」、「肝心なことを置き去りにしていること」、「テーマがすり替わっていること」、「読者が子どもであることを忘れていること」などを指摘されたとして、それらを理解して書き直せる力があるかどうかです。その力のある人は、やがて作家になっていきます。検証済みです。

検証⑥　作家としての扉

公募への応募は、いつまでも続けないことも大切です。大賞をもらうと賞金の他に、副賞で単行本にしてもらえることもあるので、公募離れ出来ない人もいます。が、公募は、魔法力を試す場であって、たどり着く場ではありません。二つ、三つ公募に入選したら、作家になるために次の扉を開けなければなりません。

その扉は、わたしの場合、日本児童文芸家協会の会員になることでした。といっても、協会から会員推薦があった時、スルーしました。関西に住んでいるので、東京にある協会に入ってもしかたがないと思えたことと、ひとりでもなんとか書いていけるという自信過剰からです。今となっては、どんなきっかけで会員になったのかよく覚えていませんが、会員になって以降は、協会の仲間たちに支えられ、作家として自信を持って活動できるように育ててもらいました。

毎年五月に開催される総会には、とびっきりの魔法の杖を持った作家や編集者さんたちが集まって来ます。ぜひ交流に来てください。

まとめ

自分の歩んできた道を振り返ってみて、「作家になる魔法」とはこういうことだったのか、とわたしはわかったのですが、納得していただけたでしょうか？

①童話作家になるには、天才は別として、童話教室という魔法学校で、基礎を学ぶこと。
②公募は、魔法力を試す実践の場である。
③入賞のための魔法はある。
④魔法の杖を磨く場、それが合評だ。
⑤書き直し力こそ、魔法力。
⑥魔法使いや魔女たちが集まる場所がある。

童話作家になるための免許はいりません。が、資格はいります。それは、「昔、子どもであったこと」です。ということは、だれでも童話作家になれるということです。童話を書こうと思ったあの日、あなたは見えない杖を手にしたはずです。今、どこまで磨けていますか？　魔法が宿る杖にするのは、あなた次第です。願えば、いつか必ず叶います。まるで魔法のように。ぜひ体感してください。最後に一言。魔法は、かけられるものではなく、かけるもののようです。

（二〇一九年十二月－二〇二〇年一月号掲載）

児童文学の書き方　初心者の方へ

高橋うらら
たかはし・うらら　ノンフィクション児童文学を中心に執筆。大妻女子大学短期大学部国文科非常勤講師。各文章教室でも講師を務める。

児童文学を書くときに私が気をつけていることを、ポイントごとにお伝えします。参考になることがあれば幸いです。

タイトル（題名）・グレード（対象年齢）

作品には、印象的で、かつ内容をよく表す題名をつけたいものです。少なくとも、平凡すぎて他の本に埋もれてしまうような題は、大作家などでない限り避けた方がいいでしょう。

本屋さんや図書館に並んだとき、背表紙を見ただけで手に取りたくなるようなタイトルがいいですね。

児童文学が大人の文学と違うところは、読者の対象年齢が決められていることです。区分の仕方は、赤ちゃん向き、幼児向き、小学校低学年・中学年・高学年向き、中学生向き、YA（ヤングアダルト）などいろいろです。たとえば「小学校中学年以上」という風に「何歳以上の子なら読める」と表示されることもあります。

書くときは対象年齢を決め、その学年で習う漢字までを使うのが原則です。出版の際には、どこまで漢字を使うか各児童書出版社に規定があるようです。ただし、固有名詞や、どうしても漢字でないと読みにくい熟語などは、その規定を外し、ふりがなをつけて漢字表記にすることもあります。

子どもが持っている知識は、大人に比べると、とても少ないことも忘れてはなりません。小学校で簡単な日本地理を習うのは四年生から、日本史を習うのは六年生です。それより小さい子のほとんどは、都道府県の名前や都市名、歴史の年代などを知りません。どうしても難しいことを書かなくてはならないときは、読者が理解しやすいよう、よくよく工夫する必要があります。

文章量も対象年齢によって違います。小さい子は文字の少ない絵本から入りますが、小学校高学年ともなれば、長編の物語を読み通す力がついてきます。

読書好きな子は、自分より上の学年向けの本でもどんどん読みますが、それはクラスのごく一部です。本が厚い、字が細かい、理解できない、というだけで読書が嫌いになってしまう子もいることを、忘れないでほしいと思います。

実際どのように書いたらいいかわからない方は、書店や図書館で児童書を手に取ってみてください。自分が書きたいものに似ているモデルの本を決めるのもいいでしょう。

私自身は、息子たちが使っていた国語の教科書をいつも手元に置いて眺めています。書き続けていると、どうしてもグレードが上がっていってしまいますが、ときどき教科書を開くと「こんなに字が大きくてわかりやすいんだ」と基本に立ち返ることができます。

題材・テーマ

作品を公募に出したいと思っている方も多いことでしょう。児童文学賞の審査の基準も、いろいろあるようです。

対象年齢に合っているかどうか、テーマ、構成、文章、表現、タイトル、作品の新鮮味、主人公の魅力、読後感……。

いちいち神経質にチェックしていたら大変ですが、つきつめると「子どもが読んでおもしろいか？」ということが一番のポイントかもしれません。

この「おもしろい」は、おもしろおかしい、という意味だけではありません。主人公に共感して涙したり、内容に知的好奇心をそそられたり……。つまり「そのお話を読むことによって、読者の心が揺り動かされるかどうか」が肝心です。

まずは題材の選び方が勝負です。文章を書くことは料理と同じだといわれています。いい材料でなければ、いかに工夫してもおいしくはならないのです。


今の子どもたちが何に興味を持っているのか、ぜひ近所の学校やインターネットなどでリサーチしてみてください。

基本的には、子どもの半径五メートル以内にある身近なものからお話に入っていくと、理解してもらいやすいといわれています。

そして題材と共に重要なのは、作品のテーマ（読者に伝えたいこと）です。しかし、テーマがあまりに強く出すぎていると、読者は辟易してしまいます。さりげなく伝わるくらいが、オシャレかもしれません。

ただし、エンターテインメントの場合、特にテーマがなく、「とにかく笑える」「ずっとハラハラドキドキ」「胸キュンしっぱなし」というのもアリかと思います。

けっきょくその作品に「存在価値」や「読者に訴えかける何か」があることが、大事なのではないでしょうか。

登場人物

初心者の方の原稿に多いのですが、主人公の性別や年齢がわからないことがあります。場合によっては「人間？　それとも動物？」と首をかしげてしまうことも。

たとえば「ゆうちゃん」と書いても、女の子、男の子、おばあさん、おじさん、あるいは犬や猫……、いろいろな可能性があります。どんな主人公なのか、わざと秘密にする場合を除いては、早めに教えてもらうと読者は助かります。

登場人物の性格も、「まじめな子」というような抽象的な説明ではなく、話し方や、しぐさ、癖などでリアルに伝えられるといいですね。

外見は全部書く必要はなく、「いつもスニーカーのかかとをつぶして歩いている子」などという風に、ポイントをしぼって描写すれば十分です。

また、あまりにステレオタイプな人間や、欠点のない優等生は、読者の共感を呼べません。いいところもあれば悪いところもある、何に夢中になっていて、こんな言葉に傷つきやすい……。自分にどこか似た、それでいてキラリと魅力的な登場人物を、みんな待ち望んでいます。

いじめっ子などの悪役でも、読者をはっとさせるような意外な弱みや人の良さなども持ち合わせていたりすると、ぐっとその子が身近に感じられますよね。

こうして登場人物の設定を考えたら、もう一度点検し、筋書きに必要ない登場人物は削ることです。子どもがはっきり認識できる「主な登場人物の数」は、年齢にもよりますが、主人公も含めてせいぜい三～五人くらいです。多過ぎると必ず混乱します。

お話の構成

児童文学の典型的なストーリーは、主人公の成長物語であるといわれています。子どもに前向きな生きる力を与えられる児童文学は素晴らしいですね。反対に、残酷すぎたり暗すぎたりして、最後に何も救いがない話は、多感な時期の読者が対象ですから、避けた方がよいのです。

それから、読者が読みたいのは、主人公が他者と関わるうちに生まれる「葛藤」つまり「ドラマ」です。起伏がなく、すぐに終わってしまう話、ダラダラ続く話はつまりません。

しかも、何か事件が起きたとき、周囲の大人ではなく主人公の子ども自身が解決するように持っていくと、手に汗握って読んでくれます。

お話の組み立て方の基本は、起承転結です。

主人公の行動をただ時系列で追った日記のようなものを書いても、読者は飽きてしまいます。もちろんアンネの日記のように、その日記自体が貴重なものであれば、話は別ですが。

重要なのは書き出しです。児童文学賞に応募したり、出版社に原稿を持ちこんだりする際も、第一印象は書き出しで決まります。

一番よくない書き出しは、お話の「説明」だけで一ページ使ってしまったりするものです。主人公はどんな学校に通っていて、家族は何人で、趣味は○○で……。

限られた字数の中で、これはもったいないですね。

まずはお話を進めて、必要な説明は、途中に少しずつ入れこんでいく方法がいいようです。ただし、小中学生が主人公の場合、その子の学年はなるべく早めに教えてください。読者の子どもが一番知りたがっていることだからです。

お話の冒頭は、読者をハッとさせ、あるいはワクワクさせ、何かが起こる期待感があるものがいいですね。いきなり主人公を動かし、事件を起こすことです。

こうしてお話は次に起承転結の「承」に続いていきますが、大事なのは「転」です。思わぬ方向に展開させると、読者をぐぐっと引きつけることができます。「転」がない文章、たとえば「ぼくは夏休みにおばあちゃんの家に行きました」というだけのお話は、読み終わった後、「それで？」とツッコミを入れたくなってしまいます。

「転」は一個だけでなくいくつあってもＯＫで「起承転転……結」の方が、さらにおもしろくなります。アクション映画には、「転」が数えきれないほど入っていますよね。文章の長さにもよりますが、ぜひ読者を何度もあっと言わせてみてください（言うのは簡単ですけれど……？）。

そしてお話は終盤の「結」に向かいますが、クライマックスのシーンはお話の「肝」になります。プロット（筋立て）を立てるとき、このクライマックスを最初に思い浮かべると、全体がささっと立ち上がってきます。

そして、お話の結びは、「ああおもしろかった」「ジーンとした」など、何か余韻が残るとステキですね。

作品を何度も書き直しても、どうしてもおもしろくならないという場合は、まずは粗筋をいくつか書いてみるのもいい方法です。この段階で全体がビシッとまとまっていれば、迷いなく執筆することができるでしょう。

ただし、粗筋を決めても書き出すとぜんぜん違う話になってしまった、という場合もよくあります。これはつまり、自分の心の奥深くにあるそのお話を、作者がしっかりと把握しきれていなかった、ということなのかもしれません。むしろ執筆の途中、親切な登場人物たちが「そっちじゃない、こっちこっち」と作者を道案内してくれたりします。

また人によっては、プロットを立てることはせず、最初の一行を書くだけで次のシーンが次々と浮かび上がってきて、いつのまにか全部書き上がってしまうという天才肌タイプの方もいます。

書き方はいろいろですが、どちらにしても大切なのは「読者を引きつけたまま最後まで読ませることができるか」ということに尽きるでしょう。

児童文学の場合、話の流れはなるべく「わかりやすくストレートに」が基本です。どうしたら、シンプルでかつおもしろくなるか、知恵を絞って考えてみましょう。

文章

構成まで決まったら、あとはどうやって書いていくかです。大事なことは、「原稿の向こうにいる読者を意識する」ことです。思いやりを持って、不明な部分、伝わらない部分がないかチェックしてみましょう。5W1H（いつ・どこで・だれが・何を・なぜ・どうやって）が入っているかどうかも、基本的なポイントです。

ただし、文章を粗筋のように淡々と書いてしまうと、読者がノッてきません。効果的なセリフを入れ、登場人物の生き生きとした「行動」を書いていきたいものです。

ところで、話を進めるために必要な「説明や描写」の部分は、どの程度入れるのがよいのでしょう。

小さい子向けの本には、絵が大きく入るので、文章に説明や描写はほんの少ししかいりません。長いと子どもが飽きてしまいます。

反対に対象年齢が上がれば上がるほど、絵は少なくなり、文章で表現する量が増え、だんだん大人の文学に近づいていきます。文字だけの本なのに、説明や情景描写、心理描写がきちんと入っていないと、読者が「？？？」になってしまいます。これらが各シーンにバランスよく、しかも適当な量入っているかどうかを、推敲するときに見直すといいですね。

また、読者にリアルな感覚を伝えるには、「五感」で書くのもいい方法です。視覚・聴覚・嗅覚・味覚・触覚で主人公の感覚を描写すると、読者が、まるでそこにいるかのような感覚を味わうことができます。

削って、ふくらませる

書き上げたら、次は「いかに削るか」がポイントになります。規定の字数より長めに書いて削ると、締まって無駄のない文章になります。書き出しは、どうしても長くなるので、どんどん削ります。一方で、最低限必要な情報だけは忘れず入れるようにします。

「もっとふくらませた方がいい」部分も見つけたいものです。クライマックスシーンや、手に汗握るアクションシーン……、さらっと書いたらもったいないです。言葉を駆使してしっかり盛り上げましょう。

推敲

プロの作家でも、推敲にはとても時間をかけます。音読も効果的です。口に出してみると、なぜか誤字がよく見つかります。同時に言葉のリズムも確かめることができます。

また、話の中に矛盾点がないかどうかを、点検することも大切です。雨の日だといっていたのに、登場人物が傘をささずに歩いていたり、最初は内気な性格だったのに最後の方では突然強気に変わっていたり……。

まさかそんな簡単な間違いをするわけないと思っても、実際あります。出版されている本にだって……（ブルブル）。

そして、構成がこれでよかったのかどうかを、もう一度見直すことも大事です。「ここと ここを入れ替えた方が、かえって読みやすいのでは」ということが、けっこうあります。今はパソコンで行単位の移動がすぐにできるので便利ですね。

文章の修正もまだまだ必要です。児童文学の場合、一文の長さは短い方が子どもには読みやすくなります。読点を所々に打ったり、早めに改行したり、長すぎる文は二つに分けたり、読み易くする工夫をしてみましょう。

効果的なセリフや行動が入っているか、抽象的な言葉ばかり使っていないか（例：美しい。大きい。たくさんの）など、言葉の一つ一つを見直してみましょう。

書き終えたら

作品を書き終えてすぐは、まだ著者の頭もカッカと熱くなっているので、しばらく時間を置いて読み直すと、冷静に眺めることができます。それで「よし！」となったら、童話賞に応募したり、出版社に持ち込んだりしてみましょう。

童話賞にもいろいろありますが、せっかくなら大賞をとったら出版社から本として出される賞がいいかもしれません。

民間企業や自治体などが主催している賞だと、賞状はいただけても、そこから先につながらないことがあります。

出版社への持ち込みは、大変高い競争率になります。編集者の方々も、日々の業務でとてもお忙しいということだけは、覚えておいてください。

まず、各社の児童書のシリーズを拝読し、自分の原稿に合った会社を見つけます。投稿を認めている会社は、とても少ないので、日本児童文芸家協会の会員さんなら、協会の懇親会などで名刺交換をさせていただいた編集者さんなどに「こういう原稿がありますが読んでいただけますか」と事前に口頭かメールで確かめた上で、許可がいただけたらお送りします。郵送がいいかメールがいいかもお聞きしてみましょう。

お返事には、数ヶ月、半年、あるいは一年くらいかかるのが普通だと思ってください。お返事がない場合は、半年以上たってからメールなどで、ご迷惑にならないようにそっとお尋ねしてみましょう。でも、もしダメでも、けっしてあきらめないでくださいね。出版社によってお返事の内容がかなり違うということだけは、情報としてお伝えしておきます。

出版まで持っていくには「ネバー・ギブ・アップ！」の忍耐力とパワーが必要です。ご幸運をお祈りしております。

【長編と短編の書き分け①】

長編「一枚のセーターを編み上げるように」
短編「パチリと映したシーンを、小さな宝箱に詰める」

大塚篤子

おおつか・あつこ　名古屋市出身。日本児童文芸家協会会賞、児童文芸新人賞、日本児童文学者協会新人賞受賞。著書に『おじいちゃんが、わすれても…』（ポプラ社）など。

はじめに。

この稿でいう長編は、四〇〇字詰め原稿用紙で一五〇枚以上、短編は三〇枚以内ということにします。

私はかつて大阪文学学校で、児童文学の勉強を一年間したあと、同じクラスの人たちと、ささやかな同人誌を作りました。月に一度ほどみんなで作品を出し合っては、批評し合いました。

作品の長さは五枚、六枚くらい、たまに一〇枚も書こうものなら「わあっ！　長編小説！　すごい！」などといって、みんなで喜んでいました。そんな私たちのところに、文学学校でチューターだった川村たかし先生が、一年に一回だけ指導にきてくださいました。そのはじめての顔合わせのときの先生の言葉が今も忘れられません。

「書く以上、全員プロを目ざせ。そうでないなら、グルメの会にでもした方がまし」

びっくり仰天でした。今まで五枚や六枚のお話らしいものは書いてきた。けれども「プロ」となると話は別でした。垣間見る壁は絶望的に高く想像もつかない。いったいどうしたらいいものかと思いつつも、全員しばらくは五枚、六枚の世界をうろうろしていました。全員プロになろうと、覚悟したわけでもないけど、脱会する人がひとりもいなかったのは、ひとえに先生の真摯な人柄が作用したのだと思います。それから一年ほどして、先生の第二弾の言葉に、これまたびっくり仰天しました。

「一五〇枚の作品を、全員書くように。期限は二ヵ月。締め切り厳守」

え、えーっ、です。驚きつつも、そのときはじめて、長編、短編という区分を書く側になって意識しました。

一五〇枚、一五〇枚と……。と、おまじないみたいに唱えつつ、いったい長編の作品はどんなふうに書かれているのかと、いろいろな作品を読むことからはじめました。そして、発見しました。わかりやすくいえば、一五〇枚の作品は十五枚の短編が十、二百枚の作品なら十枚の短編が二十集まって「長編」が出来あがっている……。

「どんなに長い作品でも、短編が集まってひとつの作品を作りあげている」

ここでいう短編というのは、もちろん長さだけのことです。発見でもなんでもないのだけど、そのときはなあんだと、深く安堵しました。これならなんとかなるかもしれないと思いました。問題はなにをどう書くかです。今まで書いてきた無国籍の町のパン屋さんの話や、失くした鈴を探す話や、魔法使いの話をもういっぺん思い浮かべてみました。子どものころ読んだ本や、おもしろかった映画、小学校や中学生時代の理不尽なできごと、弟との大げんかの原因などなど、記憶の引き出しをひっくり返すように考えました。しまいにはなんでこんなに苦労して書くのだろう、なんのために書くのだろう、児童文学ってなんだろう、自分は児童文学に合っているかなど、四六時中ぶつぶつ思い続け、締め切りが迫ってくると、とうとう、こうなったらなんでもいいから文字を連ねようと、百五十枚を仕上げるためだけに悪戦苦闘しました。

当然ながら出来上がった百五十枚は、それほどいい作品だったとは思いません。けれどもただひたすら考えたこと、恐れずにチャレンジできたこと、一歩踏み出せばなんとかなるものだと思えたことは、とてもよかったと思います。

今書き始めたばかりの人に言いたい。「なんでもいいから、いちど百五十枚の作品を最後まで書いてごらんなさい」と。失敗作だっていいのです。とにかくやってみること。書いているときにあれこれ思う、自分を見つめる、そのことがすごく大切だと思います。そして百五十枚書き終えてみると、こんど十枚、二十枚の作品づくりがとても楽に思えてきます。それと同時に自分はやっぱり短い作品を書いているほうが合っているとか、自分の思いは長いものでないと表現できないなど、なんとなく自分の適性がわかってくるものです。

作家さんの中には、「短編が満足に書けないのに、長編なんて書けるはずがない」という声もあります。でもその「短編が満足に書けた」と思えるのは、どの時点だろうか。まだまだとひたすら短編だけを書き続けていくのは考えものです。もしかしたら、一生短いものばかりを書いて過ごすことになるかもしれない。それではもったいない。

めったにないことですが、長編は書くけど短編は苦手という人もいます。それはテーマの選択ではないかと思われます。

次にテーマについて。短編向きのテーマ、長編向きのテーマについて考えます。

私の中で短編は、「あっ、そうか」「へーっ、そんなこと」「これは面白い！」など、心にコチンと当たった出来事をテーマに短編を書くことが多いです。流れていく時間の中で、一瞬きらりと輝いた出来事を切り取っていく。それに対して長編は、例外はあるけれども、短い文章量では書ききれない

「問題意識」や、「憧れ」「疑問」「興味」などが、テーマになっていくことが多いです。読後感でいえば短編は読み終わったときに、「なるほど」とか「やられた！」とか「そうだったのか」と思わせる切れ味を感じる一方、長編の読後は語られた物語の余韻を味わいつつ、語られた時間の長さを思い、登場人物の心の変化を思い、見え隠れする作者の姿を認め、語られた時間の流れにしばし身を置く……。そんな感じでしょうか。

では実際に私は短編と長編をどんなふうに書いたか。

まず短編として、「ムーンサルトで決める！」（月刊『ちゃぐりん』より）をあげます。これは小学校三・四年生向きに書いた七枚の作品です。この短編を書くのに、なにが心にコチンと当たったのか。それは友人から聞いた幼稚園であった出来事です。

誕生月にあたった子どもたちはひとりずつ、先生が待ち受けている部屋の端までスキップをして、カードをもらうことになっていた。ある子が途中で転んでしまって起き上がらない。すると先生も床にごろんと転がってその子のところまで転がっていき、その子を抱き上げた。

たったそれだけのことだけど、私は転がった先生と抱っこをしてもらった子どもの安堵に、心ひかれました。で、その「ネタ」はこんな物語になりました。

場所は小学校の体育館。主人公は明日は転校してしまう四年生の裕二。今日は誕生月の生徒が、体育館の端にいる先生からおめでとうカードをもらう。それだけだが、先生が待つ二十メートル先までかっこよく行って、みんなに受けたい。裕二は体操教室にいっているので、最近できるようになったムーンサルトで決めていきたい。しかしみんなが期待していたのに、裕二は失敗して無様に床に転がってしまう。このこの起き上がるのはぜったいにいやだ。そのまま転がりはじめると、向こうの端から先生が転がってきて、ひょいと裕二を抱きあげた。「ユージ」コールの中を、裕二は先生に肩車してもらったまま、みんなの見守る体育館を一周した。

心のアンテナにかかった「ネタ」を取りこんだら、もうしめたものです。キャラを作りあげ、効果的な状況を設定していきます。伏線はあるものの、物語の作りはとても単純です。いつもすんなりいくとはかぎらないけど、この作品はうまくいった例だと思っています。

次に長編として、『ともだちは、サティー』（小峰書店）をあげます。これはおおよそ二〇〇枚の作品です。

長編を書く場合も、アンテナにかかって「ネタ」を取り込むのは同じです。ただ「ネタ」の種類がちがう。

この作品はネパールの森を歩いていたときが発端です。いっしょにいたシェルパ族の青年の言葉は、耳を疑いました。「ぼくらは八歳になるとひとりで牛やひつじを連れて山へ行き、ひと夏をすごしたよ。ごはんも自分で作ったし、ジャングルの木の実を食べたりして、楽しかった」

「たったひとり？　事故とかなかった？　寂しくなかった？」

平凡な質問に、彼は当たり前みたいに言いました。

「ひとりで行くのが嬉しかった。近くに友だちも放牧にきていた。たまに山に行ったきり、帰ってこない子もいた」

どーん。なにげない言葉が、胸の奥深く響きました。世界の中に、こういう夏を過ごす子どももいるということを、日本の子どもたちに伝えたいと思いました。
・キャラクター。（日本の子どもツトムとネパールの子どもパニ）
・それぞれがかかえている問題。
・二つの国の子どもが、経験したことがないために起きてしまう確執。
・山へはいってからの放牧の様子。
・山で出会う困難。言葉の困難。
・心の理解。
・未来への展望。
ざっとこんな構成で書こうと思いました。物語は日本の子どものツトム目線で進めると決めました。でも書き進むうちに、「自分が同じ経験をして、はじめて他人の痛みや思いが理解できる」という心のことを書くためには、どうしてもパニの視点が必要になってきました。それではじめての試みだったけど、ふたつの視点で書くことにしました。結果として、まずまず自分の思いが書ききれたのではないかと思います。

長編を書いていて思うのは、書こうとするテーマを絶対に頭から離してはいけないということです。執筆中にあれこれ魅力的なことを思いついて書きたくなるとしても、その少しの横道が先にいって大きな顔をしてのさばってきて、「はて、これはなんのお話？」ということになりかねない。こういうことはほんとうに避けたいです。伏線とはまた別の話です。

児童文学作家はたいへんです。自分は長編の方が思ったことを表現できると思っていても、「子どもたちが元気になる物語を十枚で」とか「近未来のお話を五枚で」とかの依頼をいただくことがあります。そうなると、頭を短編仕様に切り替えていくわけです。短編、長編どちらにしても、心のアンテナにかかった「獲物」をうまく処理する力は、天性のセンスもあるだろうけど、書き続けてたくさんの経験をして得られるものだと思います。


（二〇一六年十二月―二〇一七年一月号掲載）

【長編と短編の書き分け②】

短編も長編も、これで書けるかも

野村一秋
のむら・かずあき　愛知県出身。『ミルクが、にゅういんしたって?!』（くもん出版）で児童文芸幼年文学賞受賞。著書に『びっくりしゃっくりトイレそうじ大作戦』（佼成出版社）など。

今回、「長編と短編の書き分け」というテーマを与えられました。きっと、これから長編を書こうというみなさんに向けての企画なのでしょう。だから、難しいことは書きません。自分の作品で実際にわたしがしたことを紹介します。短編と長編をどう書き分けるのか、みなさんもぜひ試してみてください。

☆　短編「ふみきりババアがつっぱしる」の場合

「ふみきりババアがつっぱしる」は、平成うわさの怪談シリーズ6『のろいをまねく一輪車』（岩崎書店）に収められている、原稿用紙八枚の作品です。

読者にいちばん見せたい場面に向けて書き出しから入念に準備をしていく、それが短編の書き方かなと思っています。

まずは書き出しです。

〈学校からのかえり道、翔太がにやにやしながらすりよってきた。

「あのさあ、おれ、きのう、ふみきりババアを見ちゃったんだ。裕介、見たことある？」

「それ、なに？」〉

導入部ですから、「むかしむかし、あるところに、おじいさんとおばあさんが……」というぐあいに舞台や人物の紹介からはじめるところですが、枚数が少ないので、いきなり、「ふみきりババア」の話題から入ります。タイトルに入れてあるので、読者もふみきりババアのことが気になっているはず。そういう読者の気持ちを考えてのことです。

主人公の紹介は名前だけです。一人称の語りなので、裕介の性格や翔太との関係などは、会話文や地の文から読者に読み取ってもらえばいいかと。

翔太の話によれば、ふみきりババアというのは、踏切の警報機が鳴りだすと、坂の上から猛スピードで走ってきて、電車の直前を横切るおばあさんのことでした。

話を聞いた裕介は早速、ふみきりババアが現われるという踏切へ出かけます。そんな話を聞けば、だれだって見にいきたくなります。もちろん、読者だって。だから、ここも読者の気持ちを考えて、できるだけ早く読者にふみきりババアを見せてあげようというわけです。

このふみきりババアとの出会い、恐怖を伴うようなものにはしてありません。

電車が近づいてくるというのに坂道で勢いをつけて踏切を渡ってきてしまうという危険きわまりない行為に、裕介はもうびっくりです。

〈「警報機がなってるんだから、とまらなきゃ」

ようやく声がでた。

ふりかえったババアが、じろっとぼくを見た。しわだらけの顔だ。

「なにいってんだい、この子は。警報機がなっとるから、はしるんじゃないか」

「は？」

「いそいでわたらにゃ、電車にはねられるだろうが。そんなこともわからんのかねえ」

めんどくさそうにいうと、ぷいっとむきなおった。〉

ふみきりババアのなんと憎たらしいこと。「いってることがむちゃくちゃだ」と、裕介は腹をたてます。

「ぜったいにわたらせるもんか」と、再び踏切へ出かけたときには、坂道の途中で入れ歯がはずれて、裕介が思わず吹きだしてしまう場面も入れてあります。怪談なのに。

これは、この話が怪談であることを忘れさせて、読者を油断させようという作戦なんですね。そうすることで、最後の場面がより怖いものになると考えたんです。

こうして迎えた最後の場面。ここが読者にいちばん見せたいところなんですが。ここではじめて、ふみきりババアが幽霊だとわかります。

〈線路にそって、さがしにいこうとしたときだ。だれかに、ぐっと左うでをつかまれた。見ると、ババアがたっている。

「なんだぁ、はねられたかと思った」

「はねられたさ、二〇年もまえにな。だから、こんなになっちまって」

ババアの体から、すーっと色がぬけていく。

「ゆうれい？　それで電車がとまらなかったんだ」

「つぎはとまるさ」

「えっ？」

「おまえをはねて、とまるんだよ」

いうなり、ババアはぼくをふみきりにひきずりこんだ。

警笛がうるさい。電車はすぐそこだ。運転士のひきつった顔がはっきりと見えた。〉

このラストで読者はいっきに恐怖のどん底へ、となる予定なんですが……。

☆　長編『天小森教授、宿題ひきうけます』の場合

『天小森教授、宿題ひきうけます』（一九九五年、あかね書房発行。加筆訂正し、装丁・挿画も新たに描きおこしたものを二〇〇一年に小峰書店から発行）は、わたしがはじめて書いた長編で、これがデビュー作になりました。

「宿題いっぱい、腹いっぱい」という題名で同人誌に掲載した作品だったんですが、そのときはまだ五〇枚ほどでした。それを、あかね書房編集部のＨさんにご意見をいただきながら、エピソードを増やしたり細かい部分を修正したりして、最終的には九三枚になりました。

このときのことを振りかえってみると、長編のポイントは「章」にあるような気がします。

ストーリーが決まったら、まずは章立てをします。いくつの章に分けるのか、どの章でどこまで話を進めるのか、全体の構成を考えるわけです。

この作品では、七つの章に分けて、つぎのような小見出しをつけました。

1　こまったときのカミだのみ
2　なみだなみだの感動クリーム
3　オニよりこわい罰バッジ
4　ネコにマタタビ　教師にパワーアップレター
5　みんなも変身、真剣棒
6　うそつきはだれだ
7　特効薬はツメのあか

起承転結で分けるなら、1章が「起」、2章から5章までが「承」、6章が「転」、7章が「結」です。

はじめての長編で最初から遥か彼方のゴールをめざそうとすると、書く前からため息ばかりになってしまいそうです。そこで、書くときにはとりあえず、章の終わりをめざしましょう。そこが書くときの休憩地点にもなるんですね。だから、長丁場とはいっても、マラソンというよりも登山といった感じでしょうか。

その章ですが、単なる通過点にしてしまわずに、どの章でもおもしろさを味わえるように書くことが大切です。長編は、書き手にエネルギーが要るのはもちろんですが、読み手にもエネルギーが要ります。はじめの章がおもしろければ、つぎの章への期待もふくらみ、読みたくなるというものです。

１章はつぎのような書き出しではじまります。

〈二学期がはじまった日。
学校からの帰り道、哲平は、きゅうに便意をもよおした。
つまり、したくなったのだ。
(家まで、がまんできるかなあ)
哲平は、いそいで頭の中に地図をかいてみた。〉

短編のときと同じように、学校からの帰り道の場面からはじまり、この章で天小森教授が登場しますが、姿を見せるのは終わりごろです。しかもプロのスカウトを名乗る怪しげな中年男に変装しているので、この章ではまだ、哲平も読者も天小森教授だとはわからないのです。短編のときとはちがって、ゆったりとしたテンポで進んでいきます。

宿題をしなくても先生に叱られない方法を教えてくれるという「ニコニコ塾」に通いだした哲平は、天小森教授から特製のグッズをわたされます。そのグッズでおこる騒動が２章から５章までならべてあります。ここで読者に、日ごろ宿題に苦しめられている哲平がここぞとばかりに張り切る騒動をたっぷりと楽しんでもらいます。また、このように「承」でエピソードを重ねることで、クライマックスでの緊張感がより高まります。もちろん、「感動クリーム」よりも「罰バッジ」、「罰バッジ」よりも「パワーアップレター」と、グッズも騒動もグレードアップしていくように書かなくてはいけませんが。

６章では、ニコニコ塾に出かけた哲平が、わけもわからず囚われの身となってしまいます。天小森教授の正体が明かされ、とんでもない企みがわかります。ここからは、思いもよらない結末に向かって、いっきに話が進みます。

そんな章に天小森教授の息子である小十郎が登場します。終盤になってからの登場というのは、読者と編集者に続編を予感させて、あわよくば出版をという作戦です。

子ども読者は、ガマンをしながら読んではくれません。つまらないと感じたら、すぐに本を閉じます。長編としての成否の分かれ目は、最後まで読者を飽きさせずに読ませることができるかどうかだと思います。そのためにどうするのか。そこが書き手の腕の見せどころ。

めざすは自分流です。書き方にこだわることはありません。書き方はひとそれぞれですし、作品によってもちがいます。いろいろと試してみて、自分にいちばん合った書き方を見つけてください。ここに紹介したことが少しでも参考になれば、「これで書けるかも」作戦は大成功なんですが。

(二〇一六年十二月～二〇一七年一月号掲載)

【長編と短編の書き分け③】

読み手を思い浮かべて

西村友里

にしむら・ゆり　小学校に長く勤務。『たっくんのあさがお』（ＰＨＰ研究所）でひろすけ童話賞受賞。他に『消えた時間割』（学研プラス）など。

「長編と短編の書き分けをどうしているか、まとめてほしい」という依頼をいただきました。その時の正直な気持ちを言いますと、「そんなこと、無理」。

私は、児童文学を学校で勉強した経験もないし、同人に入って学んだこともなければ、どなたかに師事したこともありません。全くの勝手流で描いてきました。

つまり、きちんとした理論がまるでないのです。

「長編はいろいろな方向からテーマにせまる」「短編は一直線でテーマに行き着く」、そんな漠然としたイメージはもっていましたが、それ以上の具体的な書き分けは、全く自覚していませんでした。

でも、これはチャンスです。この機会に自分の書き方を振り返り、じっくり考えてみようかと思い、取り組ませていただくことにしました。ですから、一般論ではありません。

「へえー。この人、こんな風に考えて描いているんだ」と、おつきあいいただければ、幸いです。

私が作品に取り組む時、まず考えるのは、「長編にするか、短編にするか」ということより、「どんな子ども達に、何を伝えるか」ということです。

もし「高学年の子ども達に伝えたい」と思うテーマがあれば、長編になり、「低学年の子ども達に伝えたい」と思えば、短編になりました。世の中には、高学年の子どもたちの心に響く短編もたくさんありますが、残念ながら私にはまだ手が出ません。そこで、この場では「高学年向き長編」と「低学年向き短編」という区分で考えたいと思います。

テーマと対象が決まったら、次に考えるのは、キャラクターと場の設定です。

まず、キャラクターです。

高学年向き長編の場合、主人公も高学年で、テーマに合わせ、心の中にいろいろな思いを持っている子を創ります。

主人公をとりまく人々も、長編の場合はキャラクターの全く異なる人物を複数登場させ、それぞれが何かしらの思いをかかえている設定にします。

例えば、拙著『オムレツ屋へようこそ！』では、主人公の尚子の他に、敏也、和也という主人公に準ずる子ども達を登場させました。そしてこの本のテーマである「家族」について、それぞれ違う問題を抱え、それを解決していく姿を描きました。またこの三人の他にも、家族として大人が四人、街の人々として三人、よく登場する人物がいるのですが、その人達がどんな人物か、どんな考えの持ち主か、など一人ずつキャラクターを書きまとめたキャラクターシートを作りました。どの人も何回か登場しますので、キャラクターがずれないために必要でした。

それに対して短編の場合は、随分違う取り組み方をしています。

主人公についてじっくりキャラクターを作り上げるところは同じですが、他の登場人物に対しては、随分軽めの扱いです。彼らのキャラクターは私の心の中だけにとどめ、部分的にしか描かないようにしていますし、キャラクターシートも作りません。

拙著『たっくんのあさがお』の主人公は、小学校に入ったばかりの友子です。そのほかの登場人物は、友達がたっくんもふくめて四人、大人が両親と先生、お医者さんと四名です。でも、友子以外の登場人物については、登場場面は少なく、行動を描くのみで、思いもあまり描いていません。登場人物の言葉や行動も、友子を取り巻く風景の一部というイメージです。

これは、低学年の子ども達にとって、いろいろな人物の思いを読み分けることが、かなり難しいことだと思うからです。またもう一つの理由は、短いストーリーの中で何人もの思いをきちんと描き分ける自信が、私にないからです。

「あれ、この人、虫が嫌いだったんだっけ。いや、虫が嫌いだったのは、あっちの人だったかな」

「私はみいちゃんの考え方の方が好きだな。そういえば、みいちゃんのあさがおは、どうなったんだろう」

読み手にそんな迷いをもたせることなく、主人公の気持ちにだけ沿って、読んでもらいたいのです。

次に場の設定です。場

長編ですと、いろいろな場を想定することができます。場の面白さを作品の楽しさの一つにすることも、できるのではないかと思っています。

拙著『オムレツ屋へようこそ！』や『いちごケーキはピアニッシモで』は、「桜小路商店街」が舞台になっています。この商店街での人と人との関わりやその中の優しさは、このシリーズを書く上でとても大切な役割を果たしています。また、『占い屋敷の夏休み』では、この屋敷に秘密の地下通路があったり、庭の石像がいきなり起き上がって水を吹き上げたりと、場のもつエピソードも話を膨らませる要素の一つにして描いています。

　私は長編の場合、その場に設定した建物の見取り図や、物語に出てくる範囲の地図を書くことにしています。

「主人公の部屋は階段を上がって右か左か」

「オムレツ屋と立花楽器店は、どちらがアーケードの入り口に近いか」

　些細なことかもしれませんが、読み手に違和感を与えないために大事なことだと思います。

　一方、短編では、場面はできるだけ少なくします。

　そして、読み手にわかりやすい場にするように気をつけています。

「ゼラニウムの花がいっぱい咲いているのか。えっと、ゼラニウムってどんな花だっけ」などと考えてしまうことで、読み手の思考を散らしたくないのです。

　実は、私の書いた短編のほとんどが、場を学校にしています。自分が教師をしていましたので、よく知っているという利点もあるのですが、学校は子ども達もよく知っているところなのです。ですから、場の描写を少なくしても、また、低学年の子であっても、「教室」「運動場」などという言葉からすぐに映像を思い浮かべることができます。

『たっくんのあさがお』は、あさがおを育てるエピソードが話の中心ですが、この「あさがおを育てる」授業は、一年生の生活科の教科書に載っており、ほとんどの一年生が経験します。ですから、「あさがおの水やり」も「ずらっと並んだあさがおの植木鉢」も、子ども達がぱっと思い浮かべることのできる情景なのです。

　短編で子どもの生活を描く場合、どの子どもも知っている場を設定することは、有効な手だての一つだと思います。


　テーマ、登場人物、場の設定などが決まったら、いよいよ書き始めますが、その前に、プロットを書くか、書かないかという問題が出てきます。

　大切なことだとは、思うのですが、私は長編でもいわゆるプロットは書きません。

　というより、書けません。

　いえ、私流の「プロット」を書くことは書くのですが、話が進むにつれて、どんどん筋が変わっていってしまうので、それに合わせて「プロット」も書き直していくことになるのです。一つの作品を書き始める前と、終わってからとでは、全然違う「プロット」になっていることもあります。もし、初めに「プロット」を読んでいた人がいたら、びっくりされるでしょう。

こんなのはたぶん、本当の意味のプロットではないのです。

では、そんなものを書く必要があるのか。

それは、あるのです。

話が変われば、「プロット」も書き変えます。変えた「プロット」を読み直すことで、話の流れに不都合が生じたり、論理性が損なわれたりしていないか、確かめることができるのです。場合によっては、もうすでに書いた部分の「プロット」を書き直すことになります。もちろん、「プロット」だけ書き直しても仕方ありません。それに合わせて、今まで書いてきた部分の話も書き直すのです。

また、話の流れを変えることで、テーマがぶれたら大変です。それを常に確かめるためにも、私流の「プロット」が、必要なのです。

では、短編の場合はどうか。

ほんのメモ程度のものしか書きません。

私は短編を読むとき、初めから終わりまで、流れの途切れないものが好きです。だから自分が描くときにも、何を描きたいかは、頭の中におくだけで、結構短時間で一気に描いてしまいます。途中で筋が変わることもありません。変わるすきを与えないのです。

こうやって、一旦描き上げてから、「ます」か「ました」か、「点をつけるかどうか」「この言葉は、ひらがなで書こうか、カタカナにしようか」など一字一句、何回でも初めから読み直して、仕上げていきます。

プロットもなしに描いて、途中で行き詰まらないのか。

行き詰まることも多くあります。

その場合は、全部消します。

そして、また、一から考え直します。

こんな書き方がいいのか悪いのか、わかりません。でも、今のところ、こういうやり方しかできないので、仕方ないと思っています。


本当に、自分のことだけを書かせていただきました。

実際に文章を描いている時には、長編だからとか、短編だからとかいう意識はなく、ただ、読み手を思い浮かべながら、描いているだけです。ですから、客観的に自分の描き方を振り返る機会があって、よかったなと思います。

これから、描き続けて行く中で、私なりに学習もするだろうし、描き方も変わっていくでしょう。でも、短編でも長編でも、子ども達の心に届くように描くには、どうしたらいいか。それはしっかり考えていたいと思います。


（二〇一六年十二月-二〇一七年一月号掲載）

創作者にとっての児童文学観

横山充男
よこやま・みつお　児童文学作家。作品に『水の精霊』『結び蝶物語』『一ツ蝶物語』『自転車少年』『ビワイチ！』などがある。

なぜ一般小説ではなく、児童文学作家をめざすのか。その自問自答の中に専門職としての児童文学作家が存在する。ではどこから自問を始めればよいか。

まずは児童文学とは何かという問い掛けからだろう。所謂研究者にとっての児童文学観と創作者のそれとは本質的に違う。研究者は普遍的な答にむかって定義化を試みる。しかし創作者のそれは定義化の方向に進んではならない。なぜなら物語を創作するというのは、日々変化していく社会と人間の生き様を描くことであるからだ。つまり創作者にとっての定義化は、物語とそこに描きこまれる人間の停滞を意味する。それは創作者そのものの停滞と思想的怠惰を生むことにもなるだろう。よって、創作者にとっての児童文学観は、変化を前提とした「生きるとは何か」を自問し続ける中から生まれてくる。さらにやっかいなことには、ただの文学ではなく児童文学なのである。「児童」「文学」とはなんぞや。それは多くの児童文学作家たちが、これまで自問自答してきたことでもある。ちなみに私が感銘を受けた答のひとつに、宮沢賢治の『注文の多い料理店』の序で「わたくしは、これらのちいさなものがたりの幾きれかが、おしまい、あなたがたのすきとおったほんとうのたべものになることを、どんなにねがうかわかりません」がある。また川村たかしの口ぐせでもあった「児童文学とは命の賛歌（ほめうた）である」もまた、私にとっては大きなインパクトがあった。しかしこうした箴言的な表現は、インパクトがある反面わかりづらいところもある。そこでもう少し具体的に、創作者たる私自身にとっての児童文学観について述べてみる。

一言でいえば、児童文学とはこどもの感性を通して語られる文学であるということだ。では、こどもの感性を通して語られるとはどういうことなのか。

こどもとおとなとを分ける明確な境界線というものはない。法的或いは社会的な役割としての線は引けても、人間としての本質的な違いはない。だが、感性の違いはある。このあたりは児童心理学を学ぶとより理解しやすいのだが、たとえば「共感覚」などがそうである。簡単にいうと、文字や音に色を感じたり、形に味を感じたりする知覚現象のことである。脳の発達が未分化のために起こる現象とも考えられており、成長とともにその感覚は消えていくのがほとんどである。

けれども児童文学作家はそのことを知っておいたほうがいい。たとえば、幼いころに見た光景をあれこれ思い出してみるとわかる。雨上がりに見た虹や夏の夜店で見た風鈴屋、てんとう虫の羽や南天の葉につもる雪、それらがどれほど美しく感じられたか。逆に、おとなの罵る声のこわさや、お化け屋敷の恐ろしさや、平和学習で見た原爆の写真のむごさは、おとなになってからのものとは比較にならないほど強烈であった。色彩や形や音や手触りといったものを渾然一体として受け取っているからだ。こどもが生きている世界というのは、そうした濃密な世界である。

またこどもの価値観もおとなとはずいぶん違う。たとえば、雨上がりの道に水溜りがあったとする。幼いこどもほど、かならず水溜りに入っていく。逆転して映っている空に落ちていくのではないかという冒険的な探究心とか、ばちゃばちゃと水しぶきをあげるおもしろさとかを味わいたいのだ。洗濯物がふえる親はたまったものではないが、やがてこどももそうしたおとなの価値観を理解し、水溜りを避けて通るようになる。どちらがいいというのではない。

児童文学作家の仕事は、たとえ汚れても冒険心を発揮して挑戦していく人生のほうがおもしろいのか、できるだけリスクを避けて安全で清潔な人生を歩むのがいいのか、それを問うことにある。同時にそれは、今の時代や社会が強制してくる既成の価値観が、ほんとうに人間を幸せにしているかどうかを問うということにも通じていく。こうした普遍的な問い掛けがあるからこそ、児童文学が文学として成立するのである。だから、主人公がこどもである必要性は必ずしもない。また、登場してくるおとなたちが、こども向けのことばをしゃべらなくてもいい。またこどもにとって大嫌いなモノが登場してもいい。主人公のこどもに、ねこなで声で「くん」や「ちゃん」をつける必要もない。

ごく簡単ではあるが、児童文学についての基本的な思いを述べてみた。もちろんそれぞれの創作者にとってその思いは違っていい。ただ、そうした問い掛けが書き手自身に向けられないままに書くと、児童文学というジャンルからは離れていくだろう。

これを現実の問題として置き換えるなら、なぜ児童文学を書いて本にしたいかということでもある。おとな向けの小説のほうが原稿料も印税率も高いし、作家に対する社会的な評価も高い。だから児童文学作家でデビューして、一般小説へ移行する作家も少なからずいる。それが悪いというのではない。児童向け小説から一般小説まで、幅広く才能を発揮し、読者を楽しませるのはすばらしいことだ。一方、経済的な理由もある。実際のところ児童文学の収入だけでは、ほとんど現実の生活は成り立たない。しかし稼がなければ生きていけない。だから一般小説を書く。ただ残念なのは、一般小説への踏み台として児童文学を利用している向きがあることだ。こうした傾向は今に始まったことではない。近代文学が始まった明治のころからすでにあった。その根っこには、児童文学に対する蔑視、差別がある。

我が国の児童文学は、歴史的にみると二重三重の意味でこれまで差別されてきた。一つは、児童文学とか童話とか呼ばれるジャンルが、いわゆる一般文学より一段下のものとして見られてきたということだ。その根底に、読者がこどもや母親（女性）が多いため「女こどもが読むもの」という先入観があった。またそのこと自体に、女性や年少者への差別が横たわっている。二つめは、児童文学の表現が難解な語句を避け、わかりやすい言葉で理想を語ろうとする、その平易さへの嘲笑である。三つめは、よって児童文学作家は思想的にも文学的にも二流であるという差別である。それは一般社会だけでなく、作家の側にもあった。さほどの文章技術や思想がなくても小手先で書けるのが児童文学、という偏見である。以上のような差別は解消されつつあるが、実際はまだまだの感が強い。この問題はもう少し掘り下げる必要があるのだが、問題提起としてとどめておきたい。

それではというか、それでもというか、児童文学を書くのはなぜかということになる。ひとつは、資質として児童文学の表現が合っているという場合だろう。何を書いても児童文学になる人がいるが、童話のもっている世界観やこどもの感性に魅力を感じる人が、いちばん書きたいことを表現したら結果的に児童文学になるという書き手だ。

もうひとつは、児童文学こそが自己の思想を表現するに最適なジャンルであると、意図的思想的に選択した作家である。たとえば、未来を担うこどもたちにこそ良質の文学を創造して読んでもらう必要があるとか、きびしい現実に翻弄されているこどもに寄り添いだいじょうぶだよと語りかけたいとか、こどもの感性や価値観こそが未来を切り拓けるから児童文学であるとか、そういう立ち位置の書き手である。

私の場合はどちらかというと後者に属する。もちろん児童文学作家は、強弱はあるものの両方の面をもっているし、片方だけで書けるものでもない。

つまり私にとっての児童文学とは、こどもの感性を通して描く物語によって、真理や真実といったものを垣間見ることができる、という夢想の形である。そのためには、社会にある常識や既成の価値観を超えていこうとする視点を自らに課するしかない。こうした自問自答へのアプローチは、もうひとつの視点がいる。それは児童文学の歴史を知ることだ。我が国の児童文学史だけでもよい。たとえば近代日本児童文学の祖ともいわれる巌谷小波が、作品「桃太郎」でどれほど障害者に対して差別的な文章を書いていたか。戦時中の我が国の著名な児童文学作家たちが、どれほど戦争に協力する物語を書き戦後それを頬被りしようとしたか。対して佐藤さとるの傑作ファンタジー『だれも知らない小さな国』が、なぜ戦後に生まれる必然性があったのか。そして今、私たちは何を書いているのか。児童文学の歴史を学ぶことによって、自問自答へのさまざまな示唆が得られるはずだ。

さて、こうした自問自答を繰り返してばかりもいられないので、作家はとりあえず書かねばならない。では、どう書くか。何を書くかである。

川村たかしが『児童文学の方法』（国土社）の中で、「およそすべての書くという作業は、「何をどう書くか」に始まり「何をどう書いたか」に終わる。」と明確なまとめ方をしている。「何を」とは動機（心を動かされる題材）と主題（作者の訴えたい中心）のことであり、「どう書くか」とは構成（展開の形、組みたて）と表現（文章）のことである。この四つをいかに実践的に会得していくか。それが次の問題となってくる。図書館に行けば、児童文学作家たちの創作に関するエッセイがけっこう置いてある。そうしたものを読んでみるのもいい。また児童文学を基礎からしっかり学ぶには、まずはリリアン・Ｈ・スミス著『児童文学論』（岩波書店）を読むのがいいだろう。

しかしこうした本を読んだからといって、いい作品が書けるわけではない。そこが創作のおもしろいところであり、こわいところでもある。

前述したとおり、けっきょく「何を」「どう書くか」につきるのだが、児童文学に限らず、物語の創作には文章技術を磨く必要がある。つまり「どう書くか」である。私的な経験からすれば、こうした技術は学べば学ぶほど上達する。しかし技術としての上手さは文学的な感動そのものではない。大事なのは、もっと別のところにある。つまり「何を」をどのように選択したか、「どう書くか」をどのように選択したかということだ。ややこしい言い方で申し訳ないが、その選択そのものに作者の児童文学観や思想性が表れるということだ。

一例をあげてみよう。

『いない　いない　ばあ』という絵本がある。文章と構成は松谷みよ子、絵は瀬川康男である。１９６７年に初版が刊行され、今も増刷され続けている大ベストセラーである。内容は至極単純である。両手で目をかくした黒猫が「いない　いない……」という状態で描かれる。つぎのページをめくると、大きな文字で「ばあ」とあり、両手をひろげて顔をみせる黒猫が描かれる。さらにくまやねずみ、きつねがあらわれ、おなじことが繰り返される。さいごに人間のこどもであるのんちゃんが出てきて、やはり「いないいないばあ」をする。

この絵本のすぐれている点は様々なところで語られているが、ここでは「闇」と「光」について述べておきたい。児童文学が描く世界は、「光」だけではない。しかしこどもの頃にふれた絵本や児童文学作品からは、「光」の部分が印象として残っている。この絵本でいうなら「ばあ」の部分である。その結果、明るい光のイメージで児童文学がとらえられているのである。そのこと自体はいいのだが、では自分が児童文学作品を書く際に、「光」のままのイメージでいいのかというとそうではない。

『いない　いない　ばあ』は、「いない」という「闇」を描いているからこそ、「ばあ」という「光」のすばらしさが強調されるのである。現実の世界は、厳しく辛く人は孤独に苛まれながら生きていく。しかしというか、だからこそというか、命あるものは共に寄り添い「光」をつくりだそうとする。それは乳児であろうとおとなであろうと同じである。何度も言うが、児童文学が文学として成り立つのは、そうした普遍性が物語に書き込まれているからなのだ。つまり作者松谷みよ子が、乳幼児向け絵本に、「光」だけでなく「闇」も主題として選択しているということだ。人はこの世界で、「闇」と「光」の間を揺れ動きながら生きていくしかない。圧倒的に「闇」が支配する大宇宙の中で、孤独な「光」を放ち、またその「光」を反射して、星星はたがいの重力によって星団を構成し美しい星空となる。「光」だけの世界なら、それは逆に無でしかない。そして画家の瀬川康夫は、余分なものは一切描かない。シンプルな絵にしている。登場してくる動物たちは、すべてまっすぐこちらを見ている。乳幼児が人と対面する時の目の世界である。

このように『いない　いない　ばあ』は、「何を」「どう書くか」の選択が、児童文学として成功している好例だろう。この世界の光と闇を、こどもの感性を通して描いているからだ。それだけではない。読んで聞かせる親やおとなたちは、こどもたちといっしょに光と闇を体験する。闇のあとに必ず光があることの信頼感が読み手と聞き手にあるからこそ、「ばあ」のところでこどもたちは歓声をあげて全身で喜ぶ。そのこどもたちの命の喜びを見て、おとなたちも感動し、つぎのページをめくっていく。つまりこどももおとなという枠を超えていくところに、この絵本が文学としてのもうひとつの普遍性をもっているということだ。

よく「光」だけの世界を強調した童話がある。甘ったるい砂糖をまぶしただけの作品である。

また「闇」だけを強調したものもある。作家の個人的な鬱憤や嫉妬を作品に塗りこめただけの作品である。

書いた本人は気持ちいいだろうが、それは作家としての停滞を意味している。

第二章

絵本・幼年童話・紙芝居

【寄稿】

月刊保育絵本における「おはなし」について

中村　猛

なかむら・たけし　平成元年株式会社チャイルド本社に入社。幼稚園・保育園向け新年度用品の編集を経て、月刊保育絵本の編集部へ。現在、同社取締役編集本部長。

月刊保育絵本をご存知ですか？

一般的に書店に並べられるものではないので、目にする機会は少ないかもしれませんね。

月刊保育絵本は全国の幼稚園、保育園、認定こども園（これ以降はまとめて〝園〟とします）で年間購読され、園児への読み聞かせなど、日々の保育の中で使われたあと、各自が家庭に持ち帰るという絵本です。

種類としては、自然や社会、生活指導、シール遊びなど、いろいろなコーナーにおはなしを加えた総合保育絵本、自然や社会のテーマを中心にした科学絵本、一冊一話のおはなし絵本などがあり、０歳児から就学前までのそれぞれの年齢に合わせて作られています。しかもその歴史は古く、フレーベル館発行のキンダーブックが昭和二年創刊、弊社が発行しているチャイルドブックが昭和十二年創刊（創刊時の誌名は「コドモノヒカリ」）ですから、現在の幼児からお年寄りまで、日本人の多くが月刊保育絵本を通ってきたと言えるかもしれません。

私は大学を卒業後チャイルド本社に入社以来、絵本編集に携わってきたのですが、ここでは特に私が長い間担当していた「総合保育絵本」、その中の一つのコーナーである「おはなし」について述べさせていただきたいと思います。

前述の通り、総合保育絵本はいろいろなコーナーで構成されているものですから、多くのページを「おはなし」に使うことができません。多くても6画面というところです。絵本は一冊一話という感覚を前提に考えると、この画面数で面白いものが書けるのかと不安に思われるかもしれません。これからお話しすることがそんな不安を解消する一助になればと思います。

短いおはなしを考えるにあたって

絵本や総合保育絵本の「おはなし」の書き方というのはもちろんありません。自由に書いていただければと思います。しかし、一番困るのがその「自由に」ということなのかもしれませんね。

私たち編集者は原稿執筆をお願いする際、ちょっとした「お題」を提示することが多くあります。例えば7月号ならば、「海が舞台で、登場するのは人間以外、笑えるおはなしをお願いします」というような具合です。

寄席では三題噺といって、お客から出された三つのお題に合わせて即興で演じる落語がありますが、それに近いかもしれません。何もなく、自由にとなると思いつかないアイデアもこのように少し設定があると考えやすくなるのではと思ってお願いするのもありますが、月刊の、それもいろいろなコーナーがある総合絵本という性質上の理由もあります。

8月号で昆虫大特集を予定しているので7月号は、それ以外の設定が欲しい。夏の号なので海の設定で。他のページの生活コーナーで人間の子どもが出てくるので、人間ではない方が。夏の始まりは元気が出る感じにしたいので笑えるものが……というような理由です。

もちろん、おはなしが先にあって、それに合わせて他の月や他のコーナーの内容を考える場合も多くありますから、出版社から依頼を受けていなくても大丈夫です。その際は自分でお題を（適当に）考え、自分自身に課しておはなしを作ってみるとよいかと思います。

もう一つ、短めのおはなしを考えるときにヒントにしていただけたらと思うものがあります。私たちは子どもの頃、文章を作る上で、「起承転結」というのが大切だと教わりました。元々は漢詩からきた言葉というか法則のようですが、4コマ漫画などまさにそうですよね。では、これを6画面ほどの絵本に置き換えてみるとどうなるでしょう。こんなふうに考えてみてもよいかもしれません。

「起・承・承・承・転・結」

最初に始まりとしての設定、これが「起」です。次に登場するキャラクターが何らかの行動を起こす。これが「承」となりますが、同じようなパターンを数画面繰り返したり、少しずつ行動が発展していったりという具合です。それから、次の「転」が大切になります。面白かったり、びっくりしたり、感動できたりという心動かされる展開が必要です。そして、「結」でおはなしを心地よく終わらせます。

画面といっても、中には1画面の中に2コマ、3コマの絵で分けるところがあっても構わないので、あくまでも6画面の場面数は目安です。（ただし、2歳くらいの低年齢児の場合はどの絵を見ればよいのかわからなくなるので画面をコマで分けることはあまりしないようにしています）

それでも、始まり（設定）を1画面で表現しなければいけないのはなかなか難しいと思われることでしょう。

しかし、この設定の部分をどう魅力的にできるかが総合保育絵本の重要なところなのです。というのも、園のクラスみんなで読むものですから、保育者が「これから絵本を読みますよ」と言っても、中には絵本よりも他の遊びをしたいと思っている子もいるでしょうし、男の子や女の子など、興味を持っているものも違います。子どもたちは様々です。そして何よりも、書店販売の絵本とは違い、園が年間購読しているものなので、子どもたちが自分の好みで選んでいるものではないのです。その子どもたちを最初の画面で惹きつけて〝ワクワク〟してもらわなければいけません。それはそれで、保育者の導入や工夫も大切になるのですが、やはり魅力的な設定がある最初の画面が重要になります。それには回りくどい設定ではなく、単純でわかりやすく、なんだか面白そうだと思わせる始まりが欲しいところです。つまり「つかみ」が大切というわけです。面白いコントも「つかみ」がないとお客さんがのってこないですものね。

例えば、先ほどの「お題」の話で言っていた海の中の設定ではどうでしょう。海の中をたくさんの魚が泳いでいるところから始めてもよいのですが、いきなりタコとイカが睨み合っている絵があって、「たこすけと いかたろうは ライバルです。いつもふたりで くらべっこしています。」なんていうふうに唐突に始まってもよいわけです。絵で海の中ということはわかりますし、場所や時間の説明をする必要はありません。周りにいる魚たちがワカメをすべり台に見立てて遊んでいたり、歌を歌っていたらそこは園みたいなところなのだろうと考えてくれるでしょう。文章は少なくてよいのです。

「そこへ　くらげちゃんがやってきて……」というところが「起」となり、くらげちゃんへのアピール合戦の連続が三つくらいあって「承・承・承」となり、何か〝わあ～！〟ということが起きて「転」。それによってどうなったかの「結」。

これはあくまでも一つの例に過ぎません。月刊ですからいろいろなタイプのおはなしが必要になります。くまのおじいさんがストーブの前で居眠りしているところにドアがノックされて……というような静かな始まりもあるでしょう。たろうくんが砂場で遊んでいたら……という園生活に即したものもあるかもしれません。いずれにしても子どもたちが「なんだか面白そうだ」「これからどうなるんだろう」と感じてくれるような設定を考えるのがまずは大事かなと思います。

園行事に目を向けてみましょう

そして、その設定を思いつくためには、子どもたちが興味を持つことはなんだろうと常に考えることも重要です。私たちは園に通う子どもたちを対象にいつも内容を企画しているので、子どもたちの大好きなもの、食べ物、園行事などにアンテナを張るようにしています。特に園行事は、遠足や運動会、発表会や作品展をはじめとして、鯉のぼり製作をしたり、七夕飾りやひな祭りと数多くあり、園は行事を中心に回っていると言っても過言ではありません。餅つきなどは最近は町であまり見かけることはなくなりましたが、園では今でもよく行われています。節分には子どもたちが鬼のお面を作ってそれをかぶり、園長先生が扮した鬼に豆を撒くという、なんだか不思議なかわいい光景に出会うことがよくあります。

節分というと、こんなおはなしがありました。二年程前のチャイルドブック・ジュニア2月号で（この『児童文芸』にも寄稿されている）新井悦子さんに書いていただいた「なかよし おにがしま」という作品です。

あらすじとしては青鬼が住む青い島と赤鬼が住む赤い島が隣同士にあって、昔の喧嘩が原因でお互いに悪い奴らだと思い込んでいる。そんな時に雪が降って色がわからなくなり、船で出かけていた青鬼家族が間違って赤い島に上陸し、赤鬼家族の家に入ってしまったことで大騒ぎ！　そんなこんなであるきっかけがあってお互いがいい奴だとわかり、「なかよしおにがしま」になった。

という楽しいおはなしでした。（あらすじだとなかなか伝わらないかもしれないのですが）

2016年度チャイルドブック・ジュニア２月号
「なかよし おにがしま」より
作／新井悦子　絵／広瀬克也

しかも、このおはなしには、園で読む月刊保育絵本の要素がたくさん詰まっているのです。鬼が主人公ということで、節分の行事が。雪が降ることで季節感が。仲直りするという結末は子どもたちの生活にも通じる〝気持ち〟が。子どもたちのことをよく知っていらっしゃるから書ける作品だと言えるでしょう。

この『児童文芸』で寄稿されているもうお一人、深山さくらさんも季節や行事のおはなしの名手です。こどもの日に向けて鯉のぼりのおはなしというのはよくあるのですが、以前、5月号に深山さんに書いていただいたのは柏の葉っぱを集めて柏餅を作るうさぎさん家族のかわいいおはなしでした。最近掲載したものでは、3月号のひな祭りに食べるちらし寿司作りをお手伝いしたがる女の子のおはなし。その子が最後におばあちゃんに教わって折り紙で簡単な「箸袋」を作るというものです。これを読んだ子はきっと自分も箸袋を作りたがるだろうなあと思います。

このように一つの行事でも取り上げ方はたくさんあるものです。視野を広く持つことが新鮮なイメージの作品作りには大切なのかもしれません。

いろいろなものを擬人化してみましょう

それともう一つ、おすすめしたいのが「擬人化」です。

動物や虫など、生き物のキャラクターを人に見立てる擬人化はよくあるのですが、ここではあえて、「もの」の擬人化について考えてみようと思います。今まで弊社で出した絵本作品の中にはいろいろなものの擬人化があります。

投げられて遊ばれてばかりいる麦わら帽子だったり、みんなが遊んでくれて喜ぶすべり台、秋の林を遠足に行くリュックサックを背負ったどんぐりだったり。食べ物だと、お子様ランチのチキンライスの上まで旅をするグリーンピース兄弟だったりと、数限りなくあります。

「もの」の擬人化の魅力はそのユニークさはもちろんですが、そのキャラクター設定自体ですでに〝つかみ〟になっているということもあります。子どもたちにとって身近なものであればなおさらです。しかも園にあるものであればクラスの友達とも共感できて、すぐに惹きつけられることでしょう。

そして、おはなしを読むことでその「もの」の気持ちになることは、ものを大切にしようとする気持ちや食べることが楽しくなるということにもつながるのです。それは園での保育の中で読む絵本としてはとても有意義なものになります。「○○は大切に使いましょう」「好き嫌いせずに残さず食べましょう」と言ってもなかなかピンとこない子どもたちも、絵本を読んで「もの」の気持ちを考えることで、素直に感じてくれることでしょう。

こんなふうにみなさんもいろいろなものを擬人化してみることを日々の生活の中で楽しんでみてはいかがですか？　思

いもよらない「もの」が勝手に想像の中で動き出してくれるかもしれません。

もちろん、擬人化というのはおはなし作りのひとつの手段であり、人間の子どもたちそのものをリアルにとらえている作品も大切です。各対象年齢向けの絵本を毎年十二か月分出版するのですから、いろいろなタイプのおはなしがいただけると私たち編集者は大いに助かるのです。

一冊一話のおはなし絵本について

さて、これまで総合保育絵本のおはなしについて述べさせていただきましたが、やはり少ない画面数より、一冊ものの絵本を書きたいと思われるのが正直なところでしょう。私は短いおはなしでよくできているものは、本当によい作品ということができると思っています。それは、おはなしの〝核〟となる部分が明確でしっかりあるという証拠だからです。〝核〟がしっかりしているものはストーリー展開の枝葉を少し広げることによって一冊の絵本にすることも十分可能になるのです。

一冊の絵本にするという前提ではなく、まずは６画面くらいで軽い気持ちで作ってみてはいかがでしょうか。絵本のアイデアはその方がより浮かんできやすいような気がしますし、アイデアに詰まったときには一冊ものだとこだわり続けて袋小路に入ってしまうものですが、６画面くらいなら新しいアイデアに切り替えるのが比較的楽になるかもしれません。

そんなふうにしてよいアイデアが生まれて、もう少し膨らませた方がもっと面白いストーリーになりそうだというようになったら、一冊分の画面数を使って表現してみてもよいのではないかと思います。

総合保育絵本も一冊一話の絵本も、園で読んだ子どもたちは月の終わり頃、家庭に持ち帰ります。同じおはなしでも、今度は家族の方に読んでもらうと、保育者とはまた違った雰囲気で楽しむことができるのです。そんなことも月刊保育絵本の特長と言えるでしょう。

いろいろな季節や行事、子どもたちの生活や興味に寄り添った、そんな月刊保育絵本の「おはなし」、書いてみませんか？

（二〇一九年六月－七月号掲載）

【寄稿】

作品の振り幅を狭めない努力を

佐藤　力

さとう・つとむ　編集者。児童書出版社勤務。東京都生まれ。人文系出版社を経て現職。共著に『平成世相風俗史年表』（河出書房新社）などがある。

■求められる本とは

「時代の半歩先を行け」という言葉がある。時代を先取りしすぎてしまっては、読者は興味を示してくれないし、すでに周知のものになってしまったら、本が必要とされない。半歩先を行く本が一番、人々に必要とされるという考えである。特に児童書を念頭においた言葉ではないが、二十年ほど前にあるベテラン編集者に教えてもらって以来、時代とどう切り結ぶかという意味で、この言葉はずっと心の片隅にある。

児童書の場合、他のジャンルに比べると、しゃかりきになって時代を読む必要はない。心が育つ過程は、テクノロジーのようにめまぐるしく変化することはないからだ。だから、児童書の世界には古典が多い。時間が経っても古びず、子どもたちの心に寄り添い続ける。特に物語絵本では、二十年後、三十年後に同じように書店で買える作品は、そのままその事実が良書の証明になっていると言ってもいい。

けれども、時代の移り変わりとともに、読者である子どもたちの日々体験する喜びや悲しみのかたち、友達同士の言葉の交わし方など、体験の質は少しずつ変化する。新しく発見される科学的な知見もあり、読者が好むイラストの雰囲気にも変化が起こる。だからこそ、現在も新しい絵本や児童文学が生まれることに意味を見いだすことができる。

また、世の中には「時代の気分」というものがあって、社会で生産されるもの、消費されるものに無意識ながら影響を与えている。いまはどちらかというと「面白い」ことが全盛で、悩んだり考え込んだりすることを評価しにくい時代なのではないかと、個人的には思っているのだが、売れる本というのは、そういった時代の気分も、うまく内包している。

ただ、本作りというのは、時代の流れにのりさえすればよいというものでもない。時代の空気に対する逡巡やためらい、アンチテーゼを含んだ作品を出せるかどうかも、「時代の半歩先を行く」ことに含まれていると私は思う。

■物差しを固定させない

売上が順調に伸びる作品がある一方で「売りたいのに、売上が伸びない本」も確かにある。質はよいし、読んでもらえさえすれば、きっと喜んでもらえるのにという本が……。

地道に販促を行い、人々に本の存在を知らせることができるのであれば、それはそれでよい。問題は、そのことによって、次第に類似の企画が実現しにくくなり、作品の振り幅が自主規制されていくことだろう。

私が社内の会議で営業の人たちに主張するのは、「売れる」という物差しの数値を固定させず、作品によって判断してほしいということである。営利団体である以上、採算は無視できない。けれど、すべての作品が売上トップ10に入る作品と同じように動くわけではない。それぞれの作品にふさわしい動きかたがある。それを見越して、企画によっては、いい紙は使えないかもしれない。定価を少し高めに設定しなければならないかもしれない。けれども、まずは採算分岐点超えを目指して販売してもらい、一〜二年目で重版がかかれば、売上的にも成功と捉えてもらいたい、ということである。

書店も流通も版元も、それぞれの場で数字の圧力は益々強くなっている。売れる本は販促を行い、売れない本は人の目に触れるチャンスが減っていく。これは現実問題としてそうなっている。「長いテキストは売れない」「イラストが受け入れられにくい」「テーマが重いのは難しい」……、本が売れない理由はいくらでも出てくる。でも、それはすべての作品をベストセラーの基準で考えているからではないだろうか。

全体の収支バランスを見ることで、企画の振り幅を狭めないようにしたいというのが私の切実な想いである。

■必要なのはバランス

前述したベテラン編集者に、私は次のような言葉も教わった。「文化性と経済性の中道を行くのが、よい出版社である」と。こだわりのいい本を作った出版社も会社が存続できなければ、本を読者へ手渡すこともできない。児童書の世界でも人ごとではないのは周知の通りである。私は、かつて社員数二名という超零細出版社に籍を置いたことがある。内部留保は充分ではなく、いま本が売れるかどうかが、来月の自分の給料に直結する世界だったため、「文化性と経済性」のバランスという視点は、自分の仕事の仕方にも影響を与えている。

私は、自分が担当する企画群でひとつの出版社があると見立てて、売上を大づかみすることを心がけている。自分の関わる企画を「売上をどんどん立てることを意識する本」「うまくいけば一年以内に重版がかかると期待する本」「一年以内に採算分岐点を超えることを目標にする本」として、全体の点数バランスをとるようにしている（実際には季節や内容、ベテランと新人の割合なども含めて考える）。

出版社は重版を繰り返すことで利益が積み上がる構造になっているので、細かい計算がなくても、重版の部数やタイミング、毎月営業からあがってくるポスデータで自分の関わっている企画の立ち位置くらいは、想像がつく。

いつも目論見どおりに売上が伸びるわけではないが、それでも経営的な視点での見立てが可能になることで、販促のかけかたや企画を通すときの踏ん張りにもつながる。売れる本を作ることで、売りたい本を実現していく。これが、いまの私の「売れる本」と「売りたい本」のバランスの取り方だ。

（二〇一四年十二月–二〇一五年一月号掲載）

再び幼年童話のあふれる日が……

岡　信子
おか・のぶこ　岐阜県にて生れ東京で育つ。短期大学教育課在学中より童話創作を始め、幼児教育教諭を経て童話作家となり、現在に至る。

◎今届けたい幼年童話（編集部提示テーマ）

「まるで童話の世界みたい。きれい！」

テレビの紀行番組などで、美しい景色の前でレポーターがこんな感嘆の声をあげることがあります。この場合、童話の世界イコール理想郷・ユートピアを指しているのでしょう。

そんな時（童話の世界って、見た目の美しさだけ？）といった疑問を感じます。

読む人の心を優しく包み込み、大切なことを楽しく伝えてくれる、そんな幼年童話が届けてもらえたらと願います。

◎若手作家へのアドバイス（編集部提示テーマ）

幼児教育を目指していた短大生の時、保育園の現役の女性の園長先生達の〝童話研究会〟に参加する機会を得ました。

毎回、つたない作品を提出しましたが、「子どもは、こういう考え方はしない」「子どもの行動や、言葉遣いが不自然」「説明文が多く、子どもは飽きてしまう」といった、子どもの側に立ってのご指摘を受けました。

毎回が身のすくむ思いでしたが、実際に子どもに向き合った時、これらのご助言が大きな助けとなりました。

子どもに関わるうちに、創作に役立つ発見もありました。

〝クイズ的〟〝なぞなぞ的〟な話に、大きな興味を示すことです。以来、謎めいた話が書きたいという思いを、ずっと抱いていましたが、ある日、思いがけないことが起きました。

◎絵本と幼年童話の書き分け（編集部提示テーマ）

絵本と童話の創作は、私の場合、発想の段階から異なります。

童話は心に芽生えたお話の芽を、言葉を紡ぎながら育てていく形をとります。その時、断片的に絵も浮かんできますが、それはほんのサブ程度の状態です。

一方、絵本は絵と文を同時に思い浮かべながら練り上げていきます。ただし、絵を描くのは頭の中だけか、描いたとしても、文で説明できないことを形にするだけ。出版が決まると、絵は画家さんにお任せし、完成すると絵で表現されている文は、重複を避けてほとんどカットします。

よって、最小限度の文章量で内容と絵を引き立たせる絵本と、文章主体の童話の書き分けは必要だと思います。

二〇〇一年六月、一冊の本が送られてきました。子どもの本の研究家で探検家のあかぎかんこさんが執筆された『この本読んだ？　おぼえてる？』（フェリシモ出版）です。

この本の中であかぎさんは、私の童話『はなのみち』を、とり上げてくださっていました。

すぐに拝読し「えっ？」と目を見張りました。

こう記されていたからです。転載させていただきます。

「くまさんが何かが入っている袋を見つけ、りすさんに何だろうと訊きに行き、着いた時には袋はからっぽで……。あ、穴があいていたんだ。しばらく経って、くまさんがりすさんの家に行く時には、なんと点々と花の道ができていました。というんですから、これってミステリでしょ。これをたった十行ほどでやってのけるんだからすごいよね。」

『はなのみち』は、初めて世界文化社から世に出してもらった記念すべき作品です。その後、一年生の教科書（光村図書）に掲載され、今年で三十四年が経ちました。

岩崎書店から、絵本としても出版されています。

このわずか一二五文字の、私にとっては最も小さな作品にミステリという称号をいただき心が弾みました。クイズ、なぞなぞの究極がミステリと位置付けていましたから。

自覚のないまま、私は謎の話を書いていたことになります。長く書き続けていると、思いがけないことが起きるものです。

幼年童話を目指している若手作家の方々は、ぜひ、自由な発想でのびのび書き続けてください。

楽しいお話を待ち望んでいる子ども達のために……。

◎現状をふまえて

今回の原稿依頼を受けて、近年、幼年童話の出版点数が少ないことを知りました。そこで児童文芸家協会の昨年の出版状況を調べてみると、次のような結果が判明しました。

創作絵本が二十六冊に対し創作童話は十一冊です。

この現状をふまえて、丁度お話をする機会のあった、今、ご活躍中の女性編集長お二人に、幼年童話の現状をお訊ねしてみました。

「確かに幼年童話の出版状況はよくありません。最近は書き手も少ないですね。良質な幼年童話は、当社も出したいのですが、文章が少ないぶん原稿料も少ないのが申し訳なくて」

「書店で幼年童話を置くところが空いてしまい、絵本で補っているのを目の当たりにしました。置くべき幼年童話が無い状況なのでしょう。幼年童話は、読み聞かせをしても、想像できるという大きなメリットがあります。それをふまえて、今後も大切に出し続けていきます」

心強く、ありがたいお言葉が返ってきました。

改めて、幼年童話の意義の深さを実感しました。

（二〇一四年六月－七月号掲載）

絵本擬人化考

「絵本いろいろ、擬人化いろいろ」

上野与志

うえの・よし　元絵本編集者。主著に「わんぱくだんシリーズ」（共著）23巻、「あかまるちゃんとくろまるちゃん」「とんとんとん」「おおきいおうちとちいさいおうち」「ふたごのどんぐり」「ふたりはいつもはらぺこ」などがある。

擬人化の絵本　そうじゃない絵本

絵本テキストを書くとき、擬人化を使うべきか？　使わざるべきか？　これはハムレットの「生きるべきか？　死すべきか？」に匹敵する？　作家にとっては、大きな問題であります。擬人化とは、『人でないものを人に擬して表現すること』（『広辞苑：第六版』）だそうです。もう少し噛み砕いていうと、物語などに登場する人間以外のものに、人間と同じような性格や感情を持たせること、ということになりますね。

さて、絵本の世界では、擬人化された作品の方が、そうじゃないもの（非擬人化と呼びましょう）より、はるかに多いことをご存知でしょうか？

例えば、日本におけるミリオンセラー作品を採り上げてみましょう。つまり大ヒットした（しつづけている）だれもが知っている絵本群です。ミリオンセラーの絵本（Wikipediaデータによる）は、86（シリーズは一作品として。例えば、『ぐりとぐら』はミリオンだらけだが一作として数えて）タイトルもある（すごい！）のですが、なんと、そのうち、60タイトルが擬人化による（と思われる）作品なのです。ほぼ七割ですね。驚くべき数字です。つまり、ものすごく売れている絵本の七割は擬人化作品なのです（フツウの絵本でも大体同じ比率でしょうな）。

非擬人化組・ミリオンセラーの主な作品は、**『おしいれのぼうけん』『はじめてのおつかい』『スーホの白い馬』『モチモチの木』『花さき山』『かわいそうなぞう』『かばくん』『きんぎょがにげた』『はらぺこあおむし』**（主人公あおむしは魅力的なデフォルメ。彩り役の月とお日さま以外は、擬人化されていないので、非擬人化組としました）などなど。いずれも、名作ぞろいですが、この稿ではこれまで。

絵本いろいろ、擬人化いろいろ

さて、一口に擬人化といってもいろいろ、あいまいなものも含み、さまざまな形態があります。だからこそ、絵本の世界は、広く、大きく、深くなってきたともいえるかもしれません。では、ここで、どんなタイプの擬人化があるか、こじつけかもしれませんが、筆者なりの分類をしてみましょう。

Ⓐ人狼型／人間を描いているが、人間だと生々しい（あるいは問題がある）ので、役柄にふさわしい動物などを擬人化。

もっとも古くからある擬人化の形ですね。『**赤ずきん**』の狼が典型でしょう。狼は、姿は狼であっても、行動はサイコパス（反社会性人格）の人間そのもの。もし、人間が演じたら、恐ろしくて、特に子どもたちは聞いてくれない（聞かせたくない）でしょう。ですから、こういう教訓的メッセージをテーマにした昔話には、人狼型擬人化が使われたのです。

日本五大昔話の一つ、『**かちかち山**』の狸もその一人（？）です。もし、人間のままで『ばばあ汁』を喰ったりしたら残酷過ぎます。仇討ちを代行する兎もそう。人間が演じたら、狸を執拗にイジメるのは、やり過ぎといわれることでしょう。

ミリオンセラーの絵本では、人狼型とはいいにくい作品ですが、スーザン・バーレイの『わすれられない　おくりもの』があります。この作品、「死」をテーマとしていますから、人間が演じていたら、息苦しいものとなったことでしょう。アナグマが演じたことで、死が象徴化されて、逆に、思いが静かに伝わって来ます。擬人化が絵本としての成功に結びついた好例ですね。

Ⓑ生活型／人間の生活などを描くために、（特に幼児に親しみやすく）動物などを擬人化。

現代の絵本では、一番数多く見られるタイプの擬人化でしょう。幼児向きの認識絵本、生活絵本は、ほとんどこのタイプといえます。ミリオンセラーの中でも極め付き、500万部以上も売れているという、『**いないいないばあ**』『**いいおかお**』を始め、「**ノンタンシリーズ**」「**ブルーナ・うさこちゃんシリーズ**」「**しろくまちゃんシリーズ**」などが代表です。本来、人間の子どもが演ずる役柄を、擬人化された動物などがつとめています。

例えば、生活絵本の古典、松谷みよ子＋瀬川康男の『いないいないばあ』では、ねこ、くま、ねずみ、きつね、のんちゃんの順に「いないいないばあ」をするわけですが、もし、人間がやっていたら、読者はすぐにあきてしまうことでしょう。そこで、すぐれた絵描きさんの描く、魅力的な動物たちの登場となるわけです。子どもはそれを見て、笑い、自分もマネしたくなります。

Ⓒお友だち型／Ⓑタイプの物語絵本バージョン。人間を（特に子どもを）魅力的に描くために、動物などを擬人化。

名作絵本が数多く生まれている形態です。ただ単に、人間を動物に置き換えたのではないところに、この分野の成功・発展があるのでしょう。

物語絵本として最大のベストセラー、中川梨枝子＋山脇百合子の「**ぐりとぐら**」**シリーズ**。「料理すること、食べること」が大好きという「ぐり・ぐら」はまさに子どもそのもの。常に子どものあこがれが、子ども目線で描かれています。

いやし系の名作、香山美子＋柿本幸造の『**どうぞのいす**』。

作品の文には書いてありませんが、いすを作ってくれたウサギは「もの作りの得意なおにいさん」、十匹のリスは「ちょっとやかましい子どもたち」、寝過ごしたロバは「のんびり屋で、寝てばかりいる、どこかのおじさん」だそうです（筆者の編集者時代、作家より伺う）。こういう「言外の意」が、絵に心を与え、作品世界を豊かなものにしているのでしょう。

Ⓓ動物型／動物などの世界を、特に子どもに親しみやすく、魅力的に描くために擬人化。

創作物語絵本の嚆矢といわれる、ビアトリクス・ポターの「**ピーターラビットシリーズ**」は、動物を人間のように擬人化したものか？　人間を動物のように擬人化したものか？どっちともいえないところがあります。人間もそのまま登場してきますから、おそらく前者なのでしょう。しかし、ピーターたちのしぐさ、生活は、人間的なところもたくさんあり、それが作品の魅力にもなっています。

いわむらかずおの「**14ひきシリーズ**」もそうですね。小さいネズミの世界だからこそ、画面はネズミ目線。しかし、ネズミのやっていることは、人間の子どもとほぼ同じ。ピクニックや、餅つきや、お月見などなど……。細部まで描かれた画面が、絵本的なたのしさにつながっています。

つまり、ⒹとⒸは境界がはっきりしません。共にキャラクターが、生き生きと人間らしいところが、子どもたちの（大人も）共感を呼ぶのかもしれません。

Ⓔ動き出し型／本来生命のないぬいぐるみなどに生命が与えられ、動き出すという擬人化。

絵本の擬人化としては、古くからあるタイプです。ミリオンではありませんが、ドン・フリーマンの名作『**くまのコールテンくん**』は、デパートのオモチャ売り場で、ボタンの一つとれたクマのぬいぐるみが、女の子に見初められます。その夜、ぬいぐるみはボタンを探しに、動き出し、一晩の冒険の末、女の子とくらすようになるというロマンチック・ファンタジー。女の子の思い入れがぬいぐるみに生命を与えたのでしょう。

ミリオンの林明子『**こんとあき**』も、あきの気もちが、キツネのぬいぐるみ・こんを動かしているのでしょう。こんは、ぬいぐるみのままですが、表情のないぬいぐるみに、ちゃんと感情が表現されているという、「絵本ならでは」の世界が感動を呼びます。

Ⓕキャラ型／キャラとして魅力的な動植物、道具などを擬人化。物語はそこから生まれていく？

絵本ならではのタイプといえるかもしれません。「**アンパンマンシリーズ**」、最近では、「**そらまめくんシリーズ**」「**だるまさん（が）シリーズ**」など、キャラクターのユニークさ、面白さ、かわいさが始めにあって、それからストーリーが後付けされていくタイプといったら、いい過ぎでしょうか？　しかし、ミリオンとなっている作品は、もちろんキャラだけで終わっていません。いずれも、子ども目線でしっかり描かれていることを付け加えておきます。Ⓑ**生活型**として登場した、「**ノンタンシリーズ**」「**うさこちゃんシリーズ**」なども、こちらに近いかもしれません。

Ⓖどっちかわからん型／擬人化かどうか疑問だが、擬人化的表現が大きな効果を上げている作品。

バージニア・リー・バートンの『**ちいさいおうち**』は、主人公『おうち』の、窓、ドア、色を使って、さりげなく表情・感情を表現しています。読者は『おうち』の気もちになって、読むことができます。もし、これがなかったら、この作品は歴史に残る名作にはならず、時代の変遷だけを描いた作品にとどまったかもしれません。作品の価値が決まるところなので、擬人化組としました。

佐野洋子の『**１００万回生きたねこ**』も、主人公の猫は裸のままで、擬人化されてないように見えます。でも、白い猫が死んで、号泣するクライマックスは、まさに人間的感情表現です。この表現があるから、読者の共感を得たのでは？　作品の「肝」とも言えるシーンがあるので擬人化組に。

モーリス・センダックの『**かいじゅうたちのいるところ**』は、主人公マックスのファンタジー世界です。そこに登場する個性的な怪獣たちは、擬人化されたもの？　それとも、想像の生物？　しかし、「人でないものを人に擬して表現」されているので、擬人化組としました。

ミリオンではありませんが、マージェリィ・ビアンコ＋酒井駒子の秀作『**ビロードのうさぎ**』は、非擬人化とする方の方が多いでしょう。ぬいぐるみの兎は妖精の力で本物の兎になるまで、ぬいぐるみのまま、少しも動きません。でも、ぬいぐるみの兎は、（見事な筆力で）次第に人間のような感情を持ち、生命をもっていくように見えます。これはどっち？　ああ、もう。わからん！　みなさんはどう思いますか？　ところで、このどっちかわからん型は名作ぞろいですね。そのビミョウなところが、名作の要素なのでしょうか？　凡百には永遠のナゾというしかありません……。

どんな擬人化？

さて、もちろん、擬人化を型にはめることに意味はありません。擬人化には、いかにいろいろなタイプ、形があるかをいいたかったに過ぎません。

擬人化は、どんな形態も、発想も自由です。これが、百花繚乱、今日の絵本の発展につながったのでは？　みなさんは、絵本を書く、描く、とき、どんな擬人化を選びますか？

いや、どんな擬人化を創りますか？

えっ、擬人化はやらないって、そりゃ、また、けっこう！

（二〇一七年二月‐三月号掲載）

絵本づくりの味わいを知ること

かさいまり
北海道生まれ。心の揺れを題材とした作品を作り続け、講演読み語りを行っている。児童文芸幼年文学賞受賞。
HP http://kasaimari.com

ある日の、編集者の言葉。

「小学校でおきる出来事を通してその心情を絵本にしたいのです」

「うーん、それって主人公は動物？　人間？」

「やっぱり、人間ですかねぇ」

「そうねぇ」

こんなふうに、話は始まった。作り方は、その時によって違うけれど、物語の大まかな方向を決めた時、主人公は動物でいくか、人間でいくかを決める。私の絵本は、心の揺れを動物におきかえて作ることが多い。同じ話でも主人公が、動物か人間かで大きく違ってくる。人間だったら、恥ずかしくて絶対使わないようなセリフも動物にかわると、すんなり入っていく。あまりにもリアルすぎる話は、この動物たちが、中和してくれる。又、反対に、子どもの世界でおこりうる出来事を、動物にかえない方がいい場合もある。小学生くらいの年齢によりそって、共感してもらいたい時、今回の『くれよんがおれたとき』などはまさしく、主人公は人間の方がぴったりくる。テキストづくりの入口は、ここから始まる。


私の絵本づくりは言葉から入っていく。大切な言葉が浮かんだとき、それが種となってやがて核となる。メッセージ性が強く伝えたい事がはっきりしている。

『くれよんがおれたとき』は、くれよんの貸し借りで友達とけんかしてしまう話だ。テキストができあがった時点で、何人かの小学校の先生に聞いてみた。すると、今は小学一、二年は、クーピーなど色鉛筆が多い。くれよんは使ってもいいけれど、子どもたちは使わない。物の貸し借りは、トラブルのもとになり、そこに親が介入してくるケースもある。だから、何か忘れたり、足りないものがでてきたときは、先生に対処してもらう。友達同士の貸し借りはやめるようにと指導している学校もある。驚くような今の学校。この現状を、知らずに作ってしまった。これが、主人公がクマやウサギなら何の問題もなく、教室での貸し借りは成立するけれど、人間が主人公となると、現状にそぐわない背景はさけた方がいい。くれよんの貸し借りという行動は、伝えたい事を表す為の媒体なので、ここはなんとかクリアしたかった。そこで、宿題として、家での貸し借りという形をとった。そしてテキストができあがった。

私たち大人は、生きることのベテラン、自分の良いところも悪いところも充分すぎる程知っている。何度もくり返される自分の欠点には、あきれるけれど、ああまたかという気分にもなる。でも小さな子どもは、友だちとの間で、初めて自分のいやな部分を見つけてしまった時、まじめな子どもほど、優しい子どもほど、どきっとして、自分の気もちをもてあまし、どうしていいかわからなくなる。でも、自分のいやな所を見つめる気持ちは、とても大事で、友だちがいるから自分のことがわかる。その中で一歩一歩進んでいく。そんな自分に気がついても、自分をきらいにならない。自分を大切にする。大人も、子どももみんなおなじ、みんなそのくり返し。こんな思いをすくいとって、絵本のテキストにした。

ふつうなら、これは童話向きでしょうと言われるかもしれない。これを童話にするのは、あたりまえの形だ。でも、その心情のうつり変わり、心のゆれを短い文章と絵にするところに、絵本の味わいと、うったえる力の大きさがある。

童話なら、四百字で表わす心のゆれを、ほんの一行に託し他は絵で表現する。視覚でとらえる絵本ならではの発信であり、この中にちりばめられた情景は、絵本だからこそできるものだ。このような事をバックグラウンドとしてお話づくりを始め、テキストができ上がったところで、編集者と画家さんを決める。お互いに、描いてほしい画家さんの名前を出し合う。私は、本屋さんで見つけた絵本を編集者に伝え、ぜひこの方に描いてもらいたいと。意見は一致。そして、北村裕花さんのすばらしい絵がついた。絵本の種を見つけて、核ができ、画家さんが決まる。この三つの柱があり、これはとても重要な事で、ここがぐらついたら、絵本もゆらいだものとなる。

絵本は、つくるだけでは終わらない。それを手にとって読んでくれる人たちに絵本の力を感じてもらうような本づくり。子どもも、大人も一冊の絵本に共感し、そこからそれぞれの思いや、希望がうまれてくること、想像する楽しさをしること。そこに少しでも近づくような絵本をつくりたいと、思うようになった。そして、編集者、画家との三位一体の絵本づくりは、ある意味とてもスリリングでおもしろく、ますます、絵本づくりがやめられない。

（二〇一七年二月−三月号掲載）

書いてみようよ！ 月刊保育絵本

深山さくら
みやま・さくら　山形に「ものがたり工房」を構え、東京との二拠点で活動中。『かえるのじいさまとあめんぼおはな』（教育画劇）で第19回ひろすけ童話賞受賞。https://miyamasakura.com

秋も深まったある日、編集委員会から依頼状が届きました。

月刊保育絵本に掲載されるお話を書くにはどうしたらいいの？ と考えている本誌読者へ、「できるだけ具体的なアドバイスを」とあります。どうしようか。月刊保育絵本（以下、保育絵本）のお話を書いていて、的確な指導ができる作家は何人もいらっしゃいます。躊躇したけれど、自分の経験が少しでも役に立つのなら、と思いなおしました。

まず、保育絵本ってどんなものなのかお伝えしようと思いましたが、それについては、すでにお読みになった通りです。チャイルド本社の編集本部長、中村猛さんが心を込めてとても丁寧に書いてくださっています。

私のできることは、自分の作品作りの過程や体験をお伝えすること。書き手としてどんなことに心を配ったかなど、実例を交えてお伝えいたします。

一．絵本とどうちがうの？

読み手が必ずいます。絵本だって読者はいるじゃない、と思っているあなた、本当にそうでしょうか。市販の絵本は基本的に書店に並びますよね。手に取ってもらえなければ、悲しいけれど読者はいないことになります。図書館が買ってくれても、借り手が付くかどうかわからない。

でも、保育絵本は園に配本され、お子さんに「はい、今月の本！」と渡されます。読者は、園に通うお子さんや、親御さんたちです。先生も保育の中で、読み聞かせや生活指導などにも活用するとか。

絵本との違いはいろいろあります（ここでは省略）が、大きな違いは、読み手が必ずいることです。

月に一回、自分のもとに届く、自分だけの一冊。

お子さんたちはきっとわくわくしながら、その日を待つのではないでしょうか。

今は成人して親元を離れた、うちの子たちもそうでした。手提げに保育絵本をしまい、大事そうに持ち帰っては、何度も何度も開いていました。親子の会話に一役買ったことも、

深山所有の、四半世紀以上前の保育絵本。

一度や二度ではありません。卒園して四半世紀以上経ちますが、うちの本棚にはまだ凛として並んでいます。

読者が必ずいることは、書き手としてとてもうれしいことです。わくわくします。だから私はお話を書きます。お子さんたちの笑顔に励まされながら書いています。

二、四月号の素材は？

月に一回、園に配本されると、一で述べました。四月には四月号が、五月になれば五月号がお子さんたちに渡されます。ですので、お話を書くときは、月ごとの素材が必要になります。

自作から例に取ってご説明しましょう。保育絵本を作っている出版社はたくさんありますが、私がお世話になっているのは七社、手がけたものを数えてみると、六〇冊ありました。

四月号で多かった素材は、「桜の花」「お花見」「桜前線」など、桜に関係するものでした。早い遅いはありますが、この月は桜の季節を迎えますから、当然といえば当然です。

今年度の素材になった「桜前線」について見てみましょう。依頼は、一年ほど前にありました。読み手は年長児です。桜前線に気づかせ、春が来た喜びを感じられるお話を、四画面で。第一稿提出まで、おおよそ一ヵ月です。打ち合わせの日時を確認しあってから電話を切り、「桜前線、桜前線」とつぶやきながら、テーマを脳にインプットします。

完成したお話はこうです。春休み、九州のおばあちゃんちでお花見をした、主人公のようたくんは、自分の通う園の桜がまだ咲いていないことを発見！

「おおぞらえんの　さくらは　どうして　さいていないのかなあ？」

（キンダーブックがくしゅうおおぞら　フレーベル館）

ようたくんの発見から、ストーリーが始まります。

ようたくんと友だちは、園の桜の木を毎日見上げます。

小さなつぼみが見えて、「まだかな、まだかな？」

つぼみの先がピンク色になると、「かわいいなあ。はやくさかないかな。」

しばらくして、つぼみから花びらが見えると、「きっともうすぐだね！」

そして、ついに！

桜は、春が来て暖かくなったところから咲くことを知り、花びらキャッチをしたりして全身で春が来たことを喜びます。

これを読んだお子さんたちも、ようたくんのように春の喜びを感じてくれたら、書き手としてこんなにうれしいことはありません。園庭ではしゃいでいる様子が見えるようです。

他の素材には「山笑う季節」も。「ハイキング」と「散歩」

もありました。山々は草木が萌えはじめ、重いコートは薄いものに変わる頃。お子さんが屋外で遊ぶことが多くなるので、活動的なものになりました。

ところで、原稿は、編集者から特別な指示がなければ、漢字は開き、分かち書きで。（出版社によって異なります。）

手がけた保育絵本。素材はいろいろです。

三．素材を集めよう

次に、自作で扱った「月ごとの素材」を見ていきます。

五月号で多かったのは、「こどもの日」でダントツの一位。半分の五作が「こいのぼり」や「かしわ餅」など、子どもの日にまつわるものでした。他には、「たけのこ」「ピクニック」「ぶらんこ遊び」「つばめの誕生」など。

六月号では、梅雨入りの季節なので「雨」や「水」に関するものが多くありました。生き物では「ざりがに」も。

七月号は、なるほど納得の結果です。「七夕」や「キャンプ」でした。

夏真っ盛りの八月号は、「夏の果物」「夏のお料理」など。

九月号では「敬老の日」にまつわるお話が、六作中二作。祖父母を敬う、主人公の自発的な行動を書いていました。

どんな素材を用いても、お子さんたちがお話を読む前と、読んだ後では物の見方がちょっと変わり、より成長してくれたら、うれしいですよね。他には、「かぼちゃ」や「宇宙旅行」「てんぐ」などがありました。

十月号では、さつまいもが収穫の時期を迎えるので、「さつまいも掘り」が五作中一作。ほとんどの園で、おいも掘りをすると聞きます。誰にもまねのできない、オリジナルの「さつまいも掘り」を物語にしたいです。他には、「栗拾い」「ハロウィン」「妹が生まれたお兄ちゃん」や「世界の名作」の再話もありました。再話については、四で取り上げます。

十一月号では、「どんぐり」や「秋の森」がありました。そうそう、お子さんたちはどんぐりが大好きですよね。

ぼくらは　どんぐり、どんどんどん
いっしょに　あそぼ、あかねちゃん
どんぐり、くりくり、ころっころ
（なかよしメイト　株式会社メイト）

楽しそうな歌声が、あかねちゃんに聞こえてきたところから、お話がスタート！　他には「にんじん」で根菜の収穫。「鮭の遡上」などもありました。

十二月号では「かさじぞう」の再話をしていました。

一月号では「雪遊び」「お寿司の由来」など。「だんごどっこいしょ」の再話も。

二月号では、「節分」にまつわるものがダントツの一位。他には、星がきれいに見える季節から「星空」がありました。また、「雪」や「雪山」も。

寒い季節ならではの「心が温かくなるお話」として「実話」もありました。

さくえさんは、そりの　めいじん。
ゆきで　くるまや　バイクが　はいれない　ところを
まわって、そりで　てがみを　とどけます。
ふゆだけの　ゆうびんやさんです。
（プリン　学研教育みらい）

長野県飯山市の郵便局から正式に委託を受け、冬季限定の郵便配達員として、八九歳で亡くなるまでの二十数年間、そりに乗り郵便物を届けてまわったおばあちゃん、清水咲栄さんのお話を六画面にしました。

さて、いよいよ年度末の三月号です。年中行事はなんといっても、「ひなまつり」でしょう。関連するお話は、六作中四作でしたが、一作一作のテイストはいろいろ。他には「春一番」「春の山」がありました。

こうして見てみると、年中行事やその月ならではの季節感を素材にしていることがよく分かります。

編集者から「何月号でこんな素材を使って」と示されることも多いのですが、私がヒントを得ているのは、『季節のことば辞典』（柏書房）、『里山のことのは』（幻冬舎）、『日本の七十二候』（KADOKAWA）などです。手前味噌ですが、自著の『年中行事のお話55』（チャイルド本社）も手放せません。

素材のヒントを得るために欠かせません。

四．昔話を再話してみよう

お子さんたちは、昔話も大好きです。保育絵本では、日本昔話や世界名作などを再話して載せることがあります。現代を生きるお子さんたちに、ぜひ届けたい分野だということでしょう。

私も「かさじぞう」や「だんごどっこいしょ」「ふうふうぱたぱた」「裸の王様」などの再話をしました。お話の筋はだいたい決まっているので、どこでどう盛り上げるか、どこで画面を分けるかなど、お話作りで重要な「起承転結」を学べて、一石二鳥です。

アンデルセンによる名作『裸の王様』から例に取ってみます。

「王様にとてもお似合いですわ。」
お付きの者たちは、服の裾を持つふりをしながら、いそいそと付いていきました。
小さな子供たちが、けらけらと楽しそうに笑って言いました。
「見て見て！　何も着ていないわ！」
「王様ったら、裸ん坊だよ！」

（花園文庫　登龍館）

このように、オノマトペやセリフを工夫できるので、書き手としてもとても楽しいものです。

五．いつ頼まれて、いつ出るの？

発行月の六ヵ月から十ヵ月ほど前に依頼がありました。冬真っ盛りの寒い時季に、夏のお話を書かなくてはならないということもざら。その逆で、真夏に真冬のお話を書いたり。

七月に書いたのは、二月のお話でした。その年は夏がものすごく暑くて、流れる汗をタオルで拭きながら、パソコンに張りつきました。「星」がテーマの五画面。対象は年長児。三でオススメした辞典や歳時記をめくったり、童話のネタ帳や素材ノートからメモしたり。

三週間で書いた第一稿は、ふたごのねずみ、チョッチとポッチのお話です。その後、編集者と相談して何度も書き直しました。第一稿で完成ということは皆無です。どこの保育絵本もそう。気が遠くなりそうですが、何度も何度も推敲し、改稿します。分かりやすく楽しいお話を読み手に届けるのですから、当然です。改稿もまた楽しです。

さて、このお話ですが、町で仕事をしているお父さんは、夜空がとってもきれいに輝いたら帰ってきます。二匹は毎晩夜空を見上げますが、雨が降ったり、雪が降ったり。お天気は意地悪です。

つよい　かぜが　ふきだしました。
ゆきぐもは　どんどん　ふきとばされていきます。
そらは　あかるく　かがやきだしました。
「あ、おほしさまだ！」
「きれいだなあ！」

（キンダーブック3　フレーベル館）

これは、起承転結の「転」の部分です。ラストは一目瞭然。そう、お父さんが帰ってきて、二匹はお父さんの胸に飛びこんで、めでたしめでたし。

第一稿の提出までの日数は、一ヵ月くらい。二週間、三週間というのもよくあります。

年間通して素材を集め、お話を書いてストックしておくと、締め切りまでの時間が短くても困りません。と、言うのは簡単ですが、実行するとなるとなかなか難しいものです。地道に書いておかなくちゃと思ってはいるのですが。

六．持込作品が掲載されたケース

何作かありますが、代表作は『てんぐのそばまんじゅう』（チャイルド本社）でしょうか。プロになる前の公募時代、童話コンテストに応募するために書いたもので、原稿用紙十枚くらいの幼年童話でした。受賞はしたのですが、本として出版するようなコンテストではなかったので、チャイルド本社で見てもらったら、一作一話の九月号に決まりました。

保育絵本になったり、市販絵本になったり。
絵は長谷川義史さん。

むかし、かむろという
やまんなかに、
じいさまと　ばあさまが　すんでおった。
かやぶきやねの　ちいさな　いえでな。
ある　はるの　ひの　こと。
（おはなしチャイルド　チャイルド本社）

と、お話がスタート。民話風ですね。

運が良いことに、翌年には単行本として市販化。その後、保育絵本のリクエストシリーズで再発行。その時の担当編集者とは、十年後の今も一緒に仕事をしています。

さて、いかがでした？　自作を元にいろいろ述べました。すぐに依頼に恵まれなくても、書き続けていればいずれは目に留めてくれる編集者に出会うはずです。当協会の懇親会やイベントなどに積極的に顔を出し、人と出会いましょう。私はそう心がけてきました。童話や保育絵本のお話を書いていることを、広く知ってもらうことも有効な手段です。ＨＰやＳＮＳを見たといって、仕事が舞い込むことがあります。

今回の依頼をいただいたことで、私にも気づきがありました。手元の資料をリスト化することで、具体的なことが見えてきました。これからの仕事にも生かせそうです。

保育絵本のお話作りは、奥が深くて、わくわく！

さあ！　あなたも、今日から書いてみませんか？

（二〇一九年六月－七月号掲載）

子どもたちに「もう一つの世界」をあげるために

正岡慧子
まさおか・けいこ　一九四一年広島県に生まれる。広告代理店勤務を経て文筆業に入る。作品は絵本『きつねのたなばたさま』（世界文化社）など多数。

◎幼年童話とは何か？　何をどう書くべきか？

広い意味では、メルヘンや昔話も童話の範疇にはいると思いますが、誌面の都合もあり、ここでは作家が創る幼年童話に限り、創作に係わる私の考えをお話ししてみたいと思います。

◆子どもの視点で発想しよう

幼年童話と限る以上は、徹底して子どもの側からものを見なければなりませんし、そこに発想とテーマの全てをかけなければならないと思います。

童話は、大人にも感動をもたらしますが、大人は必ずしも子どもと同じ感銘を受けるわけではありません。心をゆさぶられるという一点において、同じ効果をもっていますけれど、『おしいれのぼうけん』（古田足日・童心社）と『星の王子さま』（サン＝テグジュペリ・岩波書店）では、子どもの反応はまるで違います。視点をしっかり対象に合わせて書かなければ、幼年童話は成立しないでしょう。

さらに、テーマは大人の生の言葉で語られては興ざめです。できるだけ、物語の陰にうまくくるみこんでおかなければなりません。

この時期の子どもには独特の感性がありますし、すべての神経が急激に発達するという心身条件も併せ持っています。したがって、作品には、この年齢の子どもの心を刺激し養う何か、特に生きる力の糧となるような題材をまず見つける必要があります。

◆子どもにわかる言葉でシンプルに語ろう

お話は、子どもに理解されなければ意味もなく、テーマも届きません。形容詞や修飾語を多用して作家がイメージを固定してしまうと、読者が読んで自ら感じる心のひだを狭めてしまうおそれがあります。お話はシンプルに、できるだけ登場者の行動を優先して進めたい。

また、状況の描写は必要ですが、説明は極力しないほうがいい。説明が続くとたいくつです。登場者の会話（セリフ）に置き換えてみるのも一つの方法ですし、書いた後、不要な言葉をどんどん省いていくのも、作家の重要な作業です。その省いた行間を、読者の心でふくらませてもらえるならば、まず成功と言えるのではないでしょうか。

◆オノマトペは効果的に使おう

宮沢賢治はオノマトペ表現の第一人者だと思います。『月夜の電信柱』の中で、電柱はドッテテドッテテ、ドッテテドと行進をしますし、『雪わたり』では、雪道を歩く雪ぐつの音をキックキックトントンと表現しています。『オノマトペ辞典』（小学館）などを参考に、擬音・擬態語の研究も。

◆どんな内容にするか

子どもたちには、日常経験できないもう一つの世界をあげたいと、私は思っています。この世には、人間だけでなく、動物や植物や自然などの、はかり知れない営みがあるからです。子どもたちは、怪獣を友だちにしたり、自分を宇宙人に変身させたりする特異な能力を持っていますので、作家はそれに負けない「子どもワールド」を創り出す必要があります。

また、童話こそミステリアスな進行が求められるもの。特に結末は大切で、熟慮の上、手渡さなくてはなりません。私は『きいろいバケツ』（もりやまみやこ・あかね書房）を繰り返し読みます。幼児の心の緊張感を共感するためです。

子どもたちの心のポケットをふやし、空想力、想像力をふくらませてあげるお手伝い、何と難しい作業でしょうか。

◎私が書かないようにしている幼年童話

①ぬいぐるみ的な動物のお話

うさぎの○○ちゃんが、いじわるおおかみくんに××みたいな、主人公の動物たちに人間的生命が感じられない動物のお話。動物物語は、動物で書く方が人間で描くよりも人間性がきわだつかどうかを秤にかけたいと思っています。『オオカミと石のスープ』（アナイス・ヴォージュラード・徳間書店）などはよい例で、このお話はとても人間では表現できません。動物でこそリアルです。

②外国のメルヘン調かわいいお話

美しい王子様やいじわるな継母、お菓子の国や宝石で飾り立てたような夢物語。女の子たちには好まれるかもしれませんが、既存のメルヘンを越える作品を紡ぐのは至難の業に思えますし、時代や背景をしっかりと構築する技量も不可欠。

③作文的日常物語

幼児の一日をスケッチするようなお話。たいくつです。

幼年童話はその創作作法において、絵本や児童書とは全く異なる世界を持っています。そのことをしっかりと意識しながら、書き続けていきたいと思いますが、今ここに記したことは、道半ばの私が自身に対する戒めとしてつぶやいていることにすぎません。私の勝手な思いこみとも言えます。これからも、たくさんの童話を読み、学んでいきたいと思います。

（二〇一四年六月－七月号掲載）

長く読み継がれる童話を書くために

山本省三
やまもと・しょうぞう　神奈川県出身。文も挿絵も手掛け、『キセキのスパゲッティー』（フレーベル館）、『暗号サバイバル学園』（学研プラス）など作品多数。

作家であれば、大人向け、子ども向けを問わず、読者の心にずっと生き続ける作品を生みだそうと、日夜執筆に励んでいるはずです。そして、それが創作のエネルギーになっているともいえるでしょう。

そのためにはどうすべきなのか。

まず一番に思いつくのは、内容がおもしろく、読者を惹きつけて離さない物語を書くこと。

これは言うのは易しいのですが、とても一筋縄ではいきません。作品をおもしろく感じるのは、読者によって千差万別ですし、作者がそう思っても理解されないことが多いのではないでしょうか。

さらに不思議なことに、たとえ多くの人がおもしろいと感じ、ベストセラーになってもなぜか生き残らない作品も、世の中には沢山あります。

試しに数年前に世間で話題になった作品を思い出して、ネットで検索してみてください。今や古本でしか流通していないものがかなりの割合を占めているはずです。「本は消耗品」という何とも胸が詰まりそうな言葉が頭に浮かびます。

そのような中で、子どもの本の世界に目を向けると、少し様子が違います。

児童書の中には　十年、二十年、作品によっては五十年を超えてもなお、今も書店で平積みされているものがあります。

そうした児童書で長く読み継がれる作品をさらにジャンルで分けてみると、幼年童話と絵本が圧倒的に多いことがわかります。

ここで、ロングセラーを生みだすには、幼年童話や絵本を書けばいいのかと短絡的には考えないでください。

なぜなら、幼年童話や絵本は、はっきりいって創作の中でもかなりハードルの高いジャンルです。

見た目には、幼年童話や絵本は文章も短く、絵本の場合は絵もつくので、誰でもそう構えず気安く書けそうに見えます。

ところが、大人の様々な賞をもらった作家が書いた幼年童話や絵本でも、明らかにそのキャリアを傷つける内容も見受けられます。

さらに親であれば、誰でもするはずの子育てを売り物にする芸能人が、知名度のみで出版にこぎつけた作品には目を覆わざるを得ないものが少なくありません。

もちろん、そうした中にも素晴らしい作品がないわけではありませんが、ごくわずかといえるでしょう。

では、なぜ、幼年童話や絵本はこれほどまでに手強いのでしょうか。

難しさの原因は、まず長さです。

単行本の幼年童話なら多くて四百字詰め原稿用紙二十枚。それをほぼ平仮名、分かち書きを使用するので、情報量でいったら、大人向けの作品の半分以下で描き切らなくてはなりません。また使える言葉も限られます。

次に題材。

対象読者が幼く、彼らが理解できる世界を描くとなると、扱える範囲はぐっと狭くなり、既刊との重複を避けようとしたら、残されたものはほとんどありません。

一方、幼年童話とアプローチの仕方が似ている絵本は、むずかしさにおいてどうなのでしょう。

幼年童話との最大の違いは絵がつくことですが、絵は、確かに文との相性を熟慮しなければなりませんが、うまくいけば、これほど頼もしいパートナーはありません。絵と文で力を合わせて表現できるので、幼年童話よりはかなり情報量を増やすとことができます。

また絵は、文章と違って、論理的でなくても成立するので、絵の力を借りて、大胆な展開も可能です。

それなら、幼年童話など書かずに、すべて絵本で表現すればという考えも頭に浮かびます。そのせいか最近は幼年童話の刊行が減って、何でもかんでも絵本にしてしまう傾向が見受けられますが、これには疑問を感じます。

絵本は、やはり絵で表現できる世界を扱うべきで、心理描写が続くストーリーには向いていません。それなのに無理に絵本にすると、作品の核になる部分は、すべて文で表現し、絵は添え物になり、絵本としては不完全な出来上がりになってしまいます。

ですから、絵がつくことで、作品世界が大いに広がるものは絵本で、逆に絵では描けない題材、また絵をつけることで読者の想像力をしぼませてしまうものは、幼年童話でと書き分けが必要と考えます。

評判の幼年童話が絵本化されたり、その逆に絵本が童話化されたりすることがありますが、どちらもあまり成功例は少ないように思います。

幼年童話や絵本のむずかしさばかり述べてきましたが、それでも多くの作家が執筆意欲を燃やすのは、やはり過去の作品にロングセラーが沢山あることと、読者の記憶に長く残るという強みを持っているからなのでしょう。

ここで、ロングセラーの幼年童話や絵本に何か共通点があるか探ってみたいと思います。

どの本を読んでも感じるのが、子どもにぴったりと寄りそっていることです。上から見たり、物を言ったりするのでなく、主人公自身の気持ちになって、考え、行動する様子がしっかり表現されています。

それには書くときに子どもになりきることが必要といえましょう。大人になってから子どもの時の感情を、年月というフィルターを通さずに、よみがえさせることができるかが鍵になる気がします。

では、もともとそうした才能を持ち合わせていればよいのですが、そうでなければ、書くことは無理なのでしょうか。いえいえ、訓練によって、ある程度補えるのではないかと考えたいです。

それには身近な子どもをよく観察することです。自身の体験でこんなことがありました。

まだ独身の頃、友人の家に靴下を忘れてきたことがありました。それを友人の妻が洗濯して干してくれた時に、友人の子どもが目ざとく見つけ、「おじちゃん」と何度も靴下を指さしたというのです。それで感じたのは、視点が低い幼児は、人物を見上げて区別するのでなく。靴下で誰か察知しているのでは、ということでした。それをアイデアに盛り込んだ童話を書いたら、かなり好評でした。

また、我が子たちが幼いころ、家族で姉が生まれたころの話をしていたら、妹の方がポツリと言ったのです。「私は、その時はまだ床下でねんねしてたんだね」と。

このような感覚は、大人になった今は、思い出そうとしても思い出せません。そうした子どもの発言に敏感でいなくてはと、ハッとさせられたのを覚えています。

また、時には子どもになってみることも必要かもしれません。

先日、雪が降ってきたときに、子どものころのように傘をささずにベランダに出て空を見上げてみました。そうすると、舞い落ちる雪のおかげで、逆に自分が空に昇っていく感覚を味わえるのです。しかし同じようにしてもすぐにはなりませんでしたが、五分ほどして、その気分がよみがえりました。五分は子どもに帰るのに要した時間といえましょう。

ロングセラーの幼年童話や絵本の多くは、それほど奇想天外なストーリーでなく、ごく身近な普通の出来事を描いた作品が多いことも事実です。それをどう面白がって描けるかが大切なのかもしれません。

これらのことに留意して作品執筆に向かえば、いつか読み継がれる作品を生みだせると信じていくしかない、というのが、今考えられる、みなさんへの、そして自分自身へのアドバイスだと思います。

（二〇一四年六月-七月号掲載　加筆）

【寄稿】
私たちには紙芝居がある

童心社編集部副編集長
橋口英二郎
はしぐち・えいじろう　一九六五年長崎市生まれ。紙芝居『カヤネズミのおかあさん』（第五十四回五山賞）など編集担当した紙芝居は多数ある。

一昨年、東京都内のある都立高校から紙芝居講習会の依頼を受け、保育士や幼稚園教諭をめざす女子高生たちを相手に話をしました。紙芝居を演じながら、休憩も入れて約二時間の話が終わると、「すみません、わたし、紙芝居を甘くみていました」と、担当の家庭科教諭が頭を下げてきました。

なにも謝ることはありません。ほとんどの人が知らないことだからです。私だって最初は何も知らなかったのですから、偉そうなことは言えません。仕事として紙芝居の編集に携わることで初めて見聞きし、知ることばかりでしたから。

たとえば、

・紙芝居は紙芝居舞台に入れて演じることを前提にして制作するということと、「枠」や「木枠」そして「箱」ではなく「紙芝居舞台」という名前だということ。

・紙芝居は上下左右にどの方向でも自由に抜いていいものではないということ。

・紙芝居は「芝居」といっても演技力や鳴り物による効果音は必要ではないということ。

・紙芝居には表紙がないということ。つまり「本」ではないので、ページではなく「場面」と認識すること。

・紙芝居では「文」ではなく「脚本」だということ。脚本は文字として認識されるものではなく、声に出して耳で聞いて言葉の意味が伝わるものであるということ、などなど。

これらは、紙芝居って何だろう？　と考えるための入り口にもなります。入り口から見た限りでは甘くみられる要素は見当たりません。甘くみる、ということは、紙芝居を程度の低いものとして安易に考え、軽んじることを意味します。何が紙芝居をそうさせたのでしょう？

絵本と紙芝居はまったく別のものです。本という形に綴じられた数十ページの紙で表現できることと、ばらばらの八～十二枚の紙で表現できることは明らかに違います。最も大きな違いは、絵本はたとえ読者が手に取らなくても本として完結しているのに対して、紙芝居は演じることで初めて紙芝居として成立するということです。脚本を声に出して演じながら、紙芝居を一場面ずつ紙芝居舞台から抜いて差しこむ動きをくり返していくとき、演じ手の生身の声と紙芝居を抜いて差しこむ場面の動きによって、観客がいる今この場所で物語の時間が動き始め、臨場感が生まれます。

観客はその場に生まれて広がる臨場感の中で、耳で言葉を聴きながら目は絵に集中し、その絵が抜かれるごとに現れる新しい場面により集中が高まっていき、その場にいる皆と一緒に、同じ物語を同じ時間の流れの中で体験し、共有することの喜びを味わっているのです。そこには、演じ手と観客、そして観客同士の間に、作品世界を楽しんだあとの温かい心が通いあう場が生まれているはずです。

これが、私たちが信じている紙芝居の力です。

今、海外で多くの児童書関係者、図書館員や教育関係者たちが紙芝居を高く評価し、自国での活用と普及に力をそそいでいます。海外の人たちは、紙芝居についての先入観を持っていません。子どもと児童図書に接してきた豊かな経験と専門性に裏打ちされた高い見識を持つ海外の人たちが、日本独自の出版物であり児童文化である、現在の私たちの紙芝居と、その拠って立つ理念を本物だと理解し共感を寄せてくれているのです。この事実は私たちに励ましと勇気を与えてくれます。

一九五七年三月、紙芝居の出版社として産声をあげた童心社は今年、創立六十年を迎えました。童心社の前身である教育紙芝居研究会時代の十年は、「人間の生命を大事にし、子どもを愛することを原点とする紙芝居づくり」を志した人たちによるもので、童心社初代編集長の稲庭桂子もその活動の中心にいました。戦後復興を背景にした紙芝居再生への歩みと言えるでしょう。戦前から戦中にかけて戦意高揚を目的とした国策を国民に伝達する手段という重荷を背負わされた紙芝居を、未来ある子どもたちへ生きる意味と希望を伝える手段としての紙芝居として取り戻すためには、紙芝居の持つ力

おかあさんのはなし
脚本／稲庭桂子　絵／岩崎ちひろ

1950 年に教育紙芝居研究会から『お母さんの話』として刊行されたものを童心社で 1964 年に再版し、現在も販売を続けている。昭和 25 年度文部大臣賞受賞作品。

を自分たちが信じなくてどうするのだと、気持ちを奮い立たせて焦土に立つ先人たちの姿を、想像するしかありません。

　童心社の歴史が、印刷された出版物としての紙芝居の一つの歴史であるならば、手描き一点物の紙芝居＝街頭紙芝居の歴史もまた、紙芝居史の一側面です。現状の紙芝居の形式＝一枚一枚バラバラの何枚かの紙に描かれた絵と、絵に合うように書かれた脚本を、演じ手が読みながら、紙芝居舞台に入れた絵を引き抜いていくスタイルは街頭紙芝居が原点であり、紙芝居は生まれた時から子どもたちを夢中にさせる特性を持っていました。街頭紙芝居の作品内容についてはここでは触れませんが、大切なのは紙芝居という形式の器に何を盛るかなのです。

　街頭紙芝居の記憶を持つ世代の方に話を聞くと、共通しているのは作品の内容ではなく、楽しかったあの日の「場の記憶」です。空き地や路地、神社の境内、公園などを背景に立ち現れるたくさんの友だちの姿、そこに重なる紙芝居屋のおじさんの声。自分一人の体験の記憶というよりも、自分もあの日あの場所で紙芝居を見た一人だった、という記憶のあり方。「個」よりも「共感」という紙芝居の特性を、ここにも見出すことができるのです。

　紙芝居と絵本の違いは、音声言語と文字言語の違いと言うことができます。

カヤネズミのおかあさん
脚本／キム・ファン　絵／福田岩緒

2015年初版　第54回五山賞受賞。

　絵本は今、本来あるべき書き言葉による深みのある繊細な文学的表現のテキストは、残念ながら影が薄いように思えます。黙読可能であること、すなわち文字表現としての完結性も追求されていいはずなのですがその方向への流れは滞り、皮肉なことに絵本の読み聞かせが、本来紙芝居が担うべき多人数を前にしてのお話会などの主流になっています。

書体を選びテキストのレイアウトを工夫することも、絵本ならではの視覚表現の一部ですが、紙芝居の脚本ではそんな工夫はまったく必要ありません。紙芝居を観る観客にとって、印刷された紙芝居の脚本を文字として認識することはあり得ません。観客は、演じ手が脚本を音声言語として発声する、生きた言葉を聴くのです。

ごきげんのわるいコックさん
脚本・絵／まついのりこ

1985 年初版　紙芝居を理論的に深め作品に結実させたまついのりこさんの傑作の一つ。観客参加型紙芝居の代表的作品。

『アンガスとあひる』（福音館書店・一九七四年初版）という絵本があります。この作品は、絵本という形式を十分に理解した作者の明快な理論の実践とでも言える表現によって作られています。作者はマージョリー・フラック（一八九七〜一九五八）。アメリカで原書が発行されたのは一九三〇年。現在の形式の紙芝居が日本の、東京の下町で生まれた年です。

絵本と紙芝居の違いはこの事実からも明らかです。どちらが上か、ということではなく、そもそもの生まれから全く違うものである以上、違いを認識して、それぞれの形式と特性を生かした表現による作品作りを追求しなければなりません。

「古き良き」「懐かしい」と形容されるものではない、現在進行形の新しい紙芝居作品を、私たちは今、悪戦苦闘しながら作り続けています。紙芝居の持つ力を、私たちは信じています。どうかご一緒に、新しい紙芝居作りに参加してくださいますよう、この場を借りてお願い申し上げます。

（二〇一七年八月-九月号掲載）

第三章

ファンタジー・エンターテインメント

軽く、楽しく、読んでもらうために

石崎洋司
いしざき・ひろし　出版社勤務を経て『ハデル聖戦記』三部作（フォア文庫）でデビュー。「黒魔女さんが通る!!」シリーズ（講談社青い鳥文庫）、「マジカル少女レイナ」シリーズ（フォア文庫）、『チェーン・メール』（講談社）ほか。『世界の果ての魔女学校』（講談社）で野間児童文芸賞、日本児童文芸家協会賞受賞。訳書に『クロックワークスリー　マコーリー公園の秘密と三つの宝物』（講談社）、絵本に「講談えほん」シリーズなど、著書多数。

のっけから特集に反するようで、申しわけないのですが、ぼくにはファンタジーとリアリズムの違いがわかりません。

描いている世界が現実か非現実か。そこはわかります。ただ、それは「料理の違い」程度にしか思えません。たとえば、和食、イタリアン、スペイン料理は違いますが、炊き込みご飯、リゾット、パエリアの素材は同じお米。となれば、お客さんに料理のスタイルの違いを楽しんでいただき、おいしく食べていただきたいというのが、料理人の願いのはず。

同じように、物語を編むぼくも、読者に安心感と驚きの両方を与え、満足して本を閉じてもらえるよう「技術を駆使する」。それだけをいっしょうけんめいに考えます。

とはいえ、これからのお話の中心に据える『世界の果ての魔女学校』は、ジャンルとしては確かにファンタジーに属します。ですから、「ファンタジーを書くときの石崎なりの工夫」として、読めるとは思います。

「軽く」そして「包む」ように書きたい

ぼくは「テーマ」を持って書くことが苦手です。子ども読者に「伝えたいこと」「訴えたいこと」があって書くわけではありません。書き始める前に、プロットを立てたりもしません。ささいな言葉や出来事などに「おもしろい！」と反応したとき、先の見通しもなくいきなり書き始めます。「黒魔女さん」シリーズを始め、ほとんどの作品がそうです。

『世界の果ての魔女学校』の執筆も、第一話のエピグラフ（『ピーター・パン』からの引用）へのリアクションとして、唐突に始まりました（余談ですが、当時は怪我で入院中で、一話目は、病室が消灯になった深夜、ナースステーションの前のほの暗い「談話コーナー」のベンチで書き始めました。となりでは、おじいさんを亡くしたばかりの女の子が、すすり泣いていました。もしかしたら、それが全体のトーンに影響したのかもしれません）。ただ、「どう書こうか」については、明確な意識がありました。

それは「ゴシック」です。「ゴシック」は、ぼくの創作におけるキーワードの一つで、六年ほど前の本誌のインタビューでも、この言葉を使っています。ただ、そこでは「ゴシックとは異端のこと」と、曖昧かつ誤解を与えるようなことしか述べていませんので、改めて説明しておきましょう。

現在、ゴシックという言葉は物の形容に使われます。ゴシック調、とかですね。ファッションの「ゴシックロリータ」も、お姫さま調の「ロリータ」に対し、悪魔チックで、異端なイメージなものを指します。

でも、ぼくにとっての「ゴシック」は建築です。ぼくが初めてゴシック建築に感動したのは、スペインはアンダルシアの州都セビージャの大聖堂でした。世界遺産であり、世界三大聖堂の一つともいわれるこのカテドラルを一目見たとたん、心を奪われました。その後セビージャ通いが止められなくなり、一度などは、大聖堂の真ん前のアパートを借りて、朝から晩まで、バルコニーからうっとりと眺めていたほどです。

「黒魔女さん」シリーズでも、「尖頭アーチ」という言葉が多用されるのも、ぼくのゴシック建築好きの表れです。

ただ、ゴシック大聖堂の真価は、その内部にあります。異常に高い天井のせいでしょうか、一歩足を踏みいれると、体がふわりと浮き上がるような感覚に襲われます。

でも、実際には、柱も壁も重厚な石を積み上げた巨大な石造建築物。その重みに耐えかねて、建築途中や建築後に崩壊した例も、いくらもあるといわれています。

なのに、なぜ浮遊感を感じるのか？　理由は単純。ゴシック建築の目的は「重量感の徹底した排除」だからです。そのために多くの技術が発明されました。「尖頭アーチ」、薄くした壁の代わりに建物の重量を支える「飛び梁」（パリのノートルダム大聖堂の外に張り巡らされたたくさんの「支え」がその典型です）、石柱から細く枝分かれした「線状要素」などは、軽くふわふわした印象を与えるための工夫です。

『世界の果ての魔女学校』
石崎洋司：作／平澤朋子：絵
講談社
（2012年４月26日発行）

『黒魔女さんが通る!!』
石崎洋司：作／藤田香：絵
講談社　青い鳥文庫
（2005年９月15日発行）
※2020年11月現在、通算34巻まで刊行中

これは、同じ巨大な石造建築でも、ギリシャのパルテノン神殿や、バチカンのサンピエトロ大聖堂とは正反対の態度です。古代ギリシャやローマ、その「再生」を意味するルネッサンスの建築では、太く力強い石柱が建物正面にずらりと並べられます。そこをくぐって内部に入ると、重厚かつ豪華な空間に安心感を覚えます。これも理由は単純。そうやって、理性や生命への信頼を主張するのが目的だからです。

唐突かもしれませんが、この正反対の建築様式に、ぼくは児童文学作品のスタイルの違いを感じています。リアリズムでもファンタジーでも、戦争、差別、社会的弱者などをテーマにすえた児童文学作品が多くありますが、そうした「正統派の児童文学」は、ぼくにはルネッサンスの建築のように映ります。そして正々堂々としたものが苦手なぼくは、ルネッサンス建築に美しさを認めても、どきどきはしないのです。

ゴシック大聖堂は教会建築でありながら、理性への信頼とか、生命賛歌のようなものは一切感じません。そもそも「ゴシック」という言葉も、ゴシック建築を見たルネッサンス期の教養人が「まるでゴート人のように野蛮だ」とバカにしたところから生まれたそうです。ゴシック=異端のイメージなのも、そのためです。でも、だからこそ、ぼくには魅力的に思えました。セビージャ大聖堂みたいに、暗く妖しい森の中を、ふわふわとさまよっているような世界を書きたい、と。

といって、ただ幻想的な世界というだけでは、ゴシック建築になりません。まず、たくさんの巨石が必要です。そして、その重い石を積みあげた上で「重量感からの離脱」と「薄い膜に包まれたような」世界にしなければなりません。

こんなわけで、『世界の果ての魔女学校』を書く上での課題は、「巨石集め」とその「造形の方法」でした。

素材の「重み」を「軽く」見せる方法

〈ファンタジーでは、作者が自由に世界を創っていいが、それだけにリアリズム作品以上のリアリティが必要〉。創作講座などで必ず言われることです。ぼくも同意見です。でも、どうしたらリアリティを獲得できるのでしょうか。ぼくの答えは、実在する場所や物、ことがらを使う、でした。

『世界の果ての魔女学校』に使われているイメージのほとんどは、実在のものです。「世界の果て」という立て札は南西フランスにあって、その小路の奥の木造の建物が「魔女学校」のモデルになっています。また、第一話と第三話の主な舞台はセビージャの街で、第三話の古書店があるのはそのトリアナ地区。そこにはお話とまったく同じように異端審問所跡や、「イザベル橋」(実際はイサベル二世橋) があります。

ただ、実在の場所や物の重みというのは、思った以上に大きなもので、素材に使っているつもりが、知らないうちに、作者の方がその重みにひきこまれてしまうことがあります。

実は第三話でも驚くべきことがありました。作中、数百年前に橋のたもとで悲しい魔女の話があったことになっています。この挿話はぼくが勝手に作ったものですが、上梓後、まったく同じ場所に、魔女と断罪された女の幽霊が出るという言い伝えがあると聞かされました。ぼくにあの挿話を書かせたのは、実は「実在の場所の力」かも。オカルト趣味と笑われそうですが、そう思って、背すじがぞっとしたものです。

ともかく、ゴシック建築のように書くには、こうした実在の素材の重さから逃れる工夫をしなければなりません。

そこで考えたのが「素材の組み合わせ」です。たとえば、第一話の冒頭のシーンは、セビージャ大聖堂周辺の夜景を忠実に描いています。けれども、そこにピーター・パンに出てくる「スターリングさん」という英語の名前を入れ、さらにフランス語の言葉遊びを入れると、とたんに、スペインとかアンダルシアの重みが消えるのです。

第四話も同じです。基本イメージはスコットランドの村で、高さ一・五メートルの「滝」も実在します。が、そこに「マルホランド・ドライブ」や「ハリウッド」というアメリカ西海岸の地名とそのイメージや、「少年パリスとリンゴ」というギリシャの図像学ネタを重ねたりしています。

こうして、場所も時代も異なるまったく無関係の「実在」を組み合わせることで、無国籍になる、つまり、どこの話だかわからない、実にあやふやな世界が作れるわけです。

架空の世界を舞台にしたファンタジー作品といえど、通常は実在の素材が持つ香りを残すものです。ダイアナ・ウィン・ジョーンズの作品のいくつかには、強烈にイギリスの風土が感じられます。北欧の神話や伝説を元にしたトールキンの『指輪物語』には、ケルトの香りが豊かに漂っています。

でも、ぼくはその逆をやってみたかった。人間賛歌のテーマをもとに、力強く石を積み上げるルネッサンス建築とは逆に、石の重みをできる限り隠し、教会でありながら悪魔的な浮遊感を感じさせるゴシック大聖堂のように書いてみたかった。そうやって、地に足の着いていないファンタジー世界に読者と自分を包みこむように書いてみたかったのです。

自ら「地に足の着いていない」作品を目指したわけですから、きっと「何がいいたいのかわからない、あやふやな作品」と酷評されるだろうと思っていました。実際、ぼくが児童書出版社に勤めていた頃は、舞台やキャラがカタカナの国籍不明の作品は、概して批判されたものです。それでも、ぼくはそういう世界が大好きで、一度でいいから創ってみたかった。ですから、そんな作品が二つもの大きな賞をいただけたのには、だれよりもぼく自身が驚きました。

「軽さ」を獲得するための文体

作品をできるだけ「軽く」するには、作品ごとにどんな文体を採用するかも、大切です。たとえば「黒魔女さん」シリーズでは、徹底した一人称口語文体にこだわっています。そこでは、会話、キャラクターが口にしていない「心の中の言葉」、説明や描写、つまり「地の文」、すべてごちゃまぜに、同一の口語体で書かれています。これは、氷室冴子さんと、アメリカの作家エルモア・レナードの文体の影響です。

レナードの文体は、原文で読まないとわからないのですが、各キャラクターの発音通りに書くというもので、ですから辞書に載っていない単語がよくあります。でも発音しながら読むと、たちどころに話し手の人種や、生まれ育ち（犯罪小説なのでたいていは下層階級ですが）が、浮かび上がってきます。若い頃のレナードは西部劇小説を書いていましたが、そこには実に端正な英文が並んでいますから、この口語文体は彼が後に編み出したものでしょう。そのせいか、彼がアメリカで認められるのには相当な時間がかかったようです。

それでも、ぼくはその文体の軽さが大好きで、彼のほぼすべての作品を読みました。そして、そのまねのつもりで「黒魔女さん」シリーズをいまも書いています。おかげで、子ども読者からは「この本は小説じゃないみたいに面白いです」という、うれしいお便りをいただいていて、正直なところ、これはぼくの最大の自慢です。

一方、『世界の果ての魔女学校』の文体は、ル・クレジオの『海を見たことがなかった少年』（集英社文庫）を意識しています。この作品は、個人的には「何も語っていない小説」として、とても気に入っているものです。一読すればわかりますが、特に物語があるわけではありません。ただ延々と描写が続くだけ。それこそ何が言いたいのかわかりません。

でも、とてつもなく静かで美しい。目の前に情景がくっきりと浮かび、そこから目が離せず、その世界から出たくない衝動にかられるので、終わるまで本を閉じられない。

こんな風に書いてみよう。そう思ったのはいいのですが、いざ自分でやってみると、これはおそろしく難しいものでした。でもこのスタイルで最後まで書き続けなければ、自分の目指す「軽さ」は保てないだろうという予感がありました。

閉じた世界を創るために

こんなふうに、唐突に書き出すぼくでも、ひとつの作品を創るには、まず「もくろみ」、そして、それに合わせた「素材」や「文体」の選択をしています。でもそれも、自分なりの「理想型」があってのこと。先にお話ししたように、ぼくの「理想型」は「読者を作品世界に閉じこめる」です。そのために、徹底的に視覚的に書くことも意識しています。読者に映画館にいるかのように思わせたいわけです。

視覚的に書くには、描写を細かくするほかありません。自分で言うのもおかしな話ですが、ぼくは児童書作家の中ではけっこう描写をする方だと思います。少なくとも描写が好きですし、軽いエンターテイメント作品と思われているらしい「黒魔女さん」シリーズも、実はかなり描写をしています。

ただ同時に、読者に「あ、描写をしているな」と思われたくもない。そう思われた瞬間「軽さ」が消えるからです。そこで意図的に描写を分散させます。具体的には、ストーリーを高速で進め、会話や挿話の合間に描写を滑りこませます。文体の異なる『世界の果ての魔女学校』でも、この手法を使っています。ただ、そのためには、物語に没頭しつつ、描写の配分の計算を常にしていなければなりません。ですから計算間違い、つまり書き直しもしょっちゅうです。

ときどき編集者から聞くのですが、プロアマ問わず、編集者からの注文に対して「それでは自分の訴えたいものが変わってしまうので直したくない」という方がいるそうです。

ぼくには信じられません。ぼくはすぐに書き直します。テーマを伝えるために書いているわけではないということもあるでしょうが、もっと大きな理由は、自分よりも先に読者がいるからです。〈これでは読者が作品に没頭できない〉〈読者が作品世界から醒めてしまう〉。そう指摘されたら、作品の体をなしていないということ。建設途中で崩壊したゴシック大聖堂と同じ。だから、すぐに、何度も書き直します。

また、児童書では、作品世界の構築には、イラストの力も大きいものです。『世界の果ての魔女学校』の平澤朋子さん、「黒魔女さん」シリーズの藤田香さんは、ぼくの「閉じた世界」の最大の理解者です。お気づきではないかもしれませんが、お二人とも、ゴシック建築では重要な「線状要素」を、しっかりと描いてくれています。

そんなお二人の絵を見るたびに思います。児童書は書き手一人で創れるものではない。読者を巻きこむには、まず制作チームを作品世界に包み込むように書くことが大事だ、と。

『クロックワークスリー
　マコーリー公園の秘密と三つの宝物』
マシュー・カービー：作／石崎洋司：訳／
平澤朋子：絵
講談社（2011年12月9日発行）
★上は、コラージュによる表紙の別案（ラフ）

（二〇一四年四月‐五月号掲載）

七年後、そしてこれから……。

芝田勝茂
しばた・かつも　石川県出身。代表作に『ドーム郡シリーズ』（小峰書店）、『ふるさとは、夏』（福音館書店）、『星の砦』（講談社青い鳥文庫）、『サラシナ』（あかね書房）、『進化論』（講談社）など。近著に『伝記を読もう―渋沢栄一』（あかね書房）。産経児童出版文化賞、日本児童文芸家協会賞、児童文芸新人賞。日本ペンクラブ「子どもの本」委員会副委員長。

以下は、二〇一四年に書いたものです。三・一一のあと、会社をやめ、専業作家としてやっていくことにした頃の、なかなか熱のこもった、いってみれば決意表明で、わたしにとっても記念すべき原稿です。それまでの三十年を、作家としての「第一期」とするなら、ここからわたしの「第二期」がはじまったような気がします。まずは読んでください。

＊＊＊＊＊＊＊＊＊＊＊＊＊＊＊＊＊＊＊＊

〈核〉の存在とファンタジー
――『きみに会いたい』と『夜の子どもたち』について――
（『児童文芸』／二〇一四年四月・五月号掲載）

自作ファンタジーについて語るなら、プロフィールに掲げた『ドーム郡シリーズ』とか『ふるさとは、夏』について語ることを期待されているだろうし『児童文芸』という雑誌の性格上（穏やか～）もそちらのほうが望ましいことはわかっているが、あの三・一一以後、わたし自身の内的なものは明らかに変化した。わたしは、これからは未来（こどもたちの、である）を考え、書くだけでなく、行動することにしたのだ。そんな変化の理由には、『夜の子どもたち』（福音館書店／一九八五年）と、『きみに会いたい』（あかね書房／一九九五年）を書いたことへの作家としてのこだわり（反省と後悔を含めて）がある。この二作について語ることが、今のわたしのファンタジーとのかかわりになるかもしれない。

まずは未読の方が多いだろうから、あらすじから紹介する。『夜の子どもたち』は、心理学を学ぶ若者が、とある地方都市の教育委員会から依頼を受けて、不登校になった五人のこどもたちのカウンセリングを行う話である。

主人公が向かったのは、首都から急行で二時間ほどの八塚市。こどもたちはみな、土地に伝えられたタブーに触れたことで、「他人の顔が石のように無表情になる」という恐怖体験をしていた。八塚市には古代からの伝承とともに、夜間外出禁止条例や、「八」にまつわる伝承やこどもの遊び、八つの古墳、立ち入りが禁止されている小山など、いくつもの謎があり、夏なのに空には白い雪のようなものが舞う。その謎を解くために、主人公とこどもたちは夜の町へ冒険の旅に出る……。すごい設定でしょ。でもこれはミステリー仕立てだけどファンタジーである。

もうひとつの『きみに会いたい』は「他人の心が読める」超能力の持ち主で、それゆえに傷ついている孤独な少女が、とつぜん得体の知れない「少年」からの、すさんだ心象をキャッチしたことから、たがいに夜な夜な「心」で会話をはじめるところから始まる。最初はつらい気持ちを訴えるだけだった少年は次第に暴走をはじめ、少女の制止にもかかわらず、その能力によって、首都からもっとも近い原子力発電所（福島第一の「沸騰水型」ではなく「加圧水型」）を破壊しようと考え、現実に原発の冷却装置の細管は破裂寸前となり、メルトダウンの危機が刻々と近づく。

共通しているテーマがある。

ひとつは「心理学」。『夜の子どもたち』の中でも「ユング的」解釈が何度も試みられ、『きみに会いたい』では、「多重人格」が作品の構造に大きくかかわる。

「ユングなんか読むと小説書けなくなりますよ」と、当時編集者から忠告されたが、それはたしかで、わたしのファンタジーはじぶんの無意識というか潜在意識というか、心の奥深くに眠っている物語の鉱脈を掘り起こし、水面（意識）上にのぼらせる作業なので、解釈や分析ができたら、もう書けなくなるのである。作家にとってはどうにも解決できない「心のよどみ」みたいなものが「物語」として現れるわけだから、それを分析して解釈することができれば、はい、カウンセリング終了。もう、その時点で作品を書く内的必然は消えてしまうのだ。たとえ分析しなくても「よどみのすべて」を書きつくすことができれば、その「物語」は用済みになる。じぶんの本を再読する作家はあまりいないと思うが（いるのか？）、その理由はゲラでつきあい、細部も暗記するほどだし仕事は終わった、ということと同時に、作者にとってはもう「書く意味が失われた」からなのだ。何度も読み返すほど感動してくださる読者にはたいへん申し訳ないが、作者は書き上げた時にはもうさめている。つまりわたしは「心のよどみ」を書いたわけであり、当然ながらこの二作における「心理学テーマ」の存在も「ネタ」としての域を超えない。

いまひとつの二作の共通テーマが「核」である。

『夜の子どもたち』では「核廃棄物」、『きみに会いたい』では原発。nuclear の訳語は「核」であって「原子」ではない。「核発電所」が建設されているのに、「核」を「原子力」に置き換え、非軍事的イメージを意図的に広めてきたのだ。「核を持たない、つくらない、持ち込ませない」という非核三原則を、核爆弾攻撃を受けた日本の国是としながら、じつは国内には五十以上の「核」装置が存在している。「原発」が存在するということ自体、「核爆弾」を抱えているということで、たとえ通常兵器であったとしても、攻撃破壊されればそれはもう、核爆弾が命中したと同様、あるいはそれ以上の悲惨な状況になるのだ。地震だらけの国で、地中に埋蔵するしかない数万年も消えない猛毒を排泄しつづけ、処理施設すらないままに原発をつくりつづけてきた。地球温暖化阻止のクリーンエネルギーだとまでいう。だが安全なはずの原発は、スリーマイルで、チェルノブイリで、そして日本でも何度も事故を起こしていた。原発はコンピュータで動く。それを動かすのは人間なのだ。銀行のＡＴＭでさえ何度も事故を起こしている。まさにあの日、冷却水を確保するための電源車が届かず、さらに電源車が到着してもそのコードをつなぐことすらできなかったではないか。危機管理において、肝心なときに役に立たなかったことは、原発だけでなくさまざまな面で現出した。どんな最新鋭の科学アイテムであろうと、それを動かすのは人間なのだ。わたしがテーマにしたかったのは、そのことだ。そこに作品を書く意味があると思っていた。

だが、本当にそうだったのだろうか？　原発災害がわたしたちに問いかけたのは、原発の存在の危険性なのだろうか？科学への過信、安全神話というおごりへの警告だったのか？電気がなければ生きていけない、と思いこませられている社会。それはまた、金がなければ幸福を買えない社会でもある。貧富の差を生み、他人への憎悪を生み、自然を食いつぶし、食い荒らすことによって成立する社会。人間そのものが「家畜化」している社会。これが「今」という現実だ。それは悪夢ではないのか……？「縄文キャンプ」をやっているからといって、誤解しないでほしい。縄文時代にかえれといっているのではない。豊かさとか幸福とかを、もういちど縄文時代から問いかけようとしているのだ。

わたしたちは縄文の「火焔土器」を目の前にして、そのかたちを生み出した情念のすごさに圧倒される。まずその豊かさを味わうことからはじめたいと思っているだけである。不思議なもので、夜、ちいさなキャンプファイアーを焚いているだけで、そんな古代人の気持ちに触れる気がするだけでなく、頭の中がゆっくりと澄んでくるのを感じる。現代の社会で、きっと脳の中身も汚れまくっているにちがいない。

出版当時、『夜の子どもたち』や『きみに会いたい』に描かれた「危機」を「ドンキホーテのようだ」と感じたが、いまはそれが現実になっている、とある批評家がいった。

だが作家の先駆性など、なんの勲章にもならない。歯止めにも警告にもならなかったのだ。だからこそ、これから何を書かなければならないか、痛切に考えざるをえない。「悪夢」

に対して、どんな「物語」を描けるのか。今のところ、それに対するわたしの答えはこうだ。

ファンタジーは、これらの問題に立ち向かう武器である。十万年後、おそろしい毒を撒き散らす洞窟に立つ、という物語を構想できるのは、ファンタジーだけだ。

いまは、そんな想いで書いている。それが「かたち」となって読者の目にふれることを祈るのみである。

＊＊＊＊＊＊＊＊＊＊＊＊＊＊＊＊＊

七年前の、あのころ……。

会社員をやめ、念願の専業作家になったのはいいけれど、二年がかりの長編原稿は没になり、シリーズ本の計画も暗礁に乗り上げるなど、作家としては完全に行き詰まっていました。創作に「行き詰まる」なんて経験がなかったわたし（いやあ、傲岸不遜です）でしたが、さほど落ちこむこともなく、こんなに元気な文章を書いていた理由は「夢の実現」をめざしていたからだろうと思います。

わたしは某英語教室の事務局に勤務する会社員で、毎年ずっとキャンプ・ディレクターという仕事をしていました。いつか、キャンプ場をつくり、すぐれたスタッフをおいて、理想のサマーキャンプをやりたいと思っていたのでした。

『ぼくらのサマーキャンプ』（国土社／二〇〇八年）という本まで書きましたが、そのころ、ふしぎな出会いがいくつかあって、山梨県で個人主催の小規模サマーキャンプを始めることができたのです。リスクの大きい赤字キャンプをやるなんて、道楽以外のなにものでもないわけですが、だれにも縛られない、じぶんの人生を歩くのは、すばらしかった。キャンプの下見をするために、山梨にむかって高速道路を走っていたときの幸福で充実した高揚感、忘れることができません。いやあ、いちどはやってみるものです。これからは作家として稼ぐからさあ、と妻に宣言し（もちろんあきれ顔ですよ）、カルチャー講座の講師や、国語を教える出張寺子屋のささやかな収入で、意気だけは軒昂でしたが、ほそぼそと暮らしていました。そんな時。この原稿を読んだ、未知の編集者が「会いたい」と連絡をくれたのです。「十万年後、おそろしい毒を撒き散らす洞窟に立つ」物語を書いてほしいとおっしゃる。

わたしは正直に、行き詰まっていることを白状しました。某大手出版社から、シリーズ化しようとすすめてきた「多摩川を、航空母艦が遡上してくる」というＳＦが暗礁にのりあげた話も、もちろんしました。すると編集者はいいました。

「それ、めちゃくちゃおもしろそうじゃないですか！　もういちど、やってみません？」

ふしぎなものです。そのひとことで、自分でもどうしようもなかった物語が、ふたたび動きだしたのですから。

「行き詰まっていた」はずの物語は完成し、『空母せたたま小学校、発進！』（そうえん社／二〇一五年）が発売されます。四人の子どもたちとAI少女の艦長が、多摩川下流域をモデルとした架空の空間「せたたま地区」を舞台に、さまざまな「敵」とたたかう。過去も未来も現在もごった煮にした「空母せたたま小学校」シリーズは、奇想天外スラップスティックSFファンタジーの傑作となりました（当社比。さらに個人的感想だいっ）。シリーズ三巻目『戦争ガ起キルカモシレナイ』は『夜の子どもたち』の、ある意味完結編ともいえる未来小説となりました。この作品は前半後半に分けられていますが、後半のタイトルはまんま「夜ノ子ドモタチ」です。

個人主催「縄文サマーキャンプ」は、二〇一八年、第六回を最後にしました。

その年の暮れにディケンズの『クリスマスキャロル』（ポプラ社／二〇一八年）を編訳し、伝記『織田信長』（学研プラス／二〇一八年）を上梓し、わたしの「第二期」作家時代は、六年間で、単行本十二冊となりました。冊数をじまんするわけではありませんが、第一期の三十年間で、単行本となった長編は十七冊だった（プラス再刊七冊）ことを考えると、「第二期」の仕事量は、多少誇らしくはあります。とりあえず専業作家として、露命をつなぐことはできたみたいです。

ひるがえってコロナ禍の現在。

じつはコロナがなくとも、難問が山積している現代は、人類にとっても、むずかしい時代です。わたしたちの置かれている生活環境の変化は「指数関数的」に急激です。大人ときたら、あいかわらず目の前のことに翻弄されているだけのような気がします。危機は、おそらく子どものほうが、感覚として大人よりはるかに重くうけとめていることでしょう。こんな時代に「どう生きるべきか」という設問自体、児童文学作家の手におえるものではないでしょうが、せめて開き直らず、これでいいのか、と自問するべきだろうと思います。

わたしは、七年前、第二期のはじめに「縄文時代を考えてみよう」と思いました。一万年続いた、持続可能な「穀物生産以前」の時代のありようを、子どもたちとキャンプしながら考えてきました。言語化するには、時間がかかりそうですが……。

でも、ここからが「第三期」です。人類の未来について、「ものがたり」を紡いでいかなければならない。

その物語は、シンギュラリティや量子物理学のかなたではなく、じつは過去のどこかある地点から始めることかもしれないという、かすかな予感もあります。……はい。まだまだ、過渡期にいるんだという報告にすぎませんが、偽らざるところをすこし書いてみました。

がんばりましょう、いっしょに。

（二〇一四年四月–五月号掲載　加筆）

飛び立つファンタジー

越水利江子
こしみず・りえこ　一九九三年『風のラヴソング』（岩崎書店）でデビュー。同書で日本児童文学者協会新人賞及び文化庁芸術選奨文部大臣新人賞を受賞。『あした、出会った少年』（ポプラ社）にて、日本児童文芸家協会賞を受賞。著作は『恋する新選組』（角川つばさ文庫）、『忍剣花百姫伝』（ポプラ社）、『うばかわ姫』（白泉社）など一三〇冊超え。実母の戦争体験を描いた『ガラスの梨　ちいやんの戦争』（ポプラ社）を語り継がねばと活動中。

かつて、ファンタジーは「ふしぎの国のアリス」をたとえて、主人公がうさぎ穴から異界へ落ち、冒険して、またうさぎ穴から帰ってくるものだと語られました。

けれども、私のファンタジーの多くは、落ちるというより、主人公が飛び立つ物語です。暗い穴に落ちるのではなく、無限の空《くう》に飛び立つのは、飛び立つ場こそが異界そのものより重要だったりします。それは、飛び立つという展開そのものがリアルでなければならないからです。

そのために、私はファンタジーの物語を書くときは、歴史実録物を書くより幅広く、深く取材をします。飛び立つ現実の場こそが、ファンタジーの要だからです。ファンタジーというのは、徹底したリアリズムの地平から飛び立つからこそ、愉しめる物語となるのです。

『忍剣花《か》百《お》姫《ひめ》伝』を例にとってみますと、全七巻のすべての舞台は、実際にこの日本、また世界に存在する場所なのです。

こういうと、『忍剣花百姫伝』を読んで頂いた読者さんは、「こんなにすごい所が本当にあるって⁉」と、きっと、驚かれるでしょう。でも、本当なんです。取材を徹底すれば、「真実は小説より奇なり！」ということがわかります。

さて、物語は、時の権力にまつろわぬ鬼の一族の姫として生まれた花百姫が、戦乱の中、落城と共に行方不明になり、盗賊に育てられるところから始まります。

一方で、運命の子、花百姫を探す八忍剣と呼ばれる忍剣士たちが次々と現れ、姫のもとへ結集します。そして、花百姫は、世界を滅ぼそうとする魔の者たちとの戦いに巻きこまれていくのですが、その戦いの場の取材は、五年がかりであちこち飛び回りました。まずは、奈良、近江あたりから始めて、次は熊野、出雲へ行きました。見ておかねばならないのは、日本古来の製鉄をした踏鞴の里でした。古来の鉄はどうやって作られたのか、その一族はどういう人たちだったのか。彼らの精神文化は？　信仰は？　……と、細やかに取材しました。また、全国に散らばる磐座を片っ端から調べました。

そこで、注目したのが、富山県南砺市《なんとし》の五箇山の天柱石と、奈良県山添村の鍋倉渓でした。天柱石は、宇宙から降ってきた天の磐船が座礁したかのように、巨大な舟形の岩が半ば埋もれ、天に向かって咆哮しているような磐座で、この天柱石は、物語を大きく動かしていく存在になりました。

そして、以前から注目していた奈良県山添村の鍋倉渓へも行きました。ここは、陰暦七月七日の夜空を、天の川ごと、そのまま地上に映したという奇跡のような磐座が遺されている地です。その地に入って、私は確信したのです。

「ここが、花百姫たちが飛び立つ最後の地となるだろう」と。

物語の構成やアイデアを、頭の中だけで考えているのでは、大したお話にはなりません。取材で、自分の持っている常識を吹っ飛ばしてくれるようなものに出会った時こそが、物語が誰のものでもない、自分だけのたった一つの物語になるチャンスなのです。

私は、その鍋倉渓を、物語の中で、星鏡の渓谷と名づけました。

星鏡の渓谷へ向かう花百姫、八忍剣たち、そして、まつろわぬ一族も次々と結集して、魔の者らもこの地へ……。

全七巻になったこの物語の最大のクライマックスの始まりでした。そして、ついに行き着いた国は……という展開です。

とまあ、ここまでは、展開だけのお話ですが、実はこの物語に一番深く注いだのは登場人物たちへの「愛」でした。

花百姫と八忍剣には、それぞれ熱狂的なファンがついていて、物語が完結した当時には、結末の続きを原稿用紙何十枚に書いて送ってくれた子たちが複数いました。

血の繋がらない美貌の弟、美女郎《みめろう》と、盲目の兄、天魚《あまご》の兄弟萌えの少女もいれば、花百姫と霧矢という年の差カップル萌えの少女たちもいて、その子たちがこぞってブログへ来てくれた頃は、記事へのコメントが二百、三百超えというのも珍しくはありませんでした。

物語が後半にさしかかると、大人の女性たち（なんと、あさのあつこさんも！　令丈ヒロ子さんも！）が、大好きといってくれるキャラ人気が急上昇しました。

夢候《ゆめぞうろう》という若旦那ふうの軟派な忍剣士です。夢候はあきれるほど女たらしです。

この男は、「この世の花は女だ。男なんぞは土くれだ」といい、女を守るためだけに生きているような男なのです。

この男が、世の女性たちの心を鷲掴みにしたみたいで、書いた私もびっくりの人気者ぶりでした。

そのほか、最強の剣士たちに囲まれながら、全く戦闘能力がなく、癒しの能力しかない醜草《しこくさ》と、たくましい師匠、銀髪の那扉鬼《なびき》の師弟愛萌えのファンも多かったです。

私は、花百姫はもちろん、八忍剣の一人一人が愛しくてならなかったので、その一人一人にファンがつくのは、心から、本当に嬉しかったです。

このシリーズは、私が尊敬する作家さんたちにも深く愛して頂いた作品で、二巻から七巻まで、令丈ヒロ子さん、香月日輪さん、ひこ・田中さん、那須田淳さん、石崎洋司さん、あさのあつこさんに、解説を書いて頂きました。

その解説に溢れる愛に、私は何度も感動して胸が一杯になりました。それらは、「ぜひ、解説だけでも立ち読みして下さい」といいたくなる宝石のようなお言葉の数々でした。

いや、ほんとに！

ぜひ、各解説だけでも読んで下さいまし(あ、いってしまった……！)。

「愛、悲しみ、そして戦い……。これぞ王道ファンタジー！読者に深いため息をもらさせる物語。登場人物それぞれの心の景色が「愛」と「哀」に満ちているから、ただおもしろいだけでなく、深い情念がにじみでてくるのです。」

と、書いて下さったのは石崎洋司さんです。

しみじみ、書いてよかった、登場人物を愛し抜いてよかったと思った一瞬でした。そう、作家が愛していない登場人物では、読者にも愛されることはありません。

そういう意味では、どんなに波乱万丈な展開を考えても、読者が好きになってくれないキャラでは、物語としての命は宿らないのです。

こういいつつ、では、このぐらいの作品をまた書いてねといわれたら、私は、しばし固まってしまうと思います。「はい、はい」と二つ返事で書くには、愛と時間を相当チャージしなければ無理だからです。

現在、私の著書は共著を含めると八十数冊になります。では、さぞかし印税が入るんだろうなと思われるでしょうけれど、児童書に限ってそんなことはめったにありません。

そう考えれば、児童書というのは、ロングセラーにならない限り、何十冊出そうが、作家はどこまでも貧乏なのです。

でも、すでに新刊といえないシリーズが注目されることはあります。『忍剣花百姫伝』もそうでしたが、「ラブは剣より強し！」という帯で少女たちがこぞって読んでくれた『恋する新選組』シリーズも、今、再び、注目され始めています。

というのは、この「恋組」(ファンの読者はこう呼んでいます）のイメージソングを作って下さるというミュージシャンが手を上げて下さったからです。

作曲は、二〇一四年一月十一日に日テレでスタートする関ジャニのドラマ「SHARK」の音楽・演奏を担当してらっしゃるMar-Bowさんです。作詞と歌は日南まゆきさんが、本格PVを映画監督の竹内英孝さんが撮って下さることになっていて、これも二〇一四年春頃に発売される予定だからです。

同時期に、「恋組」は、教育情報サイト「ベネッセ」（Benesse）さんで会員向きの電子書籍化もされますので、その宣伝などもして頂いております。

こう考えると、児童書って、そのひろがり方がファンタジーだなあと思います。思いもよらないところから、新しい舞台が開けるわけですから。

この「恋組」も執筆する時は取材しまくりました。

当時知り合った新選組関係の研究、実録作家の皆様とは今も交流がありますし、新選組のご子孫の方々とご一緒させて頂き、多くの遺跡をめぐりました。宮川家（近藤勇のご子孫）を筆頭に、土方家、井上家、沖田家に伝わる手紙や伝聞も、とても参考になりました。


「恋組」は実録を基本としていますが、一部にファンタジー要素を加えているので、それが、子どもたちに愛されたのはとても嬉しいし、二〇一四年には再び、「恋組」が、子どもたちの手に届くチャンス到来なのです。

「ありがとう、物語の神様……」と、今は合掌しています。

最後に、『忍剣花百姫伝』が、一般書籍のピュアフル文庫で文庫化されたので、これまで、私の作品を読まれたことのない一般小説の編集さんや、版元さんの目に触れる機会があって、花百姫繋がりで、次々、一般書のお仕事が入ってきています。

そのスタートは、二〇一三年一二月二一日発売の文芸誌「読楽」（徳間書店）の新春号です。

新春号は、時代ファンタジーというか、伝奇時代小説特集です。私は読み切りの「うばかわ姫」という物語を書いています。

また、二〇一四年には、一般文庫のお仕事が入っており、その一つは、時代小説文庫です。

どうやら、二〇一四年は、私にとって、一般小説のスタートとなる年のようです。


（二〇一四年四月-五月号掲載）

児童文庫のこれまでの十年、これからの十年

秋木　真
あきぎ・しん　埼玉県出身。主な著書に『怪盗レッド』『少年探偵 響』（角川つばさ文庫）、『悪魔召喚！』（青い鳥文庫）などのシリーズがある。

僕が主に仕事をしているのは、児童文庫というジャンルです。ほんの十年前には、児童書コーナーの片隅にあった児童文庫ですが、この十年で一気に様変わりして、児童書コーナーの目立つ場所におかれることも、珍しいことではなくなりました。

その契機となったのは、総合出版社の KADOKAWA の児童文庫への参入です。

それまで児童文庫どころか、児童書にもほとんど関わりがなかった KADOKAWA の参入は児童文庫市場を大きく変えました。

子どもたちが、自分のお小遣いで買いに行きたくなる本。それを強く打ち出す本作りを始めたからです。

それ以前にもその流れはあって、今年四〇周年を迎える児童文庫の老舗の青い鳥文庫が、九〇年代後半から二〇〇〇年代にかけて、大きく舵を切ったことに起因します。

登場したのは、魅力的なキャラクター、子どもになじみやすい文体、エンターテイメントなストーリーを盛り込んだ、物語です。『パスワード』、『若おかみは小学生！』、『黒魔女さんが通る‼』、『名探偵 夢水清志郎事件ノート』、『妖界ナビ・ルナ』などが次々と児童文庫に登場しました。

これらのシリーズは爆発的なヒットを記録し、のちに参入を決める各出版社が注目する呼び水になりました。

話はもどります。KADOKAWA の児童文庫参入の二年後には、集英社が参入しています。そして続くように小学館など、今では複数の総合出版社が参入する、ちょっと今までの児童書とは違う空間が出来上がっている、とその中で仕事をしている僕も思います。

現在、児童文庫で積極的に出版しているのは、講談社、KADOKAWA、集英社、小学館など大手出版社がメインです。当然ながら、編集部に所属する編集者の来歴も、児童書一筋なんていう方を、見つけるほうが難しいぐらいです。

一般書、コミック、ゲーム雑誌、ファッション雑誌など様々なジャンルから異動してきた編集者が担当することに

なります。

そこで飛び交うやり方に、僕はいまだに目を白黒させることがあります。それぞれが、得意な分野を持つ編集者なのです。その考え方は、編集者が変われば意見が変わるのも当たり前です。

僕がまだ『怪盗レッド』シリーズを始めたての頃、担当さんに言われたリテイクが、「ここベタフラッシュで!」。

わかる方にはわかると思いますが、漫画で黒背景に白抜きで中央に向かって集中線を引いたものをいいます。

漫画では、その場面を強調して目立たせるために使います。漫画編集部にいた担当さんからすると、そのとき一番しっくりくる言葉が、ベタフラッシュだったのだと思います。

今でこそ笑い話ですが、当時は異種格闘技戦でもやっている気分でした。

そんな児童文庫ですが、読者は圧倒的に女子が多いとされています。女子向けに作られているわけではないのですが、結果的に女子読者が多いため、女子に向いた作品が多くなる傾向が続いています。

児童文庫の編集者の方と話すと、大抵出る話題が、男子向けをどうにかしたい、新しいジャンルを開拓したい、の二つです。

それと同時に、これがまったくもって難問だというのも、編集者も作家も理解しています。

児童文庫は、読者の人気に左右されるジャンルです。人気がなければ打ち切られる。そもそも、人気が出ると編集部で思われなければ、企画すら通りません。

例えば、今なら恋愛ものやデスゲームもの（基本的に人は死にません）がジャンルとして人気です。これらの企画なら、比較的通りやすいですが、逆に異世界ファンタジーやSF、男子だけに向けた企画などは、企画書の段階で、まず通すのが格段に難しくなります。

ですが、売れないから、売れそうにないから、といって企画を最初からあきらめていては、児童文庫の未来は明るくありません。少なくとも、作家も編集者もそう思っている方は多いと思います。

角川つばさ文庫の参入から十年。児童文庫は劇的に変化を遂げました。では、これからの十年。どう変化させていくのか、変化していくのか。

子どもたちが、自分のお小遣いで買いに行きたくなる本。そのことを忘れずに、今、児童文庫で書く作家の一人として、がんばっていこうと思っています。

（二〇二〇年二月−三月号掲載）

第四章　詩・童謡

【寄稿】

出版社からみた詩の世界

柴崎俊子

しばざき・としこ　１９８６年銀の鈴社創設。ジュニアポエムシリーズはまもなく３００冊。本協会第五一回児童文化功労者。野の花画家（阿見みどり）。

思えば私の出版理念の土台は、学生時代にその種がまかれました。万葉学者の父が主宰する国語国文学の研究団体「解釈学会」の機関誌『解釈』の編集手伝いをしながら、必要に迫られて大学の「編集出版実務のための夏期講座」を二年連続で受講しました。のちにこの講座は専門学校「エディタースクール」に発展しましたが、「出版とは文化継承の大切な役目を担う職業である」という基本から説いてくれて、若い私は真剣に「自分に出来ること」を考えました。

当初は『解釈』を軸に国文学や国語教育の研究書ばかりでしたが、やがて島崎藤村の研究家（東洋大学教授）、伊東一夫先生から少年詩集『星の美しい村』（鈴木敏史著）の重版を頼まれました。

序文は小林純一先生にとのこと、はじめて小林宅を訪れてお話がはずみました。

「心の豊かな子ども」には、子どもの成長期に質のいい土壌をたがやすこと。そのためには選りすぐった短いことばの少年詩だ。子どもは行間を読む力だって無限にある、その環境づくりを一緒に盛り上げていきましょうと。意気投合して、少年詩のシリーズの企画がぐんぐん進みました。「少年詩」ということばに首をかしげた夫、芳夫社長の案でジュニアポエムと命名しました。

少年詩は詩人が真実を見つめて紡いだことばです。うれしいとき悲しいとき、児童や思春期の子どもから年齢をこえて老齢の人まで、読み手の器に合わせて空気や水のように心に染み込んでいきます。ジュニアポエムシリーズについて谷川俊太郎氏も「少年詩はシニアのこころにも」とことばを寄せてくださいました。

詩はことばの芸術の極致だと思うのです。その証拠に東北大震災のさなか、虚脱状態の私たちをなぐさめ癒してくれたことばたち。テレビからは金子みすゞや宮澤章二の詩が繰り返し繰り返し流れていました。あのときのしみじみした深いことばはどれほど多くの人を救ってくれたことでしょう。フランスの詩人で哲学者のポール・ヴァレリーは「詩は踊りで散文は歩行」といっています。また文芸評論家の富岡幸一郎は「詩は、言葉の響きと音韻。イメージの喚起力。それによって音楽に近づく。散文は、描写力と構成力によって絵画に近づく。詩は音楽的で、散文は絵画的といえるのではないか」といっています。あの有名な「心に太陽を、唇に歌をもて」を思い起こします。音楽とともに人間社会になくてはならない最後のエネルギーのもと、それが少年詩の世界なのです。作曲家の感性が後押しして、温かな童謡や、合唱曲になったり、また ひとつの詩の世界をそのまま一冊の絵本にしたり、老人ホームで朗読されたりと、詩が詩集の形をとびだして羽ばたいていくのは楽しみです。

ジュニアポエムシリーズは現在二七二冊目。個人詩集なので、そのまま詩人の分身でもあります。編集者としてはそのことにいちばん重点を置いています。一編の詩を他の詩と合わせて読む事で、より詩人の立ち位置に近づけると思うのです。ひとりの詩人の心の宇宙を追体験できる醍醐味です。

また別に少年詩のアンソロジーも年刊で好評です。これは、故秋原秀夫さんがはじめた『現代少年詩集』をひきついで『子どものための少年詩集』として改題し、現在二九年目。銀の鈴社は三世代のファミリー出版社で、営業企画担当の孫の西野大介が「この詩集は子どもたちにどのように伝わっているのか確認したい」とのこと。「なるほど独りよがりということもあり得る」とはっとしました。彼の提案でまずは母校の学校から授業で展開してもらおうと、ゲラの段階で子どもたちに感想を書いてもらう活動がはじまっています。鎌倉市の市立中学校、都立両国中高一貫校のモデル授業や中村学園中小、鎌倉女子大付属中など夏休みの宿題を秋の授業に展開したり、今では定例化して、「自分で考える、想像する」実践として評価されて、活発です。その報告を「銀鈴通信」という冊子にして、アンソロジーにはさみこんで届けています。

子どもたちの心の広さ、理解力の深さに感動します。指導する先生の指導法によっても違いがあります。今の子どもたち、中学生について安心してばかりはいられません。「中三、教科書理解できない25％ 読解力不足」国立情報学研究所（東京都）の調査で明らかになった（読売新聞９月23日）という記事は、情報あふれるインターネットの時代、本を読む時間が少なくなった子どもたちの現状かもしれません。

「わたしの好きな三編」として子どもたちが選び、どこに着目したか子どもの文字そのままを作者にフィールドバックしています。このすなおな反応に接して詩人たちは前向きな創作意欲のもとにもなっているようです。出版社の立場だからできること、気づき即実行の私たちのもう一つの報告。月刊誌『教職課程』（協同出版）に詩のコーナーを連載中。毎月一万部発行の教員志望者のための情報、教養誌です。「教員になる前に読みたい詩――受験情報や勉強ももちろん大切だけれど、ここでちょっとひと休み、心に沁み入る詩を疲れたあなたにお届け」として、毎月一編を選び紹介する、西野真由美社長のコーナーで少年詩を発信し続けています。

（二〇一八年四月－五月号掲載）

【寄稿】

初めて詩集をつくろうとする方へ

てらいんく
佐相美佐枝
さそう・みさえ　株式会社てらいんく（平成九年四月創業）代表取締役社長。命、平和の大切さを伝える児童文学を中心に出版活動を行なっています。

レイ・ブラッドベリの中編小説『歌おう、感電するほどの喜びを』と、ハーレイ・ジョエル・オスメント主演の映画「ウォルター少年と夏の休日」に、初めて出会ったときの感動が忘れられません。

前者は、ロボットの家事手伝いを主人公にした、「鉄腕アトム」の世界の未来が舞台です。後者は、育児放棄をされている男の子が、田舎に暮らす度外れたおじさん（母親のきょうだい）と一緒に一夏を過ごす冒険物語です。涙腺のもろくなった年寄りには胸に毒なラストです。

一編の詩が百五十枚の小説、二時間の映画に匹敵するほどの感銘を自分たちに与えてくれることがあります。詩の力は無限だと思います。

だから、詩をつくる人を尊敬しています。片手を開いて、ふーっと吹けば、なんと、ＣＧを使ってでも追いつかない世界・事物を現出させる。詩を読む短時間のうちに、時空を飛び越えてはるかな高みへとわれわれをいざなう。ひととき、新しい世界の花園ではねまわり、かぐわしい空気を思い切り吸い込むことができる。

で、あなたは詩集をつくる。身の回りの自然をよく観察し、感動したことを詩に詠みます。そして、自分が受けた感銘をほかの人にもぜひ伝えたいと思います。こうして、詩を書く生活が続いて、何年かしてようやく一冊に編む分量がそろいました。

四十編そろった？　けっこうです。で、詩集のタイトルは決めましたか？　決めている？　わかりました。先人たちの詩集のそれとダブることなく、フレッシュなタイトルを選びましたか。

ところで、詩の推敲は済みましたか？　いちばんよく無視されているのが、表記の統一です。先にカタカナで書かれていた言葉が、次には平仮名で書かれているとか。初めは漢字だったのが、後には平仮名で出てくるとか。必然的な理由があってそうしているのならともかく、そうでないのなら、表記は統一してほしいですね。

連の並びはいいですか？

言葉の選択にあたっては、細心の注意を払いましたか？

あっという間に賞味期限が過ぎてしまうような流行語を使っていませんか。また、いかにも死語と思われる言葉を使っていませんか。意図することなく、地方独自の言葉を使っていませんか。誰かを傷つける文章になっていませんか。

文化の進歩に連れて変わっていく、対異性への取り組みにも注意をはらいましたか。平和教育、同和教育に違背する内容はありませんか。あらゆる注意をはらって詩編を吟味する必要があります。

さて、作品がある程度たまって、そろそろ一冊の本にまとめたいと思うようになったらどのように動いたらよいでしょうか。

あなたが詩の同人に入っている場合は、主宰者の方に信頼できそうな出版社を紹介してもらうことです。そうでない場合は、自分の手でそのジャンルの出版を得意とするところに直接電話してみることです。

少年詩集のジャンルにあっては、出発は個人出版からです。これは自費出版といいかえてもいいでしょう。自費出版の本でも、選考委員の目に止まれば、もちろん受賞の対象になります。まずは、世に発表することです。

自費出版で、全国に詩集を流通させることは可能です。数多くの人に読んでもらって本にまとめたことの志にも通ずるでしょう。

電子出版を希望する方は、当該の本を出版した会社にご相談ください。紙の媒体よりも、電子媒体のほうがはるかに長い時間、読者の目に触れる機会はあります。いきなりの電子出版という手もありますが、持ち重りのする紙の媒体での初出が必須です。少し前までは、電子書籍は、紙の本を売れなくするという考えがありました。しかし、今、特にコロナ自粛で、電子書籍に興味を持つようになりました。

読書にも、いろんな形があってこそ発展すると思います。今後、紙と電子と又は両方の出版を著者の方に選んでいただくことを企画したいです。

さて、出版が決まりますと、担当の編集者との打ち合わせが始まります。判型、タイトル、構成の再検討、絵を入れる場合はそれに関する話し合いが必要になります。まれに作者当人が挿絵をかくこともありますが、当人の希望する絵描きさんがいない場合は、版元が用意します。数名の候補を選び、その中からお好みの人を選んでもらいます。表紙もかいてもらうわけですから、希望を的確に伝えましょう。

　四十編の詩群をいくつかのブロックに分けて、章として構成し、あまり多すぎない点数の挿絵をつけます。もちろん、挿絵の全然ない詩集もたまにはありますが、幼年詩集・少年詩集にはつけるケースがほとんどです。詩の内容をじゃましないものが望ましいですね。

　少年詩集の制作で『少年詩の魅力』（海沼松世 著／てらいんく刊）が、大変参考になりますのでご紹介します。六十編以上の古今の詩作品を挙げて、詩の基本や表現方法、専門用語などをやさしく解説しています。ぜひご一読ください。

　最近小社の詩集で受賞したものを二冊取り上げてみましょう。織江りょう氏とたにけいこ氏のものです。両者ともに詩歴豊富であざやかな腕前を見せてくれます。

　二〇一九年度日本童謡大賞受賞の織江りょう 童謡集『とりになった ひ』の受賞の理由は、幼児童謡という難しい詩世界にまっすぐに向かい合い、豊かな詩精神あふれる作品群を称えられました。四十四編いずれの作品にも発見があり、高揚感が感じられ、次々とページをめくりたくなります。

　織江氏には第一童謡集『みんなの地球』（二〇〇六年）、第二童謡集『ひだまりの道』（日本童謡賞新人賞を受賞しました）、第三童謡集『こころのポケット』（二〇一四年）でもお世話になっています。氏は第一童謡集刊行のころは、すでに先鋭的な童謡作品を児童文学誌『ネバーランド』に発表し続け、読者に高い評価を得ていました。当初より矢崎節夫氏に師事しており、まど・みちおさんを尊敬していました。十四年前を思い起こすと、現在の自信に満ちた制作の姿勢に隔世の感があります。

　絵詩集『森のおしゃべり　命あふれる屋久島の心』（たに

織江りょう 童謡集
『とりになった ひ』

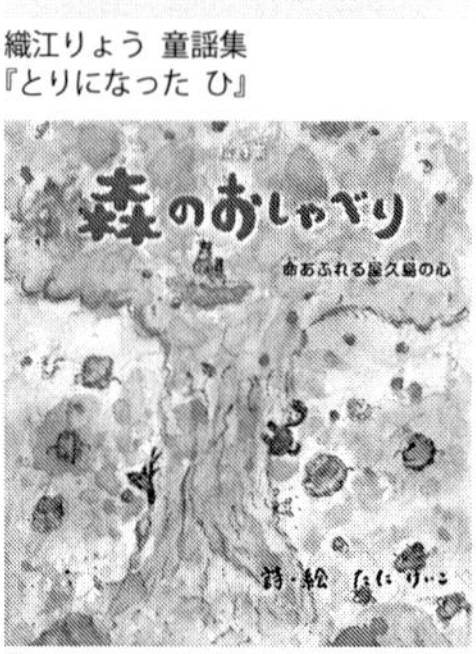

『森のおしゃべり』

けいこ 詩・絵）は、令和二年四月から全国で使用される小学校国語の教科書巻末に紹介されてから、学校図書館からの注文が続いて、現在重版中です。本書は、児童文学の振興を目的とした鹿児島市の「児童書出版助成」の第一回対象作品として二〇一六年に出版しました。鹿児島市の「児童書出版助成」は、鹿児島市在住、在勤、出身者に限られていますが、このようなチャンスを利用されると大きな宣伝になります。

終わりに、近刊であるいとうゆうこ詩集『ほんとのなまえ』から一編。

月のあじ

いいにおいがするので
外へでてみると
月が熟していた

口をあけて
ひかりをのみこむと
月のあじがした

詩集を上梓した暁には、雨霰の流れ弾が飛んできます。「御棚下」と記して贈った自著に対しての、愛にあふれた友愛の意の批評の言葉です。批評には素直に耳を傾けましょう。単純な印象批評はスルーしても、詩作歴数十年の先輩の発言にはうなずけるアドバイスが多々あるはずです。貴重な助言をいずれの日か自分の筆先に表せればいいのです。

あなたは処女詩集を生み落としました。生みの苦しみを乗り越えてはるかな海洋に船出しました。一人前の詩人として詩を書く歓びをめざしながら、数年後の第二詩集の打席に立ちます。

今は悪疫がはびこっている状況ですから、読んで元気が出る詩集が欲しいですね。それから、小手先でまとめたものでなく、心からの感動を与えてくれるものが欲しいです。これまで無慮万をこす詩集が出されているでしょうが、何十年を経てそのうちの一編をそらんじることがあれば、それは作者にとっての喜びとなるでしょう。

私は詩を書けません。すぐれた詩を読みたいだけです。編集者が感電するほどの喜びを与えてくれませんか。

（二〇二〇年十二月－二〇二一年一月号掲載）

詩の力にあこがれて

楠木しげお
くすのき・しげお　徳島県出身。『旅の人　芭蕉ものがたり』（産経児童出版文化賞推薦）詩集『まみちゃんのネコ』伝記『新美南吉ものがたり』など。

私の生い立ちには、ビートルズやロックはなく、徳島の農村での少年時代、ラジオで聴いていたのは、歌謡曲や童謡でした。歌謡曲でいちばん心ひかれていたのは、島倉千代子の歌でした。童謡も色々聴いていましたが、東京へ出たいと思ったのは、歌謡曲の作詞家を目指してでした。

昭和四十年四月、東京学芸大学の国語科に入学し、これからどう作詞の勉強をしようかと思って、指導教官の米津千之《よねつせんじ》先生に相談したところ、

「それなら、いい詩人を紹介するよ」

ということで、サトウハチローの木曜会を教えてくださったのでした。サトウハチローのお名前は知っていました。

米津先生は『木曜手帖』の発足時からの同人で、サトウ先生と親しかったのでした。

本郷、東大農学部裏のサトウ邸での木曜会（火曜と土曜の夜に勉強会）に入れて頂いたのは、昭和四十年十二月でした。

内弟子の宮中雲子先生には、以後、長らくお世話になりました。宮中先生も、米津先生の導きによって、木曜会に入られたのでした。私と同じ四国の、愛媛県のご出身です。

さて、サトウ先生に詩を見て頂けるのは嬉しいのですが、先生はもう歌謡曲は書かれず、童謡に打ち込んでいらっしゃったのでした。仕方なく、童謡詩を書き始めました。山野三郎作詞の「うれしいひな祭り」は、好きな童謡でした。山野三郎がサトウ先生のペンネームだと分かり、それなら童謡も悪くないかなと、思ったのです。

私の詩が初めて『木曜手帖』に載ったのは、昭和四十一年三月の、120号でした。

徳島の田舎の、春の風景を思い浮かべて書いたものです。

ミツバチのきせつ

ミツバチほっぺに　ぶつかった
日暮れはまっすぐ　飛ぶらしい
れんげの花粉を　おいてった
巣箱の団地は　丘にある

（第二連省略）

この「ミツバチのきせつ」（第一連のみ）を『詩とメルヘン』に投稿して、昭和四十九年七月号に、やなせたかしさん

の挿し絵付きで掲載されました。

サトウ先生の詩情はとても繊細です。

《思いやりがあって優しい》《小さいもの、軟らかいもの、透けているものが良い》《大きいもの、厚いものはダメ》《けばけばしい原色はダメ》

サトウ先生は、西條八十の門下ではあるのですが、八十とは作風がかなり違います。八十は、大きいもの、濃いもの、原色でも平気です。

サトウ先生が、木曜会の勉強会で、お手本として示されたのは、白秋の詩でした。白秋の詩情を尊敬されていたのです。

雪の降る情景を、「空でだれかが　お化粧をしているのでしょうか　白いおしろいが　ふってきます」などと描写したとしたら、木曜会では✖です。おしろいは澄明ではありません。濁っています。

サトウ先生は、深刻なもの、暗いものは、忌避されました。子どもたちには、明るいもの、楽しいものを与えるべきだというお考えでした。

ご自身に、「もずが枯木で」という、反戦と受け取られる詩がありますが、これはたまたま生まれたものです。反戦の気持ちはあっても、それを生《なま》のまま前面に出すようなことは、されなかったのです。「長崎の鐘」にしても、激しく怒りをぶつけたりはしていません。静かに優しく慰めています。

『原爆の図』をご主人と一緒に描かれた、丸木俊（当時は赤松俊子）さんが、試写会に招かれて映画『長崎の鐘』を見た後、「祈りばかりで、原爆への抗議がないじゃないの！」と憤慨したそうです。サトウ先生の「長崎の鐘」の歌も、ご不満だったことでしょう。この歌の作曲者は、ＮＨＫ連続テレビ小説「エール」の主人公のモデルになった、古関裕而さんです。

木曜会でのことですが、あるとき、サトウ先生が選者で、曲が付いてテレビで歌われるという、歌詞の募集があり、私は変名で応募しました。

サトウ先生の詩の手法として、これでもかという畳み込みがあります。私は先手を打って、「ふえた　ふえた　ママにもふえた」と、精一杯に畳み込んでおきました。

運良く採用されたのですが、使われた歌詞を見て、びっくりしました。「ふえた　ふえた　ママにもふえた　ほんとにふえた」と、なっていたのです。

見事にやられました。やはり、二、三枚上手《うわて》だったのです。

昭和四十四年四月に、「日本童謡協会」が発足しました。サトウ先生が初代会長になられるということで、まだ駆け出しの私までが、会員にして頂けたのでした。

宮中先生は現在、「日本童謡協会」の副会長で、私たち「日本児童文芸家協会」のつばさ賞の選考にも、加わってくださっています。

昭和四十五年十月、私の書いた「学級憲法」（伊藤辰雄・作曲）が、NHKラジオ第二「ひる休みのおくりもの」で放送されました。十二月に徳島へ帰省する途中、携帯したラジオを付けて、大阪で聴いたのを覚えています。

戸塚廉《とづかれん》さん発行の『おやこ新聞』に紹介されたりしました。

昭和四十七年九月、私の書いた「ぼくときみとボク」（筒美京平・作曲）が、NHK教育テレビ「うたいましょう・きましょう」で放送されました。番組のテーマソングだったのです。

お会いしてはいませんが、筒美京平さん（令和二年十月逝去）は、歌謡曲のヒット曲を沢山書いていらっしゃいます。

この歌の題は、NHKから提示されたものです。歌のお姉さんとお兄さんがいて、更に「ズタちゃん」という、操り人形が出演しているのでした。「ボク」は、ズタちゃんの為に入っているのです。事情を知らないと、首を傾げますよね。

初めて曲を聴いたとき、びっくりしました。童謡協会の童謡とはまるで違う、テンポの速い音の流れなのでした。

LP盤のレコードに入りました。

ここまでは、木曜会に所属したお陰です。

次は或る、詩人と作曲家の会に所属したお陰です。

昭和五十八年四月、私の書いた「クルクル　ロケット」（福田和禾子《わかこ》・作曲）のレコードが、コロムビアから出ました。運動会向けのものです。振付が付いていました。

作曲家・坪能克裕さんのプロモートによるものです。

「クルクル　ロケット」という題は決まっていました。紙で作った簡単なもので、それを、みんなで飛ばすのです。

ドーナツ盤のレコードのB面でした。まるで私のレコードが最後だったかのように、レコードの時代が終わり、CDの時代になっていきました。

コロムビアでの録音に立ち会いましたが、歌ってくれたのは、水木一郎さんと、ゆりかご会の子どもさん数人でした。

福田和禾子さんとは、初対面でした。「北風小僧の寒太郎」の作曲家が見えているということで、コロムビアの女性スタッフたちが、のぞきにきていました。

福田さん（平成二十年十月逝去）は、ご自身が運転の外車で、私を駅まで送ってくださったのでした。

私は、詩歌人や芸術家たちの〝ものがたり〟を、銀の鈴社のジュニア・ノンフィクションとして、九冊書きました。

平成元年九月刊行の『旅の人　芭蕉ものがたり』が、平成二年の、第三十七回「産経児童出版文化賞」推薦になりました。本賞の最終候補に残ったということです。

滑稽な、おかしみの文学だった俳諧を、純粋な詩に高めたのが芭蕉でした。おかしみから抜け出す苦闘を軸にして生涯を描いたのが、良かったのだと思います。

詩を目指す人へのことわざ――を挙げておきます「好きこそ物の上手なれ」（詩を好きになって、長く書きつづけること）、「木によりて魚を求む」（では、いけない。詩のある所へ）、「餅は餅屋」（詩人の先生につくこと）。

曲が付いていなくて、ジャスラックに登録してない、私の詩を一編見て頂きます。

「こまったお客」って、どんな客だろうかと、興味が湧きましたか？　多分、意外な客だったろうと思います。擬人法を使っての、読者を楽しませる工夫です。詩人は読む人に、なるほどとうなずいてもらわなければなりません。

風邪というものの特徴を、フルに盛り込んだつもりです。

こまったお客　楠木しげお

まねかないのに　くるお客
いきなりぞくぞくっと　くるお客
手みやげせきや　たかい熱
しばらくからだに　いついちゃう
こまったお客だ　かぜひいた

うがい・手あらい　していても
すきまをくぐって　くるお客
休んでねてる　このつらさ
帰っておくれよ　たのむから
しつこいお客だ　ひどいかぜ

ゆだんならない　このお客
うつるのとくいな　このお客
きいたんだろな　かぜ薬
だんだん元気に　なってきた
帰ったみたいだ　あのお客

詩集『まみちゃんのネコ』（銀の鈴社刊）所収
（二〇二〇年十二月―二〇二一年一月号掲載）

少年詩の世界

杉本深由起
すぎもと・みゆき 大阪市出身。詩集に『トマトのきぶん』（日本児童文芸家協会新人賞）『ひかりあつめて』（同・協会賞）など。童話も書いている。

〈私と少年詩との出会い〉

最初に出会ったのは、少年詩ではなく、現代詩でした。大学生のころ、杉山平一先生の『詩への接近』という評論集を、たまたま図書館で目にしたのです。

この本は、「詩は、世界の全てのものや心に、あだ名をつける作業」とか、「詩は間違っていなければいけない」、「異質なものを結びつけるところに詩はある」とか、面白くて新鮮でした。

引用されている詩も、〈二つ折りの恋文が／花の番地をさがしている〉（ルナール・蝶）、〈街燈のアーク燈は／近よると　不意に口を噤んだ／見ないふりして私を遣りすごし／また大声で歌い出した〉（丸山薫・光）、〈蟻が／蝶の羽をひいてゆく／ああ／ヨットのようだ〉（三好達治・土）など。どの詩も、比喩がぴったりきて、これなら自分にもわかるし、書いてみたいなと思いました。

このように、出発は現代詩からですが、秋原秀夫先生から、「あなたの資質は少年詩に向いていると思うので、書いてみませんか？」とお手紙をいただいたのが、私と少年詩との出会いです。

もし私が小学生のころに、現在《いま》くらい子どもにも読める詩集があれば、もう少し早い出会いがあったかもしれません。国語の授業でも詩は飛ばすことが多かったので、詩って、難しくてつまらないものだと思っていたのです。

現代詩と少年詩の境界線については、特に意識したことはありません。「あくまでも自由に書いて、そのあと、少年詩と現代詩に分ければいい」と言ってくださった秋原先生の教えを、いつも念頭に置いています。

書くときには、枠にとらわれず、「書きたい！」と自分の心を突き動かしたものの正体を、言葉で捉えることだけを考えるようにしています。そして、言葉を、一番良い形で、のびのびと解き放ってやるのです。

意味を伝えて終わりといった、記号のような言葉ではなく、包容力があって、肉声が感じられる言葉が欲しいですね。

ただ、子どもと大人が共有できる詩にするには、おのずと言葉の制約を意識しなければなりません。そこで、誰にでもわかる、やさしい言葉で書くことを心がけています。

〈詩ってなに？〉

これは、詩を書いている人なら、誰でも一度は考えることのようですね。私は、そのたびに木下夕爾（一九一四～一九六五）の詩「冬の虹」を思い出します。

　駅の陸橋をわたるとき／虹が出ていた／消えかけていたけれど美しかった／誰も気がつかなかった／教えようとしたら汽罐車の煙が吹き消した／あっというまもなかった／（人生にはこれに似た思い出がたびたびある）／改札口のところで振り返ったが／やはり見えなかった

詩とは、何に感動し、何を美しいと思うかを、誰かに伝えたいと願う、孤独な魂の語りかけではないでしょうか。

イギリスのファンタジー作家のエリナー・ファージョン（一八八一～一九六五）にも、こんな詩があります。

　詩って　なに？／だれか知ってる？／ばらというよりばらのかおり／空というより　空のひかり／虫というより　羽のきらめき／海というより　海のひびき／わたしではなく／わたしを動かして／なにか見たり聞いたり　感じさせたりするもの／それはふつうの文ではいえないこと……

ばらのかおり、空のひかり、羽のきらめきなど、どれも、そこはかとないものです。そういうつかみどころのないものを、言葉で捉えようとしたのが、詩なのでしょうね。

自作で恐縮ですが、「トマトのきぶん」という詩を引用します。

　お日さまに向かって／目をとじました／すると／たちまち世界中まっかになって／トマトになった　きぶんです／あなたの声にもがれるまでは

季節は、夏から秋に移るころでした。電車に乗っていたところ、窓からの陽射しがきつくて、思わず瞼を閉じたら、目の中まで明るく真っ赤になって、うっとりした気分になりました。その感じを、なんとかして友達に伝えたいと、一生懸命にぴったりする表現をさがしたら、「トマトのきぶん」という言葉が浮かんだのです。

後年、ある小学校の先生から「トマトでなくて、リンゴのきぶんでもいいんじゃないですか？」という質問が来たことがあります。

でも、あのとき私の心をいっぱいにした「うっとりした感じ」は、やはり、お日さまの光を燦燦と浴びているトマトの気分かなあと思うのです。中まで真っ赤で、閉じた瞼の薄い感じと、トマトの皮の薄さも似ているようだし、リンゴは、皮をむいたら真っ白だし、かじったらサクサクッと音がするし……。

理屈で考えると、赤いなら、リンゴでもいいじゃないかとなりますが、詩というのは感覚ですから、自分の感じたことに、言葉の手のひらで触っていくように書きたいですね。

また、詩って、現実から発想して、現実でないものを描くものですが、それでも最後には必ず、現実に帰って来ないといけないのではないでしょうか。ただ夢見ているだけでは、脇が甘いのです。

この詩も、トマトになったきりで終わってしまったら、やはり、詩としては未完成なんですね。ラストの一行「あなたの声にもがれるまでは」を書くのに、苦労しました。

もう一つ自作ですみません。「気持ち」という詩です。

広瀬さんが／同じく耳の聴こえない友達と／手話で話をしている／——まったくわからない／わからないから／広瀬さんのいつもの気持ちが／ちょっと　わかる

「わからないけど、わかる」と書いていたときには、まだ散文でしたが、「わからないから、わかる」という表現にたどりついたときに、ああ、やっと詩になったかなと……。

エリナー・ファージョンも、詩を「ふつうの文ではいえないこと」と定義しているように、意味は少々変でも、共感としてのわかり方ができるのが詩なのですね。

詩は感情であり、翼をもっている、生きた心なのです。

行替えやひとマス空けをして、余白をいっぱいにして書くのも、もしかすると言葉が、のびのびと手足を伸ばせて、呼吸しやすいようにするためかもしれません。

散文で考えていて、ふっと飛んだ時、「あ、いま詩になった」と嬉しくなります。

〈詩のふくらみ〉

以前、千葉県市川市にある私立小学校の六年生のクラスから、私の「花になれ　わたし」という詩の感想文を送っていただいたことがあります。

教室にそっと花を飾った生徒が、それを公言してほめられたいという気持ちと、ほめられようなんてせずに、黙って美しく咲いて、周囲をあかるくしている花のようになろうと思う気持ちの間で、揺れる心を描いた詩です。

ほとんどの生徒は共感して読んでくれたのですが、「『花を持ってきたのはわたしです』と言えないのは、勇気がないからだ」、「正直に言えないのなら、最初から花を持ってこないほうがいい」という感想もあって、びっくり！

でも、作品は書いたときに、作者の手を離れて一人歩きするもの。どう読まれるかは、読者しだいです。

また、「わかる」は、散文では意味がわかることですが、詩の場合は、「共感としてのわかる」ですから、読んですぐに、全部がわからなくていいのだと思います。逆に、すぐにわかる詩は、奥行がないと言えるかもしれません。

これは、難解な詩がいいという意味ではありませんよ。子どもたちには、時間をかけた「謎とき」をしてもらいたいのです。わからないところもあるけれど、なぜか気になるような、いつかその詩を思い出したときに、「そうだったのか！」と思ってもらえるような、子どもたちの未来へ寄せたメッセージがある詩を書けたら最高ですね。

それが、「詩のふくらみ」と言えるのではないでしょうか。


〈詩は魔法の杖〉


以前、新聞で作詞家の阿久悠氏が、「人を慰めるのではなく、人を変える歌を」と書いているのを読んで、胸を熱くしたことがあります。「言葉って、それくらい力のある、すごいものなんだなあ」と感動しました。

その言葉の力を、他人を傷つけるような悪いほうではなく、励ましたり、癒したり、元気づけることに使えたら、どんなに素晴らしいでしょう。

この世界は、多面体であり、比喩に満ちています。それを見つけ出すのが詩なのですから、子どもたちに、「物の見方はひとつじゃないよ。ひとつの考え方に囚われないで、いろいろな見方をしてみようよ」と伝えることもできますよね。


比喩には、理屈ではうまく説明できないことも、一瞬にして、心の奥深くまで伝えてくれる魔法があるからです。

現実を変えるのは簡単にはできません。でも、言葉の力や、物事を多面的に見ることによって、現実から逃げるのではなくて、それを前向きに捉えることはできます。

たとえば、私は二十六歳の時に、脳梗塞による突発性難聴で、一夜にして右耳の聴力を喪いました。あの日を境にして、普通に聞こえていたときのこれまでの私は死んだのですが、でも、「あの日、新しい私が生まれた」と言葉にすると、また元気と勇気が湧いてくるのを実感します。

「ことばの力でいじめを超える！」というサブタイトルをつけた拙著『ひかりあつめて』も、そういう言葉の力と、詩の可能性を信じたゆえの試みでした。

いじめを絶滅することはできなくても、豊かな想像力と、しなやかな感性があれば、現実を見る目が一変します。その目で眺め、いじめをやっつけるのでなく、超えてやるのです。

少年詩こそ、噛み応えが必要なのでは？　甘くて可愛いだけでは、お菓子のウエハースみたいです。

メッセージが前面に出るのはいただけませんが、子どもたちに伝えたい思いが、背骨として包み込まれている、ガツンとした少年詩を読みたいし、書きたいと思っています。


（二〇一八年四月−五月号掲載）

童謡の世界

織江りょう
おりえ・りょう　童謡集『みんなの地球』『ひだまりの道』『こころのポケット』(てらいんく)。『とりになった　ひ』で第四十九回日本童謡賞、第五回児童ペン賞・詩集賞受賞。童謡同人誌「星の会」事務局長。日本童謡協会常任理事。ＦＣＡ理事。

編集の方から、童謡との出会い、童謡とのかかわり、童謡の魅力についてという依頼がありましたので、それらのテーマを盛り込んで稿を進めていきたいと思います。

童謡との出会い

大学時代、友人と三人で同人誌を発行した。「ガラスの言葉」という題名の詩集だった。その時、織江陵というペンネームを初めて使った。当時のぼくは、荒地の詩人達が好きだったので、その作風を真似て作品にしていた。残念なことに、その同人誌は一号限りで終わってしまった。四十数年前のことである。

話は更に遡って恐縮だが、ぼくは、一四歳の時に三人の友人を修学旅行の交通事故で亡くしている。そしてもう一人は、手術の際の輸血が原因で、高校に入学すると間もなく彼らを追うように亡くなってしまった。この事実は、その後のぼくの生き方や人生そのものに暗い影を落としていったように思う。生き残ったことの後ろめたさ、満たされない思いで高校生活の日々が過ぎていった。

「何か」を言葉で表現したいと、心のどこかで願っていたのだろう。しかし、その「何か」はなかなか見つけることができなかった。同人誌を発行しても、言葉の中に、その鬱屈した気持ちが救われることはなかった。もともと、敗戦によってすべての価値観を消失した荒地の詩人たちのように「存在」や「死」の問題を突き詰めていくこともその能力もなかったのだろう。燻った気持ちは、いつも最後には出口のない息苦しさに襲われて、自分の心を癒してくれる意味ある大切な言葉の群れをついに見い出すことができなかった。その時、ぼくは詩を書くことをやめようと思った。

大学を卒業して、社会人となり、しばらく書くという行為の対極にいたぼくは、いつか結婚し、男の子が生まれ、普通の父親になっていた。その頃、ぼくは高田馬場にある専門学校の広報部門で働いていた。学校のパンフレットを作ったり、各雑誌に広告を出稿していた。『児童文芸』誌もその一つであった。広告のクライアントだから掲載誌が毎月送られてくる。パラパラと何気なくページをめくっていると、「あなたの童謡」という文字がふと目にとまった。

ちょっと書いてみよう、という気持ちがふと湧き上がってきて、規定に沿って原稿を書き、応募券を貼り付けて投稿した。二ヶ月後、その作品は掲載された。「夏の思い出」「花の街」で知られる江間章子さんの選だった。この時からぼくの童謡人生が始まったといっていい。そして、それは同時に童謡の魅力を発見していく道程のはじまりでもあった。

童謡とは1

「童謡とはなんですか」とよく聞かれることがある。その質問に答えるためには、まず童謡がどのように始まったのかを知らなければならない。二〇一七年『児童文芸』誌で「童謡の歴史」の六回シリーズを連載したが、その一・二に童謡成立の時代背景など詳しく述べているので参照していただきたい。ここでは、概要のみを記述させていただくことにする。箇条書きにしてみると、次のようになるだろう。

一　唱歌に対するアンチテーゼとして提出された。
二　児童文芸雑誌『赤い鳥』によってスタートした。
三　大正時代の三大童謡詩人は北原白秋、西條八十、野口雨情であるが、それぞれの童謡論があり、一律に定義することはできない。その他にも三木露風や島木赤彦など、各自各様の童謡論によって自己の作品世界を創作した。

前項目の三を見ると、なんだか纏まりのないもののように思えるかも知れない。確かに定義がないのだからいたしかたがないのである。それでは、なんの答えにもならないので、もう少し別の視点から童謡を見てみよう。

詩と呼ばれる韻文のジャンルには、様々なフォルムがあり、自分に合った詩型によって作家は自己の世界を言葉に変えて表現していく。大まかに分けて、二つの詩型がよく知られている。(1)短歌や俳句などに代表される定型詩、(2)定型詩に対しての自由詩。児童詩・少年詩・現代詩などがこのジャンルに入る。児童詩は子どもが書く詩であり、少年詩、現代詩は大人が書くものである。

では、童謡はどうだろうか。童謡は(1)と(2)の中間の定型自由詩と位置づけることができるのではないだろうか。童謡は、その成り立ちの当初から唱歌を対抗軸に置いていたため、文芸詩でありながら歌われることを常に意識していた。そのため、連を繰り返すことで全体を一つの纏まりのある世界に形作った。各連の同じパターンを繰り返すという意味で、童謡は定形詩である。しかし、連の長さを自分で決めることができるという意味で自由詩である。例えば、佐藤義美の「いぬのおまわりさん」は、一連一二行の二連詩であり、まど・みちおの「ぞうさん」は一連五行の二連詩である。書き手の自由な発想がそこに生かされる。

しかし、これは厳密な意味において絶対なものではなく、その形式からは測れないものや、それぞれのジャンルと境界を接し、交わるような作品も存在するにちがいないことも事実である。ここでは、一般的な傾向として捉えていただきたいと思う。

童謡というと、お子さま言葉で無理やりに書かれたものという間違った見方をする方も少なくないのではないかと思うことがある。簡単に書けるという気持ちでいるととても手に負えない。童謡は文学である以上、詩として独立していなければならず、読むことでその作品の世界を心から共有することができなければならない。そこには、万人が共有することのできる新鮮な発見がなければならないということである。それに加え、作曲家と協同で「歌う」という他のジャンルにはない童謡特有の多角的な表現を獲得した。

一時期、童謡の世界でも、歌われなければ童謡ではないという風潮の時代があった。テレビで子ども番組が全盛だった時代である。今は、歌のために書かれた詩はもちろん、詩としての価値を見直すべきだという声も多くなっている。これも、『赤い鳥』創刊から百年目を迎えるという、原点回帰の現象かも知れない。

童謡とは2

「童謡と少年詩はどこが違うのですか」とよく聞かれることがある。これはなかなかいい質問だが、難問でもある。特に少年詩の書き手の方々の中にはそれはあるらしく、忸怩たる思いのすることもある。ここでは、童謡の視点からその違いをみていきたいと思う。

「童謡は詩の芽なり」といったのは、森鷗外である。童謡は詩になる前段階のものである、これはどのようなことであろうか。芽である以上、植物で考えてみるとよく分かる。例えば、欅の木。欅の木を見て桜の木だという人はだれもいない。でも、土から芽を出したばかりの双葉を見て、よっぽど学者でもなければ、それを欅だという人はいない。何故なら、双葉の状態ではその多くは形もそっくりだからだ。しかし、双葉には将来なるであろう成長したそれぞれの木の姿を、身体の中に抱いている、それに対して、芽はどのような環境においても、芽であることとの共通性を持っている。だが、成長する中でそれぞれの木の個性を主張し始め、それぞれ違う道を進み始める。これを「童謡」に当て嵌めてみるとどうだろうか。「童謡は芽」であるならば、それは、地域も国籍も言語も人種も区別なく、皆が同じ共通性を持った人間の「あかちゃん」状態と同じである。だから、童謡には、その小さな芽のなかに「みんながいる」といっていいかも知れない。

成長を、自我の芽生えと置き換えることができる。すべてが共通だった状態から、自我の芽生えによって個と世界との関係が生まれる。しだいに「みんな」という存在の関係性は薄れ、いわゆる少年詩や一般詩・現代詩と呼ばれる世界へ入っていく。

童謡の魅力

幼児童謡は、小さな人たちに理解できる言葉で、普遍的な真理を見つけて描く世界である。生まれた子がはじめて出会うやさしい言葉の世界である。「生まれてきてくれてありがとう」、「この世界はこんなにすばらしいんだよ」と感謝の気持ちを込めて贈る世界である。その意味において、幼児童謡は一〇〇パーセント人生肯定の文学といっていい。「この世界は、たくさんのすばらしいことでいっぱい、風が吹いているし、花も咲いている。お父さんやお母さんがいて、友だちもいっぱいできるよ。きみは一人じゃない、目の前には限りない未来が広がっている」という光のメッセージをやさしい言葉で伝えていくこと、つまり幼児童謡には「在ること」のすばらしさがあふれている。

幼児に理解できるはじまりの童謡は、したがって世代を超えて共有することのできる世界である。母から子へ、あるいは母と子がいっしょになってコミュニケーションをとることのできるかけがえのないツールでもあるとぼくは考えている。童謡には、テレビやゲームで久しく途絶えた親と子の生活空間を身近な関係に再構築する可能性を秘めていると思う。

童謡は感動、発見の産物

童謡は、何を表現すればいいのだろうか、何を書けばいいのだろうか、そう思っている人は少なくないだろう。「よし、書いてやろう」と肩に力が入っていると、頭の中でグルグル考えが巡って結局机上の理論に終わって、出来上がった作品は案外つまらないものが多い、というのが長年の経験から得た実感である。

そんな時にわたしはいつも、日常生活の身の回りのものや自分の行動の中で何気ない様々なことを見直してみる。そんなに難しいことではない。そうすると、今まで気づかなかったたくさんの感動や発見がよくあった。散歩している時、電車に乗っている時、勉強をしている時、どんな時でもいいからその時々にある周りのものをじっと観察していると、心の中でそのものたちと会話をしている自分がいることに気づかされる。

例えば、文房具のコンパスを見ていたら。コンパスってすごいな、えらいなと思えてきて、次のような童謡が生まれた。

「コンパス」

はなを　みて
まる
ちょうちょ　みて
まる

ちいさい　まる
おおきい　まる
コンパスは　かくよ
みんな　みんな
だいすき　だから

はなが　ちっても
まる
ちょうちょ　とんでも
まる
ちいさい　まる
おおきい　まる
コンパスは　かくよ
みんな　みんな
だいすき　だから

（織江りょう童謡集『とりになった　ひ』より）

だって、コンパスはどんなものを見ても、いやがらずに丸を書くんだと気がついたら、コンパスがとても愛しく自分もコンパスのような人間になりたいと思うようになっていた。わたしの書く童謡群はそんな世界に満ちていると思う。

二〇一六年、十一月「平成童謡」という同人誌を六人で立ち上げた。時代は令和となり、年一回の発行も五号となり、会員も十人に増えた。童謡が生まれた大正時代には、北原白秋・西條八十・野口雨情はじめ優れた詩人たちが「大正童謡」を残してくれた。また、戦後のメディア全盛期には、佐藤義美・まど・みちお・阪田寛夫など「昭和童謡」の黄金期があった。振り返ると、ぼくたちの世代には自信を持って次の時代に贈ることのできるものがあっただろうか。時代の変化する中で、「平成童謡」が風化しないようにという思いがあってのスタートだった。

平成という時代が終わり、平成童謡の果たす歴史的意味を評価する新しい時代がやってきた。しかしわたしたちは、今も自分の目指す世界の童謡と向き合っている多くの童謡詩人たちとともに切磋琢磨し、受け継いできた童謡のバトンを確実に次の世代に手渡していきたいと思っている。

童謡は、世界のどこにもない日本にしかない文化所産である。「現在世間に流行してゐる俗悪な子供等の読物と貧弱低劣なる子供の謡と音楽とを排除して、彼等の真純な感情を保全開発するため（以下略）」赤い鳥創刊に当たり、鈴木三重吉が「童話と童謡を創作する最初の文学的運動」というプリントの中で強調した一文を、童謡誕生百年を過ぎ、新しい世紀に入った童謡の世界で、もう一度原点に返って考えることの必要性を感じている。

（二〇一八年四月―五月号掲載　加筆）

第五章　ノンフィクション

どうやって人に会い、どのように話を聞くか

国松俊英
くにまつ・としひで　児童文学作家。著書に『ライチョウを絶滅から救え』（小峰書店）、『星野道夫』（PHP 研究所）、『ノンフィクション児童文学の力』（文溪堂）など。

まず書く許可をもらう

「取材をする」といえば、人に会いに行って話を聞くことだ、と考える人がいるかもしれません。題材が決まっても、その前にやることがあります。その話からしましょう。

かなり古い時代に起きたできごと、江戸時代の人間など歴史上の人物を書くのなら、問題はありません。けれど、最近のできごとや、少し前に亡くなった人物、現在も生きている人物を取り上げた時には、注意が必要です。そのできごとの関係者、取り上げた人物に関係する人、遺族などに「NF《ノンフィクション》作品を書いてもよい」という許可を取らなければなりません。

それをやらずに取材して書きはじめた時に、「書いてもらっては困る」「本にしてはいけない」と言われたら、前へ進めなくなってしまいます。せっかく良い題材を見つけて、取材を始めようとしたのに、書けなかった作家の話をいくつも聞いています。気をつけた方がよいでしょう。

私は二〇〇三年にポプラ社から『星野道夫物語 アラスカの呼び声』というNFを出版しました。星野道夫さんは、アラスカの自然や人間、野生動物を撮った自然写真家です。大学卒業後にアラスカに渡って腕を磨き、多くのすばらしい自然写真を撮りました。しかし、一九九六年四四歳の時にカムチャッカでヒグマに襲われて亡くなりました。

大学の後輩が星野さんの友人だったので、私は、アラスカに渡ったころから彼のことを知っていました。自然写真家として大きくなっていく彼に注目して、いつか彼のことをNF作品で書きたいと考えていました。星野さんが亡くなって何年かたち、彼のことを書きたいという気持ちが抑えられなくなりました。後輩に一緒に来てもらい、市川市にある星野さんの実家を訪ね、ご両親と星野直子さん（奥さん）に会いました。そして頼んだのですが、答えはNOでした。

星野家では、彼の少年時代、青年時代を、ドラマや映画、小説、などにしてもらう気持ちは全くなく、依頼があってもすべて断っているとのことでした。きっぱりと断られましたが、私はあきらめていませんでした。時間がかかっても、アタックを続けて許してもらおうと考えていました。その後も、

奥さんに手紙を書いたり、家を訪ねたりしていました。一年ほどたった頃、星野さんのアラスカでの友人、アラスカ大学日本文学科の教授・Ｋさん（女性）に手紙を書いて、星野家でＮＦの許可をもらえなかったことを伝えました。Ｋさんは宮沢賢治の研究家で、一九九六年八月に花巻市で開かれた「第一回宮沢賢治国際研究大会」で知り合っていました。大会の後、私の著作を送り、手紙のやりとりをしていたのです。

Ｋさんからは、直子さんに会ったら話してみると返事をもらいました。まったく期待していなかったのですが、三ケ月ほどたったある日、星野家から連絡がきました。そして星野道夫さんのＮＦを私が書いてもよい、という許可をもらえたのでした。Ｋさんが直子さんを説得してくれたのでした。Ｋさんは、星野家ではとても信頼されており、その人が私を強く推せんしてくれ、星野家の堅い態度は和らいだのでした。

青山学院初等部（東京都港区）の二年生の活動を取材しよう、と学校を訪ねたことがありました。その時も、担任の先生が子どもたちの活動を書いてもらう必要はない、と取材を断られてしまいました。断られてもしぶとく粘っていたら救いの神があらわれ、取材できることになりました。

この二つの例は、だめかと思った時に助けてくれる人が出てきてＯＫをもらえました。幸運でした。けれど、こんなことはいつもあるとは限りません。取材を始める前に許可を取る、という大事な仕事があることを覚えておいて下さい。

人に会って話を聞く

さて、許可が下りて取材にかかることにします。取材とは、

①図書館や書店で文献を探し、資料を集める。

②できごとの関係者に会って、話を聞かせてもらう。

の二つです。今回の限られたスペースでは、二つは書き切れないので、①の方法はつぎの機会にまわし、ここでは②の、どのようにして人に会い、どう話を聞かせてもらうのか、について書くことにします。

最初にやるのは、調べたいできごとに、どんな人が関係しているのか、だれが話を知っているのか、「リスト」を作ることです。どうしても会って話を聞きたい人から順に上げていって、それにランクを付けていきます。ランクを付けると言いましたが、どの人がどんな話をしてくれるのか、どんな重要な話を持っているのかは、会ってみないとわからないことがあります。リストを作ったら、できるだけ多くの人に会って話を聞くことがよいと思います。

数多く人に会って話を聞くほど、ＮＦを書く材料は増えて、広がっていきます。作品にまとめた時、たくさんの人に聞いて書いた作品ほど、リアリティがあるし、深みも出てくるし、読者への説得力も増す作品になると考えます。

リストができたら、その人たちの連絡先、住所などを調べます。最近は個人情報を教えないことになっていて、連絡先を調べるのに苦労します。会いたい人の「職業」や所属している「団体・組織」などを手がかりにして連絡先を調べます。そのできごとや人物を記事に書いた新聞記者、編集者に連絡して教えてもらうことがあります。これも有効な方法です。新聞社の支局は、インターネットで調べれば、住所・電話番号は出てきます。記者はこちらがどんな人間かを丁寧に話せば、きっと協力してくれます。

連絡先がわかっても、私はすぐに電話をかけ、会って話をきかせてほしい、などと頼んだりしません。突然知らない人から電話がかかってきて、「○○のことについて、話を聞かせてほしい」と言われても、警戒する人が多いと思います。

それで最初は、手紙でインタビューを頼むようにしています。自分のことを簡単に紹介し、子ども向けのＮＦを書こうとしていると説明した後で、○○のことを知りたいので話を聞かせてもらえないか、と手紙に書くのです。相手の人は、私がどんな人間かわかり、心の準備もしてもらえるので、依頼がスムーズに行くように思います。手紙が着いて数日たって電話をして、相手の都合を聞きます。

話を聞きに出かける朝は、いつでも緊張してちょっとだけ重い気持ちになります。何度やってもいつもそうです。相手の人に会ってしまえば良いのですが、会って挨拶をかわすまではいつも緊張した硬い気持ちです。

話を聞く時は、大学ノートにボールペンを使います。ノートへのメモがメインですが、ＩＣレコーダーを持っていって、了解を得て話を録音させてもらうことが多いです。話の中で出てきた人名、地名、年月日など、録音があれば確かめられますし、相手がとても重要な話をしているのを、私がぼんやり聞いてメモしていることがあります。録音は、後でそれを気づかせてくれます。以前はテープの録音機でしたが、いまは軽くて、テープも不要で、しかも長時間録音できるすぐれたＩＣレコーダーになりました。

話を聞く時に注意すること

これとこれについて話を聞けばよいと決めつけて、インタビューにのぞまない方がよいと思います。相手の人に、ある程度自由に話してもらえば、思いがけないおもしろい話、こちらがまったく知らない良い話が聞けたりします。予備調査をやりすぎるのは、良くないのです。

相手が話すことに慣れている人なら、質問したいことは大胆に、ずばずばと聞いて、時間を長引かせない方がよいでしょう。逆に、一般の人、話し慣れない人には、世間話を交えたりしてリラックスしてから、本題に入っていくのがよいと思います。

「今日、話したことを、自分が話したと名前を出さないでほしい」といわれたり、「この部分は書かないでほしい」といわれたりすることがあります。そんな時は、約束を守ることが必要です。

カメラは取材に行く時の大切な道具です。デジカメを必ず持って行きましょう。訪問先の家やその周辺、相手の人を撮らせてもらえば、後で役に立ちます。話のとちゅうで、相手の人が写真や資料を出してきて、見せてくれることがあります。そんな時、デジカメがあれば複写できます。デジカメは対象物に近づき撮れる、接写がきくものがよいです。

高価でなくても、使い慣れたデジカメを持つことです。どんな場面になっても、どんな対象物であっても、しっかり撮影ができるよう練習しておいた方がよいです。デジカメもＩＣレコーダーも、ふだんから慣れておき、しっかり使いこなせるようにしておきましょう。

話を聞いた後に

会った人が名刺をくれたら、日時・場所・その人の専門分野などをかならず書きこんで、名刺アルバムにしまっておくこと。わからないことが出てきて、問い合せたり、写真を貸してほしいと頼んだり、連絡することが必ず出てくるのです。

それから忘れてはならないのは、取材から帰ったら会った相手に必ず礼状を出すことです。ＮＦを書く人にとって、話を聞かせてくれた人は、とても大切な人です。はがき一枚でよいので、丁寧にお礼の気持ちを書いて出すことです。

私はこれまでＮＦを書くために、何百人という人に会って話を聞いてきました。私の性格なのか、会った多くの人と友だちになり、作品を書いた後も手紙を書いたり、電話をもらったりしておつき合いをしてきました。そうやって知り合いになった人は、その後で私が困った時に助けてくれたり、新しい題材を提供してくれたりしました。

最初は取材のために会った人なのに、その後は人生の友だちとなって、つき合いが長く続いているという人が多くいます。ＮＦの仕事をするたびに、私の財産が増えてきたというわけです。ＮＦの仕事をして本当によかったなあと思っているのです。

何百人も会っていると、中には何人か、こんな人にインタビューを申し込まなければよかった、と後悔する人もいます。でもほとんどの人は、誠意を持って会えばきっと力を貸してくれます。そんな気持ちで今日も私は、ノートとデジカメと、ＩＣレコーダーをカバンに入れて出かけます。

（二〇一六年二月–三月号掲載）

児童文学としてのノンフィクション

瀧井宏臣
たきい・ひろおみ　一九五八年、東京生まれ。『東京大空襲を忘れない』が第一回児童文芸ノンフィクション文学賞を受賞。近著に『モスクへおいでよ』がある。

ほんとうのことを知りたい。未知の世界を覗いてみたい。そんな気持ちで本を手に取る子どもたちのために、ノンフィクションの児童書がある。

科学読み物や歴史読み物、偉人の伝記や図鑑などを読めば、知識を得ることはできる。しかし、フィクションである児童文学作品を読むときのような、深い感動や高揚感を味わうことはなかなかできない。そこで、登場するのが狭義のノンフィクション、つまりノンフィクション児童文学（以下、NF児童文学）である。

取材に基づいた事実を題材にしながらも、創作に負けないストーリー性やドラマトゥルギーを持ち、子どもたちがドキドキワクワクしながら読み進めることができる児童文学作品のことだ。

NF児童文学のムーブメントは戦後、何度か起きているが、平成最後の十年余りは、このジャンルの第一人者である児童文学作家の国松俊英やノンフィクション作家の井上こみちらがムーブメントを牽引する形で、大きなうねりを起こしてきた。これまでの経緯や最近の事情について詳しく知りたい人は、ぜひ国松俊英の著書『ノンフィクション児童文学の力』を読んでいただきたい。

創作に負けないNF児童文学といっても、「言うは易く、行うは難し」である。まず、事実に拘束されて、物語の自由な展開ができない。次に、登場人物が限定され、魔女や怪獣、妖怪や宇宙人といった子どもたちが大好きなキャラクターが使えない。ミヒャエル・エンデの『はてしない物語』のような奇想天外な世界を描くのは、はっきり言って困難だ。限られた条件下で、いかに面白くするか。作家の腕が問われるわけで、面白くなければ読まれないのは当然である。

私がNF児童文学作品を書いてきて、最大の課題となったのは、やはり物語性であった。拙著『東京スカイツリーの秘密』では建設の終盤、巨大なツリー自体を押し上げるという前代未聞の作業中に起きた絶体絶命の危機を丁寧に描くことで、物語の山場を作った。『おどろきの東京縄文人』では、発掘された縄文人骨の顔を復元する作業を半年にわたって追うことで、読み応えのある作品に仕上げた。物語を面白く展開できれば、子どもたちも夢中になって読めるはずだ。

もうひとつの課題は、主人公の設定である。子どもを主人公にできれば、読者にとって身近でとっつきやすいのは当然のことだ。坪田譲治の『子供の四季』では善太と三平に、角野栄子の『魔女の宅急便』ではキキに自分を投影して、読者の子どもたちは物語の世界に没入したにちがいない。

しかし、ノンフィクション作品において、子どもを主人公に立てるのは至難の業だ。小中学生への取材は、いろいろな意味で難しいからだ。幸運が舞い込んで本人にインタビューできたとしても、ボソボソと言葉少なにしか話してもらえないことが多く、なかなか物語にはならないのだ。

そこで、私はいくつか次善の策を立ててきた。主人公は無理にしても、脇役として子どもたちを登場させる。それから、大人の登場人物については、小中学校時代にどんな子どもだったかをできるだけ書き込むことによって、敷居を低くするのである。

ちなみに、拙著『東京大空襲を忘れない』という作品がＮＦ児童文学として成立したのは、戦後七十年の節目に取材した生き残りたちが、まさに小中学生時代に東京大空襲を体験していたからだ。読者の子どもたちは、同じ年代の児童生徒の体験として、七十年前の惨事について読むことができたわけだ。

昨年度、私は児童文芸ノンフィクション文学賞の選考委員として、その前二年間に刊行された数多くのＮＦ作品に目を通す機会を得た。そのなかで最も感銘を受けたのが、ささきありの『ぼくらがつくった学校』である。

東日本大震災で津波の被害にあった岩手県の大槌小学校で、児童がデザインに加わって校舎を再建する物語だが、中学生になった被災児童に果敢に取材し、子どもを主人公にした物語を書き切ることに成功していたからだ。ＮＦ児童文学の新たな地平を拓く一冊と言えよう。

国松俊英はＮＦ児童文学に挑む作家たちを対象にした講座で、無実の罪を着せられた人たちを救う弁護士の活動を描いた石川光男の『正義に生きる』を例に出して、「新たなテーマ、新たなネタに挑戦せよ」と盛んに発破をかけている。

令和の時代に入り、国松俊英の薫陶を受けた作家たちが、どんなユニークな作品を世に出して来るか。今から楽しみである。

（二〇二〇年二月–三月号掲載）

私はこうやって企画書を書いています

高橋うらら

出版社や取材相手にノンフィクションの内容を説明するとき、企画書は欠かせない。しかし、フィクションしか書いていない作家の方は、ノンフィクションに企画書がつきものだということをご存じないことが多いという。そこで、このコーナーでは、私がどうやって企画書を書いているか、ご説明したいと思う。

最初に「企画書」の存在を知ったのは、今から十数年前、ノンフィクションを書き始めたころだった。取材した原稿を編集者にお見せしたところ、企画書にまとめて社内会議に提出してくださった。

「へえ、こうやって企画書を書くんだ」

それを見本に、自分で企画書にまとめるようになったというわけである。

長文の原稿に比べると、企画書は、せいぜいA４二枚程度の枚数なので、メール添付で送るときも簡単だし、それを読む編集者も時間をとられなくて済む。

送るときも、「忙しいのに悪いなあ」と遠慮せず、バシバシ送ることができる。

どの出版社も、いつも企画を探している。これだけは間違いない。問題は、その出版社のシリーズや社風に合った企画を提案できるかどうかだ。会社によって、教育的で真面目な出版社、ノンフィクションでも読み物としての要素を重視している出版社、など色々ある。

また、共通していえるのは、「できたら課題図書になるような本を」ということかもしれない。だから、企画書を送る前には、数年以内の課題図書の企画とダブっていないかどうかも調べる。

では実際に、企画書には何を書くのか。

人によって異なると思うが、私はだいたい左ページのような項目でまとめている。

ここでは、架空の企画を例にとって説明する。

まずは、仮の題とはいえ、タイトルは大事だ。「天才」とか「ノーベル賞」など、目を引く単語が入っているかどうか。なにしろ、読者は背表紙のタイトルで本を手に取るかどうかを決めるのである。

シリーズ名　ノンフィクションびっくりシリーズ企画書
タイトル　天才を育てる！（仮）
サブタイトル　ノーベル賞を受賞した小学生佐藤くん
企画意図とねらい
私立天才学園の佐藤君が、このたびノーベル科学賞を受賞した。本書では、佐藤君の生い立ちと、研究を支えた家族や先生たちを取材し、日本トップレベルの教育に迫る。
佐藤君の両親は、決して押しつけるのではなく、本人の意欲を引き出すように息子を育てた。まだ世間に知られていない佐藤家の感動的な家族愛のことも伝えたい。
アピールポイント
佐藤君の受賞のニュースは今、日本中で話題になっているが、まだ彼を取材した児童書は発売されていない。本になれば、小・中学生だけでなく、保護者や、教育関係者の多くが手に取ってくれると思う。
読者対象　小学校中学年～
枚数　　１２０枚くらいで
取材先　天才学園。佐藤君と佐藤君の家族、友人。
＊天才学園と佐藤家には事前の原稿チェックをお願いしたい。
取材執筆　高橋うらら
写真　取材時は高橋が撮影。過去の写真はお借りする。

構成（案）
プロローグ　ノーベル賞の発表
第一章　佐藤君の誕生
佐藤家の紹介と誕生の瞬間。
第二章　天才赤ちゃん
一歳ですでに九九ができた佐藤君。
第三章　幼稚園時代
英語と中国語が堪能に。数Ⅲの勉強を終える。
第四章　天才学園へ
佐藤君の教育のために一家が学園の側に転居。
第五章　特別な授業
天才を育てる教育内容とは。
第六章　大学の研究室へ
大学の教授に科学を学ぶ。
第七章　自宅に実験室を作る
連日、熱心に研究。
第八章　大発見！
ある日、ふとしたことから大発見。
第九章　ノーベル賞受賞
子どもの受賞はめずらしい。
エピローグ　これからの夢
佐藤君に、思う存分語ってもらう。

企画は、構成がきちんとしているかどうかも重要な要素だと思う。ノンフィクションの原稿は、新聞記事に似て、5W1Hをはっきり書くべき、とはいわれているものの、書き方の基本はフィクションと同じであると私は思っている。「ドラマと感動」がなければ、人の心を打つノンフィクションは書けない。

つまり、構成を考える段階から、「この物語のクライマックスはここ！」というのがなくてはならないということだ。

前ページの企画書のノンフィクションなら、クライマックスは、佐藤君が実験中に大発見をしたところ、そしてノーベル賞の受賞が決まったところ、となるであろう。

さらに実際に執筆するときのことまで考えれば、全体の流れも見ておかねばならない。緊張と弛緩を繰り返す、起伏のあるストーリーになっているかどうか、である。

できれば、主人公ががんばり、挫折し、またそれを乗り越えていく……、そんな流れができていると、読者は共感し、話にぐっと引き込まれるのである。

果たして、企画の段階でこの骨組みがきっちりできているかどうか。取材を終え、いざ執筆となった段階で「……やっぱりこの企画、ダメだった」と気づいたら、かなりつらい。

だから私は、いい企画を求めて、日夜、情報収集をしている。

動物が好きなので、テレビの動物番組はよく見るし、インターネットのニュースでいい題材を見つけたら、そのページを「お気に入り」に入れておく。

出版の可能性が高い題材だと思ったら、本やインターネットでもう少し情報を集める。

ただその段階で「これは子どもにはふさわしくない」「ほかの人がすでに本にしていた」という「残念な」情報が見つかることもあり、そのときには、企画はボツ。

でも「いける！」と思ったら、まっしぐら。すぐ企画書にして、出版社に送る。

しかしここで「残念ながら当社には向かない」「つまらない」「ぜんぜんダメ」と断られることもある。

でも、たかが企画書一枚を書いただけなのだから、このくらいではへこたれない。

また、「ど・こ・に・し・よ・う・か・な」と次の持ち込み先を探す。やはり、日頃からお世話になっている出版社に相談させていただくことが多い。

そして、出版まで、その企画はぜったい秘密にしている。どうぞ「ひみつのうららちゃん」と呼んでください。

（二〇一三年十月-十一月号掲載　ダイジェスト）

第六章　デビューを目指して！

デビューをめざすみなさんへ

津久井 恵
つくい・けい　栃木県出身。児童書編集者を経て、現在フリー。「朝鮮半島がわかる本」（全三冊）「池上彰と考える戦争の現代史」一、二、三巻など。

児童書出版社で約四〇年間、編集に携わってきました。精確に数えたことはありませんが、手がけた書籍は七〇〇冊を超えているでしょうか。そのうちの大半はいわゆる創作物で、ジャンル、読者対象はさまざまです。言ってみればなんでも屋の編集者だったのですが、とにもかくにも児童書の片隅で仕事を続けてこられたのは、著者の御協力と、少しばかりの運に恵まれたおかげというほかありません。その運のひとつに、十数年にわたって、社で実施していた二本の新人賞に選考委員としてかかわってこられたことがあります。

日常の編集実務と並行して、年二回、応募原稿を読んで選考にあたる仕事は苦労も少なくありませんでしたが、才能ある新人のプロデビューに毎年立ち会うことができたのは得がたい体験でした。

今回の特集は「デビューへの道」というお題ですが、作品を書く上での優れて技能的なことは作家の先生方にお任せすることにして、私はそんな選考の折々に心に浮かんだ雑感をお話しします。

1．書く前に

初めて創作にチャレンジする時、何を書くか悩むことがあるでしょう。その時は自分が訪れてみたい世界を舞台にして、出会いたい人物が活躍する物語を書いてみてはいかがですか。それをファンタジーにするか、リアリズムでまとめるのか？　読者対象は？　短編か長編か？　文体は敬体か常体か？　これら物語の大枠を順次決めていくのです。

さらに人称は？　一人称か三人称かで、誰の視点で語るのかが決まります。新人が陥る傾向のひとつに、物語の途中で人称が混乱して、視点がぶれてしまうことがあります。これから書こうとする作品にはどの人称が合うか十分に吟味を。

その上で、あらすじ、起承転結の配分、人物相関図、舞台背景などを盛り込んだ、いわゆるプロットを用意しましょう。

プロットを作ると、それに縛られて自由度がなくなるという意見もありますが、物語の方向性をしっかりと見定める上でもプロット作りの習慣を最初からつけるようお勧めします。

とは言え、書き方に厳密な決まりごとがある訳ではありません。書き方は人さまざま。創作入門書などを参考に、自分の身の丈にしっくり合うスタイルを早く見つけてください。

2．書き始める

冒頭の書き出しは作品の方向を暗示するとともに、読者を作品に引き込む最初の文章です。商業出版では、表紙・タイトルと書き出しの巧拙でその本の売れ行きが左右されると言われるくらい大切なのです。最初の一行目からいかにインパクトのある書き出しで語りだすか。みなさんの腕の見せ所です。

文章やテクニックは毎日書き続けていけばおのずと巧みになります。名文を書こうとするよりも、正確でわかりやすい文章を心がけるように。要は子どもの心に言葉が届くかどうかです。その上で次の点に工夫をこらしてください。

・描写の緩急をつけること。どの場面も同じ比重で書き込むと、壮大かつ退屈な日記になってしまいます。
・読者対象が下がるにつれて、使える言葉や文字数に制限が増えてきます。そこで、比喩やオノマトペを効果的に使うと、表現力が高まります。ただし不適切な用法や多用は厳禁。
・伏線をさりげなく、されどしっかりと張りめぐらす。
・細部のリアリティにこだわること。もともとウソの話を本物らしく読ませるにはこのリアリティがカギになるのです。
・もし書いている途中で納得がいかなくても、最後まで書きることが大事。そうすることで自信が生まれ、力もつきます。まとまりなく次つぎと書き散らすのは感心しません。

最後に推敲です。書き終えたばかりの原稿は熱気を帯びていて熱い。作者の目も頭もまだ熱い。そんな状態で推敲をしても、冷静な判断はできません。最低ひと晩、できれば三日間くらいのクールダウンの時間が必要です。鉄は熱いうちに打って、文は冷ましてから敲くのです。

推敲を重ねてもなおその作品に自信が持てなかったら、ひとまず原稿を机の引き出しにそっとしまいこんでおきましょう。しばらく放っておいても気にならなければ、残念ながらそれまでと諦めること。反対に身を焦がすほど思いが募るなら、完成させてほしいと、原稿が呼びかけている証しです。その時は再び原稿に向き合って手直しを進めてください。きっと自信作が生まれます。なんだか初恋みたいですね。

3．書いたら

こうして書き上げた原稿が活字になって出版されるには、それが編集者の目に留まり、パスしなければなりません。ではどのようにして編集者に原稿を読んでもらうか。大まかに四つの方法があります。

①出版社に直接原稿を送る、いわゆる持ち込みです。その際、いっさい持ち込みを受け付けない出版社があるので、事前に

確認してください。送る作品は自信のある一編だけに絞ること。原稿と一緒に手紙の一本くらいは添えたいものです。

持ち込み原稿を編集者が読むのは、自社から出版するに相応しい作品かどうかを判断するためであって、添削指導をしている訳ではありません。ですから編集者に作品の講評を求めるのは筋違いです。

②次に持ち込みの一種ですが、同人誌に入っているなら、自作の掲載誌を出版社に送る方法です。ただし出版社には毎月多くの雑誌、同人誌が送られてくるので、読んでもらえる機会は少ないか、あるとしても時間がかかります。

③ベテランの作家に編集者を紹介してもらい、原稿を送る方法。出版社によっては原則として持ち込みは受け付けないが、作家の紹介があればＯＫというケースがあるのです。

ここで思い出すのは木暮正夫さんです。木暮さんはリアリズムやノンフィクションで優れた業績を残した作家ですが、一方で多くの新しい才能を発掘して、出版社に紹介してくれました。黒魔女さんシリーズの作者、石崎洋司さんも木暮さんからの紹介でプロデビューを果たしたのです。

④最後に、各種の新人賞に応募する方法があります。左記は現在、児童書出版社や団体が実施している主な新人賞です。

・日本児童文芸家協会主催の創作コンクールつばさ賞
・日本児童文学者協会・長編児童文学新人賞
・講談社児童文学新人賞
・岩崎書店とプロミネンス共催の福島正実記念ＳＦ童話賞とジュニア冒険小説大賞
・ポプラズッコケ文学新人賞
・フレーベル館ものがたり新人賞
・絵本・児童文学研究センター主催の児童文学ファンタジー大賞（プロ・アマ問わず）

これらはいずれも新人の登竜門としての伝統と実績があって、いままで多くの作家を輩出しています。現在、デビューするには①②③よりもいちばん近道かもしれません。

編集者時代、私は創作コンクールつばさ賞には特段にお世話になりました。

金治直美『さらば、猫の手』、北川チハル『チコのまあにいちゃん』、光丘真理『シャイン♪キッズ』、浅田宗一郎『さるすべりランナーズ』、秋木真『ゴールライン』はいずれもつばさ賞で受賞したあと、作者とのやりとりを経て出版することができた作品なのです。以来、つばさ賞の発表時期が近づくたびに、新しい作品と出会える期待に胸を膨らませたことを懐かしく思い出します。

また前述のように、岩崎書店の二つの新人賞の選考にかかわり、その間何十人もの新人作家がデビューするお手伝いをしてきました。つばさ賞とこの二賞からスタートした作家がその後も、子どもたちに魅力的な作品を送り続けていることは、みなさんご承知の通りです。

新人賞に応募する際の留意点をふたつ。

まず応募要項をしっかり読んでください。そこには、どんな作品を求めているかから始まって、応募資格、原稿枚数、読者対象、原稿締め切りなどが書かれています。さらに原稿の書き方、とじ方、賞金、著作権、出版された場合の印税なども記載されているので、これらを確認しておきましょう。

もうひとつは、自分が応募しようとする新人賞で過去に受賞・出版された本に目を通すことです。どんな傾向の作品が選ばれているか、選考委員の好みはどの辺にあるかがわかります。いわば傾向と対策、過去問研究ですね。「なんだ、これなら自分の作品の方がはるかにおもしろい」という闘志が湧くかもしれません。

４．書き続ける

幸運にデビューできたとしても、これはゴールではなくスタートでしかありません。ここからが正念場なのです。

プロというのは、出版社のあらゆる執筆依頼に応えられることです。テーマ、ジャンル、読者対象、原稿枚数、締め切りなどをしっかり守って、二作目、三作目と、完成度の高い作品を次つぎと世に送り出すのがプロの作家なのです。

そのために大事なのは、二、三枚でもいいから毎日必ず書くこと、そして知的好奇心のアンテナを全開にして、作品の構想をつねに考え続けることです。ピンときた情報や気の利いたフレーズなどをメモしておくと、次作のテーマやタイトルを考える際のヒントになります。

自信を持って出版した作品がいつも褒められるとは限りません。時に厳しい批評に晒されることもあります。それでもめげずに、ひねくれずに書き続ける強さを持ってほしい。またさまざまな経験や人生観を持つ人との付き合いは作家としての栄養になるので、幅広い交流を心がけてください。

名作、ヒット作はひたむきに書き続けるところからしか生まれません。新人のデビューもまたしかり。たゆまず精進していく道の先に、デビューの舞台が待っているのです。

＊お薦めしたい主な創作入門書

『童話を書こう！　完全版』牧野節子　青弓社

『童話作家になる方法』斉藤洋　講談社

『黒魔女さんの小説教室』石崎洋司　講談社青い鳥文庫

『北村薫の創作表現講義』北村薫　新潮社

『小説講座　売れる作家の全技術　デビューだけで満足してはいけない』大沢在昌　角川文庫

（二〇一九年十二月〜二〇二〇年一月号掲載）

【私はこうしてデビューしました①】

エンタメ系小説でデビューする！

藍沢羽衣
あいざわ・うえ 第四回集英社みらい文庫大賞優秀賞。作品に「こわい家、あります。」シリーズ（小学館）、『迷い家の管理人』（ポプラ社）など。

このたび、デビューまでの体験談ということでエッセイを書かせていただくことになったのですが、パソコンを前に一行目から詰まってしまいました。

以前に『児童文芸』誌の「この一冊ができるまで」のコーナーでも書かせていただいたとおり、私のデビューのきっかけは児童文庫の編集者さまが見出してくださり、お声がけいただいたことなんですね。

このため、「児童文学の新人賞で入賞してデビューするにはどんなことをしたらいいのか」という、おそらくこのコーナーをご覧いただいている方の多くがご興味をお持ちであろう情報は、お恥ずかしながら書くことができないのです。

ですがありがたいことに、最近は児童文庫だけではなく、キャラクター文芸の分野でも書かせていただく機会が増えてまいりましたので、児童文庫も含めた広義のエンタメ系のお話を書くためにどのような勉強をしてきたのか、また書くときに気をつけていることなどについて、個人の体験談としてご紹介させていただきたいなと思います。

1．企画書とプロットについて

企画書とプロットについては、デビュー前から書く訓練をしておいて損はないと思っています。

もちろん「私はプロットがなくても書ける」「プロットを書いてしまうと、それをなぞって書くだけになってしまってつまらない」という方もいらっしゃると思います。

現在活躍しているプロの方にも、プロットは書かないと明言している方がたくさんいらっしゃいます。しかし、私を含めた多くの人は、そうした方々とは違います。

新しい本の企画を立ち上げる際、多くの児童文庫やエンタメ系の書籍では、いきなり本文を書いて担当編集者さまに見ていただくのではなく、まず企画書を提出することから始める場合が多いと思います。

つまり企画の段階でＯＫをいただくことができないと、いつまで経っても小説の執筆には取り掛かれないのです。

私はデビュー前から、小説指南書やＷｅｂ上のプロの方々のお話を参考にして、自分なりに企画書とプロットを書いてから、それらを下地にコンクール投稿作品に取り組むようにしていました。

ＳＮＳなどで交流があったプロの方も「企画書を書くのに慣れておかないと、デビューしてから企画書を出してくださいと言われたときに苦労するよ」と仰っていたので、いつデビューしてもよいように鍛錬のつもりでした。とらぬ狸の皮算用というやつですね（笑）。

私の場合の企画書は、
・タイトル案
・作品の売り（一〜数行程度の簡潔なキャッチコピーのようなもの）
・主要キャラクター案（主人公と、主人公に密接に絡むキャラを合わせて二〜三人）
・シンプルなプロット（最初から最後までの展開を千字程度で）
これらをＡ４用紙一〜二枚にまとめたものです。

この段階でまず気をつけるのは、プロット本文ではなく、タイトルとキャッチコピーです。

エンタメ系の本の場合、この二つを最初に練るのは特に大切だと私は感じています。タイトルは何といっても作品の顔ですし、短いキャッチコピーで面白さを語ることができない作品は、たとえ投稿作であっても、読んでくださった方の心をつかむのは難しいのではないかと思うからです。

とはいえ、小説を書き始めて間もない頃は、私もほぼプロットなしで、ネタを思いついたらすぐに執筆に入っていました。書き進めるうちにキャラが自由に動き出して、思いも寄らない展開になったりするのがとても楽しかったからです。

ですがある時、気づいてしまったのです。

キャラが自由に動いてくれたと思っていた部分は、物語の本筋には直接絡まない枝葉のエピソードを綴っているだけだったり（気に入っている脇役キャラの過去話など）、ひたすら設定を語っていたりすることが多いことに。

さらにはそれが、時系列や視点がころころ変わることで読みづらくなり、読者の没入感を妨げることにもつながっていました。

こうした横道のエピソードを書くのはすごく楽しいのですが、作品全体のまとまりや完成度といった点ではマイナスになると強く感じました。

この反省をもとに、企画を先に整理してから本文に取り組むようにしたことで頭の中がすっきりとクリアになり、書いている間に作品の軸がぼんやりしてしまったり、テーマがブレたりすることを防げるようになったと感じています。

2. キャラクターとストーリーについて

小説指南書や小説講座では、「キャラクターの履歴書を作りましょう」と言われることが多いと思いますが、実は私は履歴書までは作っていません（笑）。

ですが最低限、主要キャラの「名前」「長所と短所」「得意なことと苦手なこと」「外見（年齢、髪型、服装、容姿の特徴など）」「口調」「大切にしているもの、苦手なもの」などは事前に必ず練るように心がけています。

特に名前は他のキャラたちと被らないもので、個性がにじむようなもの、かつ覚えやすいものを意識します。

こうした設定のうちから、一部を要約して前述の企画書に書きます。

エンタメ系の本では、特にキャラクターが重要だと思います。いくら重厚なストーリーを思いついても、キャラが薄いと物語を支えきれずに、作品全体が崩壊してしまいかねないからです。

私がコンクールに投稿を始めたばかりの頃は、ざっくりとした名前と年齢・性別に外見くらいしか考えずに執筆に入ることが多かったのですが、それだと書いているうちに詰まってしまうことに気づきました。どうしても先の展開が思いつかず、手が止まってしまうのです。

最初はこの理由がわからなかったのですが、考えに考えてたどり着いた答えが「作者本人がキャラのことをよくわかっていなかったから」だというものでした。

気づいてしまえばごく当たり前のことなんですよね。

そのキャラはどんな時に怒りを感じ、どんなときに嬉しいと思うのか、どんなコンプレックスを抱えているのか……作者がそうしたことを理解していれば、執筆の手が止まることは少ないはずです。

また、知らず知らずのうちに、キャラに矛盾した行動を取らせてしまうことも防げます（意図してそうさせている場合は例外ですが）。

これを反省材料に、企画の段階ではキャラ一人につきＢ５ノート一ページが埋まるくらいまではあれこれ設定を書き出してみるようになりました。

キャラの誰か一人でもいいので「あ、これ私のことだ」「このキャラの気持ち、わかる」と読者の方が感じてくれるくらいまで作りこめたら成功だと思います。

ことエンタメ系の本では、キャラに「共感」してもらえるかどうかがとても重要で、特に主人公に共感できないと、作品全体の評価が下がる傾向にあるように思います。

みなさんも、「お話は面白いと思うんだけど、主人公の言動がいまいち好きになれなくて、作品自体に入りこめない」

と思った経験はありませんか？

キャラを立てることが重要とはよく言われますが、それは別にキャラに突拍子もない行動を取らせたり、おかしな服装や髪形をさせたりすることではないんですよね。

そうしたことに注力しすぎると、むしろ共感とは真逆の方向へと行ってしまうことの方が多いと思います。

私も一時期、やたらに「え〜〜っ！」とか「もう！　いいかげんにしなさーい！」などと叫んでは大騒ぎする主人公ばかり書いていたことがあり、読み返してみて猛省したことがあります……。

それに、こうしたキャラ設定をノートに書く癖をつけるようにすると、執筆中に迷ったときにもそれを読み返すことでヒントを得ることが多くなりました。

困ったらキャラ自身に訊け、ということですね。

3．その他

最近では、コンクール応募作品への審査員の講評をホームページで公開しているケースも多いですので、ぜひジャンル問わず読んでみてください。すごく参考になりますよ。

特にエンタメ小説の場合、求められるものは刻一刻と移り変わっていきます。それは児童文庫も例外ではありません。今大流行中のジャンルが、半年後には読者から見向きもされなくなっている危険性は大いにあるのですから。

そうした荒波の中でも溺れずに生き抜いていけるよう、版元さまと読者が求めている事柄の芯の部分を、少しでも多く捉えて書いていきたいと思っています。

以上、拙いですが藍沢の体験談をご紹介させていただきました。偉大な諸先輩方に披露するのは恥ずかしいことばかりなのですが、これからこのジャンルでのデビューを目指す方が面白く読んでくだされば、とても嬉しく思います。


（二〇一九年十二月−二〇二〇年一月号掲載）

『1話3分　こわい家、あります。
くらやみくんのブラックリスト』（小学館）

【私はこうしてデビューしました②】

公募の道から

森埜こみち

もりの・こみち　『わたしの空と五・七・五』（講談社）で第四八回児童文芸新人賞、『蝶の羽ばたき、その先へ』（小峰書店）で第四四回同協会賞受賞。

わたしが児童文学を読み始めたのはおとなになってからです。ル＝グウィンの『ゲド戦記』、トールキンの『指輪物語』、C・S・ルイスの『ナルニア国物語』を立て続けに読み、なんておもしろい世界があったのだろう、知らずに生きてきたのはなんと残念なことをしたのだろうと思ったのでした。

それからもぽつぽつと読み続け、ソーニャ・ハートネットの『銀のロバ』に出会いました。読み終わって数日間はぼーっとしていたように思います。物語の世界が頭から抜けていかなくて、なにをしていてもすぐそばにあの森があり、銀製の小さなロバの感触が手のなかにあったような気がします。児童文学を書いてみたいと思ったのは、そのときからです。こんな本を一冊でいい、書くことができたなら、あなたの人生はここまでですよといわれても、ああ満足と答えられると思ったのでした。

でも、すぐに書き始めたわけではありません。仕事をしながら、子育てをしながら執筆している方がたくさんいらっしゃいます。けれど、わたしはへたれでした。仕事から帰るともうへとへとで、ご飯を食べ、お風呂に入ると、すぐにふとんのなかに潜りこんでしまいます。枕に頭をのせた瞬間が、一日のうちでいちばんしあわせだったかもしれません。

仕事を辞め、自分の時間が確保できるようになってようやく、よしっ始めようと思い立ちました。ところがいざ書こうとすると書けないのです。なにをどうやって書いていいかわからないのです。キーボードの上で手が止まったままです。これはまずい、書き方を学ばなければいけないと思い、ネットで検索しました。

通ったのは日本児童文学者協会の創作教室です。講座の途中から参加した期もあるので実質一年半、足かけ二年、そこで学びました。受講生がたがいの作品を持ち寄り、合評しあう形式です。最後は講師が講評してくれます。

はじめは、みんながなにを話しているのかわかりませんでした。「視点がぶれている」ということばが何度もいきかいましたが、それがなにを意味しているのかわからないのです。すぐに質問すればよかったのかもしれません。でも自分があまりにものを知らないのだと思えば、気が引けてたずねることができませんでした。ならば家に帰って調べればよいのですが、それもしませんでした。わたしはへたれですが、怠け者でもあったのです。

それでも、わからないなりに毎回出席し続けていると、見えてきました。どうやらこのあたりのことをみんなは問題にしているのだな、講師が指摘したのはこの点なのだなと。

おかしなもので、自分の作品について指摘されたことはぴんとこないのです。でもほかのひとの作品についてみんなが指摘したことはわかるのです。講師の意見もすんなり入ってきます。自分が書いたものは客観的に読めないのでした。そのことは半年ほど経ってからわかりました。時間をおいてから自分が書いたものを読むと、ほかのだれかが書いたもののように読めます。そして粗がわかるのでした。

脳はよほど自分に都合のいいようにできているというか、自分の作品には脳内脚色をしてしまうようです。そういうわけで、わたしの場合、創作の基本は、ほかのひとの作品を批評的に読むことで学ばせてもらいました。


公募の情報も創作教室の仲間から教えてもらいました。だれもがそれぞれに狙いを定めて応募していたと思います。わたしもかなり早い段階から始めました。ネットで検索し、応募要項をどんどんプリントアウトして背中の壁に画鋲でとめていったのです。振り向けば否が応でも目に入るという具合です。ひとつ投函すれば、「よっしゃあ、でかした」と、背中の要項に「済み」とマジックで大きく書き、「さあつぎ」と期日が迫っているものに取り掛かりました。小さなものも含めると、一年間に六つくらい応募していたように思います。

けれど、結果がついてきません。

当然のことなのですが、落選に次ぐ落選。つくづく落選はつらいものだと知りました。

そんなとき支えになったのが創作教室の仲間の存在です。すでに賞を獲っている方が何人かいて、その方たちの作品を講座のなかで読んでいたわけですから、あのレベルまで作品をあげていけばいいのだと考えて目標にしました。大袈裟に聞こえるかもしれませんが、仲間は右も左もわからない真っ暗な公募という海を照らす灯台でした。とにかくあそこまでいこう。あそこまで辿り着こう。そう思わせてくれたのです。


しんどいなかに、たまにいいことがありました。

わたしが初めて入賞したのは、鹿児島市が主催している「子どもたちに聞かせたい創作童話」という小さな賞です。旅費はでないということでしたが、喜んで授賞式に出席しました。そしてそこで友だちができました。同じく関東から出席していた方で、歳も同じ。すぐに意気投合して、たくさんおしゃべりをしました。日本児童文芸家協会のことを教えてもらったのもそのときです。児童文学の世界はこんなふうになっているんだと、目の前がすこし開けたような気持ちになりました。後に入会させていただくことになるのですが、それも彼女が誘ってくれたおかげです。

それからも落選は続きました。

メンタルへのダメージを少なくするためにやったことがいくつかあります。ひとつは、これがだめでもこれがある、というようにしました。つまり、まだ結果のでていない応募作が絶えずあるようにしたのです。この方法はかなり有効だったと思います。

好きな作家のことば、自分を励ましてくれることばを壁に貼っておくということもしました。落ち込みそうになったら、そのことばの前に立つのです。自分に言い聞かせるように声にだして読んだこともあります。傍から見たら、おかしな姿だったと思います。

公募のなかには、一次通過、二次通過などの途中経過を教えてくれるものがあります。そこに残るようになると、かなり気持ちが楽になりました。このくらい書けば、ここまでくるのだなと自分なりの感触がつかめるようになったからです。通過者の方のこのお名前、前にも見たことがあると気づく余裕も生まれてきました。

あるパーティの席で思いがけないことがありました。初対面の方ですが、おしゃべりをするうちに、ふたつの公募の途中経過で、おたがいの名前が前後していたことがわかったのです。わたしも途中から筆名を使うようになりましたが、その方も同じで、ちょうど彼女が筆名に変えたところだったので、またいっしょになったことに、彼女は気づいたけれど、わたしは気づいていないだろうと思っていたのだそうです。そのことがおしゃべりのなかでわかり、うわっ、会えたねとなりました。嬉しかった。わたしは創作教室を終えたあと、同人に所属せずにひとりで書いていましたが、そのことも同じだったので、急に距離が縮まったような気がしました。

書く作業は孤独です。でも、いま、彼女も同じように書いているだろうなと思うと、孤独な作業ではあるけれど、孤独を感じなくなりました。

わたし自身は二年ほどひとりで書いた後、駒草という合評だけをおこなう会に入りました。また、あの合評の世界に戻ったのです。そしてやっぱり、自分の作品への批評はぴんとこないのでした。しばらくしてから、ああそうか、そうだなと気づくのですが。

さて。わたしは、ちゅうでん児童文学賞の大賞をいただいてデビューしましたので、そのことを詳しく書いておこうと思います。

はじめは闇雲に、公募があれば投稿するということを繰り返していましたが、そのうちに出版につながる賞を意識するようになりました。ほんとうは、それぞれの賞が目指すものを理解して投稿先を選ぶべきなのだと思います。ただわたしの場合は、どんどん投稿を始めていて、そのなかで運よく最終選考に残った賞がありました。それがちゅうでん児童文学賞です。自分に向いているのかもしれないと思い、連続四回応募しました。

一回目は最終選考に残っただけ。二回目は優秀賞をいただきました。こんどこそと意気込んで挑戦した三回目は惨敗。そして四回目でなんとか大賞をいただきました。

「なんとか」と記したのは、とても競ったからです。わたしは僅差でいただいたのです。大賞と優秀賞では結果が大きく違います。出版されるか、されないか、それはあまりに大きな違いです。でもその違いは紙一重。紙一重が天と地ほどの差をもたらす。なんて厳しい。自分はラッキーだったと、そのときは思いました。でも今は違います。長い目で見たら、なにがどうなるかなんてわからない。いい作品はいい作品だし、いい作品を書く作家はいい作家なのです。

そんなきわどい授賞式の席でわたしたちはひそひそ話をしていました。


「いつかはやっぱりファンタジーを書きたいのだけれど、どうやったら学べるのかな？」

「小樽の絵本・児童文学センター、いいわよ」

「ぜんぜん受賞作がでないあのファンタジー大賞やっているところ？」

「そうそう。工藤先生、おもしろいわよ」

「へえ、そうなんだ。ネットで検索してみる」

その後、わたしはその講座に申し込み、通信で受講しています。今ならわかります。自分はファンタジー文学とはなにかを理解しないまま、なんとなく書いていたのだなあと。体系的に学ぶこともわたしには必要でした。

話をちゅうでん児童文学賞に戻しますね。授賞式の後、版元の編集者さんにお会いし、大雑把なスケジュールの確認をしました。翌春の授賞式までには本になっている必要がありましたから、秋までに最終稿を仕上げることになりました。大きな改稿を求められたことは、「この一冊ができるまで」に記しましたが、ほんとうにいい経験になりました。

出版後のことも記します。ちゅうでん児童文学賞の大賞受賞作品の著作権は公益財団法人ちゅうでん教育振興財団に帰属することになります。ただし、二次使用の使用料や重版以降の印税は作者に支払われます。公募を選ぶときの参考になさってください。


（二〇一九年十二月－二〇二〇年一月号掲載）

【私はこうしてデビューしました③】

無我夢中のデビューをふりかえって

森川成美

もりかわ・しげみ　『マレスケの虹』（小峰書店）で第四三回日本児童文芸家協会賞受賞。「アサギをよぶ声」シリーズ、『ボーン・ロボット』（偕成社）、『さよ　十二歳の刺客』（くもん出版）ほか。季節風同人。

ステップ1　公募時代

最初に書いた二百枚ぐらいの作品が、ある公募で最終選考に残りました。

しかし、そのあとは出しても出しても、一次選考にも残りません。なぜなんだろうと、インターネット上で原因を模索しているうちに、高橋うららさんのホームページに、公募への応募のしかたが書いてあるのを見つけました。

そこに質問など書きこんでいるうちに「河童の会」という、うららさんが主宰する勉強会にさそっていただきました。そこではじめて合評に出て、**自分の作品がどう読まれているかを知り、客観性を持つことが必要で、書きっぱなしはだめ、書き直さなければならない**ことを知りました。

そうこうしているうちに、ある公募で賞をいただきました。しかし、これは出版に結びつく賞ではありませんでした。

なんとかしたいと、各種公募の締め切り日をカレンダーに記入し、たくさん出すことを自分に課しました。

そのうち、短編の公募にはたまに入選するようになり、短編集や雑誌に掲載してもらえるようになりました。

しかしこれは作品が活字になったというだけで、うれしいけれども、デビューではありません。単独著者による単行本を出さなければ……というような気分でした。

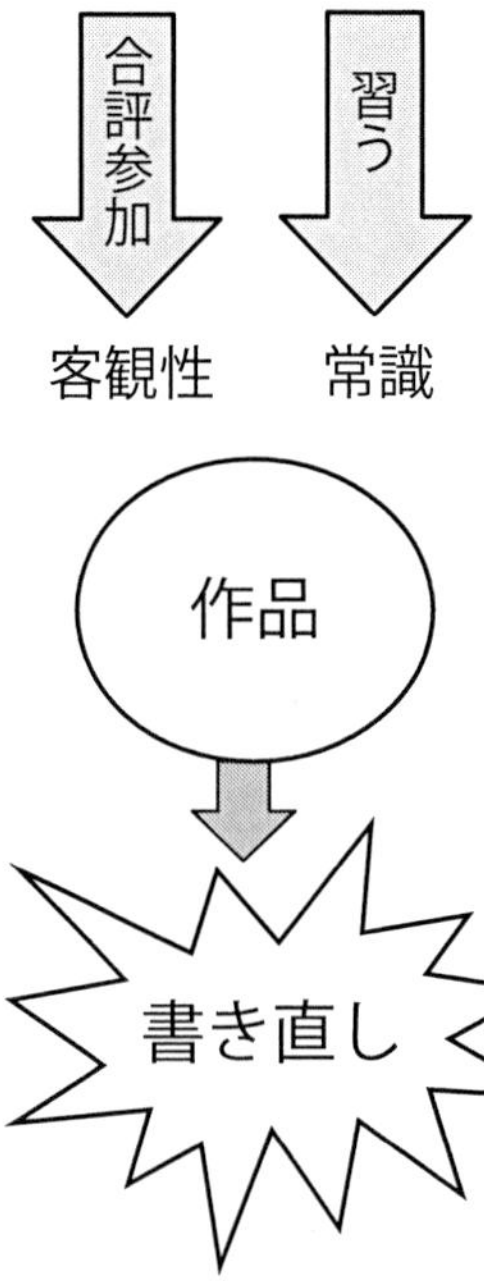

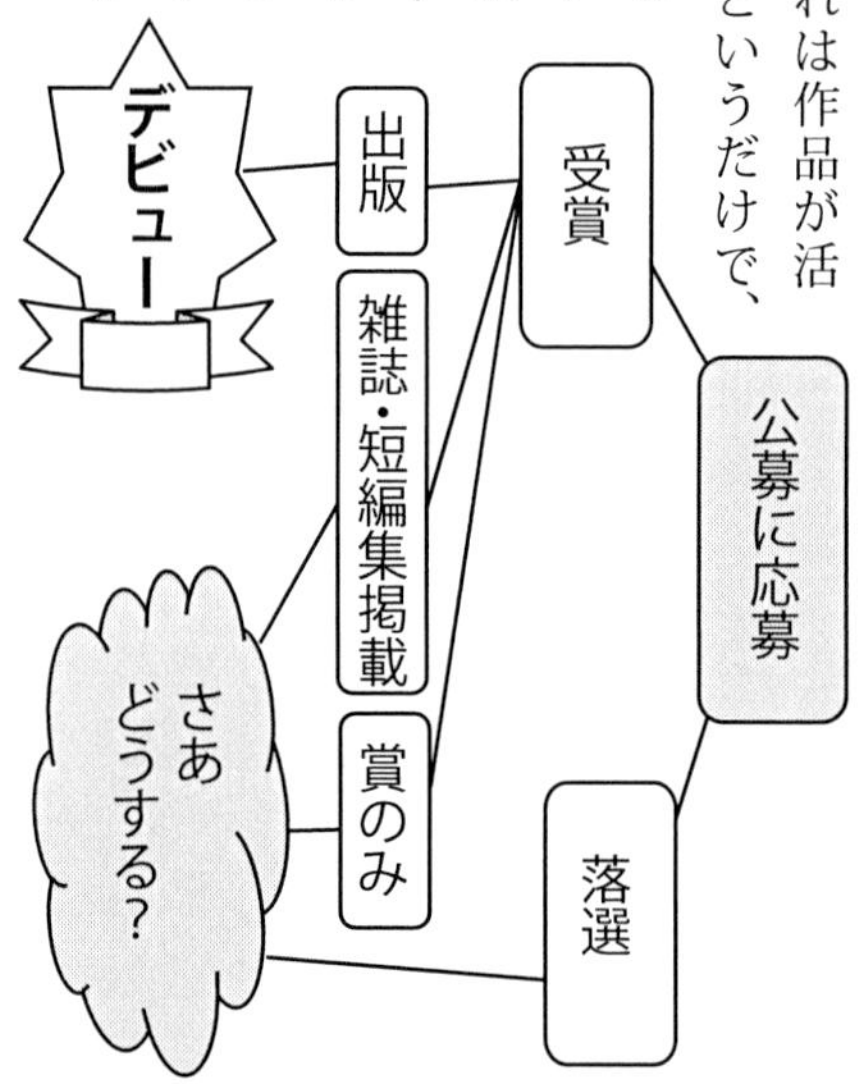

ステップ2　同人時代

そこで、たぶんまだ筆力が足りないのだろうと考えて、厳しいと評判の「季節風」という同人に入りました。

ふつう、同人誌は費用を払えば掲載してもらえるのでしょうが、ここは違いました。応募形式で、選考があり、数十編のうち数編しか掲載されないのです。

落選するとくやしいので、先輩の意見を聞きながら、なんとか載るように工夫しました。選評は何度も読みかえし、掲載作品の合評会にも出席し、どこが足りなかったのかを自分なりに考えました。

そのうち、ある連絡が来ました。出版社の編集を請け負っている編集プロダクションの方からです。同人誌に掲載された私の作品を読んだというのでした。しかしそれを出版したいというのではなく、ある名作を現代の文章に書きかえてほしいというお話でした。私の文体がそれに合っていると思っていただいたのでした。

初めての依頼仕事です。しかもまるまる一冊です。張りきってやらせていただきました。表紙に名前が載り、著者校正もラフ絵のチェックも初めて経験し、見本本も印税もいただきました。とってもうれしかったです。

しかしそれはまだデビューではない、と周囲が考えておられるのはよくわかりました。オリジナルではないからです。

そんななか同人の仲間が、次々とデビューしていきます。お祝い会にも呼ばれます。うらやましいです。

いったい私はどうやったら、デビューできるんだろうと悩み、仲間に相談しました。一人が「あなたの作品は、だれもがいいと感じるものではないのだろう。ならばその作品を気にいってくれる編集者を探しなさい」と、アドバイスしてくれました。

ということは、持ちこみするしかないということです。

あとで、だんだんわかってきましたが、出版のプロセスがどうなっているかというと……会社によって会議の名称、回数、権限、かかる時間などは違うでしょうが、おおまかにはこんな流れと推測されます。

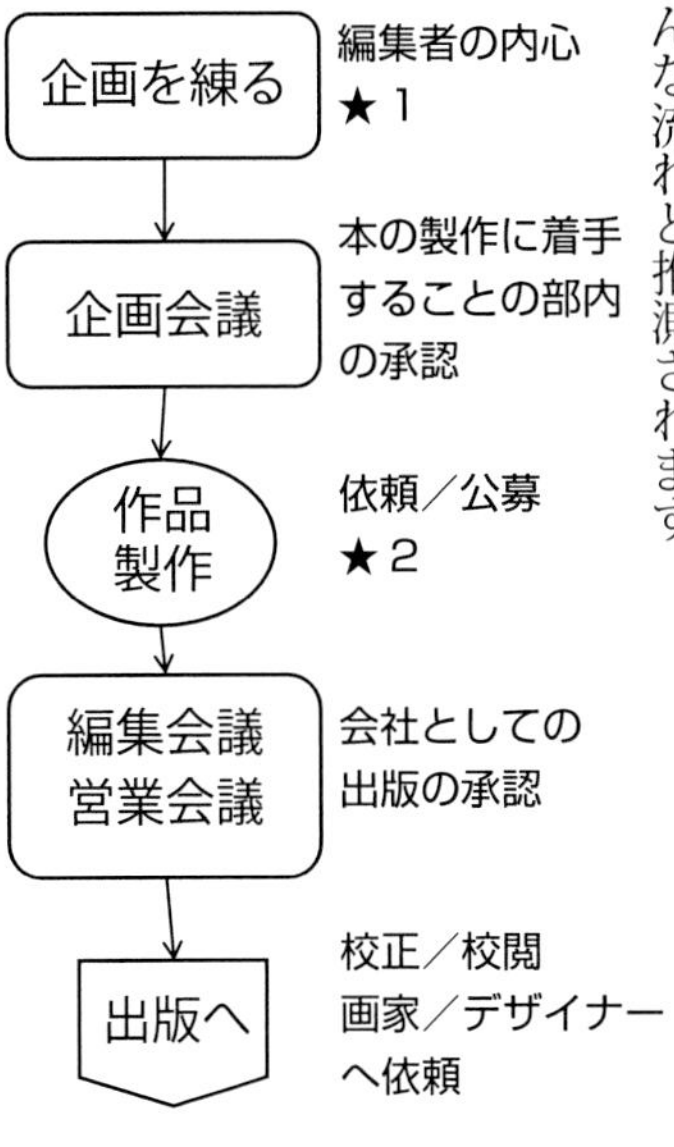

なお持ちこみというのは★1のところでの編集者に対する提案で、このときは★2のプロセスは省略になります。

ステップ3　持ちこみへ

私も最初はこれらのことが、よくわかりませんでした。

それで仲間から「何度も書き直しを命じられて言われたとおりにしたのに、長い時間かかって、結局だめだった」「出版が決まったと言われたのに、まだまだ書き直しがある」などと聞くと、持ちこみは怖いな、と思っていたのです。

でも今は、編集者がいいと思ってくれてそのアイデアをいれて書き直した作品も、企画会議で没なこともあるし、企画会議を通った後も、作品を整形するための直しはあるし、営業の関係でさらに修正が入ることもあるということが、理解できるのですが。

とはいえ、そのころの私は、怖いながらも、それしかないなら、持ちこみをがんばろうと思いました。

最初は、わけもわからず、本協会の名簿にある出版社に手当たりしだい電話をかけました。

たいていは「弊社は持ちこみはお断りしています」というお返事でした。「作品がございましたら、弊社の新人賞にご応募ください」というのもありました。つまり持ちこみはだめ、公募で来てくださいという意味です。

中に「どうぞお送りください」というところがあったので、送ってしまいました。

ところがそのことを、ある方に申しあげたところ「そんな持ちこみ方ではだめよ」とおっしゃるのです。

つまりこういうことでした。

持ちこみには不文律があるのです。

一社に出して、その結果が明らかになるまでは、同じ作品は他の会社には持ちこめない。

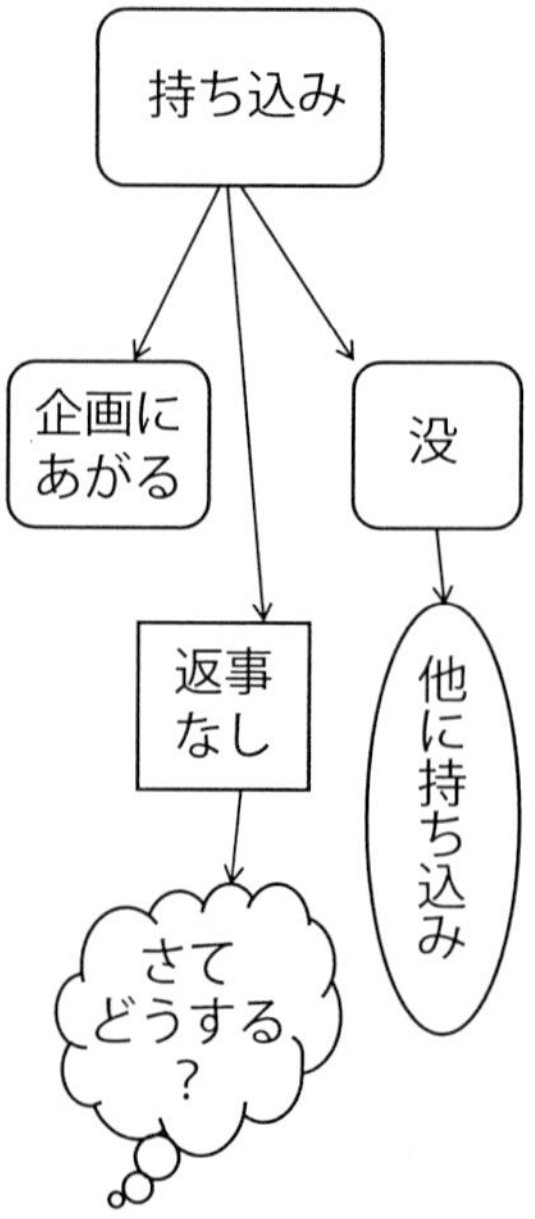

それは知っていたのですが、もしお返事が来なかったらどうなるのか、そこまでは考えていませんでした。

公募なら、発表の日まで待って、落選が確定すれば、他にも応募できます。

でも持ちこみには、期限がありません。

もしもお返事がなかったら……。

いったい、いつ、だれに、問いあわせていいのか……。

そのときは、かわいそうに思ったか、その方のご好意で、出版社の方に連絡していただいて、読んでいただけることになりました。結果は没でしたが。

懲りた私は、まず相手の方にお会いして、お送りしてもいいですか、とお伺いしてから、送ることに決めました。

では、どうやって相手の方に会うのか。

いきなり電話して会ってくださいというわけにはいきません。本協会の懇親会などに出たときに、おいでになっている編集者さんにアタックしてみようと考えました。

初対面の方に話しかけるのは、勇気がいりました。

名刺を刷り、用意をしていたのにタイミングを逃し、家に戻って自分のふがいなさにためいきをついたこともあります。

そんな中でも、時間はかかりますが、それでもよかったらどうぞと言っていただけて、お送りした会社がありました。

到着のお返事も、くださいました。

しかし、その後、連絡はありません。

問いあわせていいものか、どうなのか。

一年ぐらい経って、私は思いつきました。

そうだ、懇親会がまた近々ある。メールをしてみて、おいでになりますか？　またお会いできるとうれしいですと言ってみようかと。すると、お返事がありました。

お作品お預かりしておきながら、忙しさにかまけて時間がかかっていてごめんなさい、読んでみたところ、弊社カラーには合わないようで、残念ですと。

つまり、没です。

ステップ４　ようやくデビューとデビュー後

これもあとからわかることですが、出版不況、人員削減の中、ただでさえ超多忙の編集者さんの机の上には、持ちこみ原稿が山積みなわけで……返事の来ないのもむべなるかな。

そんなことをくりかえす中、出版しましょうとおっしゃってくださる方がおられました。ほどなく、別の作品にも。

やったー！　と叫んだ瞬間です。

なおそのとき会議用に、以前出版した名作本の提出を求められました。なんらかの資料にされたのだと思います。なんでも無駄なことはないと知りました。

さて、デビュー後、持ちこみが楽になったかというと……そんなことはありません。

それまでは一年経ってもお返事がなかったのが、短い期間でいただけるようには、なったかも。でも没の確率はぜんぜん変わりません。

そして改めて思うのが、編集者さんの名刺がいくらあっても、作品がなければどうしようもないということです。在庫のない商店のようなものです。**持ちこみに一番大切なのは、相手が売りたい出版したいと思うような「作品」**なのだな、ということをかみしめている今日このごろです。


（二〇一九年十二月－二〇二〇年一月号掲載）

【私はこうしてデビューしました④】

ご縁を結んでいただいた方々に感謝

山下美樹

やました・みき　埼玉県出身。幼年童話、科学読み物を中心に執筆。代表作に『「はやぶさ」がとどけたタイムカプセル』等の探査機シリーズがある。

私の単著デビューは、とても幸運に恵まれたものでした。コンクールの受賞からのデビューではありませんし、縁もゆかりもない出版社へ飛び込みで作品を持ち込んだという武勇伝もありません。たまたまよい時によい場所にいて、よいご縁に恵まれた結果です。

単著でのデビューが決まったのは二〇〇九年で、実際に本が出版されたのは二〇一一年でした。それ以前から食育雑誌や月刊保育絵本では創作童話を書かせていただいています。ただ、今回は私の単著デビューがちょっと特殊ということで「勉強方法、デビューの経緯、これからデビューする方へのメッセージを」とご依頼いただいたようですので、最初の単著が出るまでの経緯を紹介させていただきます。

私の体験が参考になるのか疑問ではありますが、こんなケースもあるということでご一読いただければ幸いです。

◎最初のご縁は夜間の童話講座

私が童話の勉強を始めたのは二〇〇二年です。

当時の私（現在もですが）はフリーランスのライターでした。その前はＩＴ通信企業に勤めており、その経験がライターに転身するきっかけになったのですが、その経緯は割愛します。執筆していたのは、ＩＴ・光学機器、天文・宇宙がメインで、創作とはある意味対極の分野です。読み手は大人ですし、新しい技術、製品、理論などを取材して記事を書くわけですが、そこに創作が入る余地はありませんから。

それでも、敢えて童話創作に挑戦してみたいと思ったのは、小学生のときから童話作家になりたいという夢を持っていたからです。分野は全く違うものの、職業のカテゴリとしては同じ著述業。果たして自分は子ども時代の夢に遠いのか近いのか、その距離感を知りたくて一度勉強をしてみたいと思い立ったのでした。

ライターの仕事をしながらの勉強になるので、夜間の講座を探しました。検討した中から選んだのが、高田馬場の日本児童教育専門学校の夜間創作童話講座と、同じく高田馬場のＪＦＤＣアカデミーの夜間創作童話講座でした。

日本児童教育専門学校の夜間創作童話講座は、当時協会の理事長をなさっていた岡信子先生が立ちあげられたもので、児童文芸家協会の先生方が講師をなさっていました。

　前期・後期合わせて半年間の講座では、「原稿用紙の使い方」といった基礎的なことから、なかえよしを先生のご指導のもと「一冊絵本を自作してみる」といった実作まで学びました。

　この講座の受講期間中、自分の心の中で育っていた幼年童話を自宅で夢中になって書いていました。あるとき岡信子先生に思い切って原稿を見ていただきたいとお願いをしました。先生はご厚意で読んでくださった後、「デビューまでに十年かかるとしても、勉強を続けられますか？」とお尋ねになりました。私が躊躇なく「はい」と即答すると、「プロを目指してみては」と背中を押してくださいました。

　岡先生の言葉で、目の前に長いけれど道が一本すっと現れたような心持ちになりました。「十年みっちり勉強してデビューする！」と決心し、「才能なかったらどうしよう……」という後ろ向きの迷いは捨てました。岡先生との出会いそのものが、私の人生にとって得難いご縁となりました。

　半年の講座の後は、同時期に学んだメンバーと創作研究会を立ち上げ、引き続き学校で作品合評の勉強を続けました。創作童話の指導は岡信子先生をはじめ、すとうあさえ先生、たからしげる先生、戸田和代先生、正岡慧子先生、山本省三先生と、錚々たる先生方が順に講師を務めてくださり、さまざまな視点で講評をしていただくことができる、大変恵まれた講座でした。残念ながら、学校のサポートおよび、夜間講座は二〇一五年度で終了となりましたが、現在も同じメンバーで年四回の合評会を行っています。

　ＪＦＤＣアカデミーの夜間創作童話講座では、故・小沢正先生のもと、幼年童話を学びました。年に二十回の講座で、お盆と年末年始を除き、おおむね二週に一度原稿を提出しなければなりません。とにかく締切りまでに作品を書き上げるよい訓練になりました。先生のご逝去で講座は終了となりましたが、最後まで先生のもとで勉強していたメンバーとは、現在も年に二十回のペースで勉強会をしています。

　多くの先生方に作品を見ていただける講座と、一人の先生にじっくり見ていただく講座の両方を受講できたことは、素晴らしい経験でした。二つの講座で、自分の作品を俯瞰して見ること、深く何度も改稿する姿勢を学びました。

◎デビューのご縁は協会の懇親会

　さて、児童教育専門学校の夜間講座は、岡信子先生が立ち上げられたこともあり、勉強を始めた翌年に協会の研究会員になりました。協会の総会や懇親会が毎年あることは知っていましたが、講師の先生方以外はほぼ知らない方ばかり。ライターの仕事がありますから、日中の総会への出席はなかなか都合がつきません。懇親会は夜ですが、懇親会だけに行くというのも気が引けて、何年も遠慮をしていました。

そんな私に「それは、もったいないですよ」と教えてくださったのも岡先生でした。そこで、正会員になった翌年の二〇〇九年にはじめて懇親会に出席しました。

右を向いても左を向いても、存じ上げない先生方ばかり。それでも、夜間の童話講座でお世話になった先生方、協会の通信添削や現在の「書きおろし童話展」でお名前を覚えた方々に、ぎこちなく挨拶をしてまわりました。

ご挨拶の最中、すぐ近くにいらした岡先生が「ちょうどよかった」と声をかけてくださいました。そして、「幼年童話の書き手を探してらっしゃるんですって」と、その時に先生とお話ししていた文溪堂の編集者さんを紹介してくださったのです。どんな話を書いているのかその場で少しお話しした後、「近いうちに、作品を見ていただくことはできますか？」と編集者さんに尋ねると「いいですよ」と、あっさり許可をいただきました。

翌日すぐにお礼のメールを差し上げて、書き溜めていた作品を見ていただくお約束をいただきました。初めて出版社にお伺いしたのが五月下旬。七月には「出版を前向きに検討します」とのお返事をいただき、改稿を経て十月には出版が決まりました。初めての懇親会から、五ヶ月でデビューが決まるとはまったく夢のようで、改稿をしながらも「本当は夢なんじゃないだろうか」と何度も思ったものです。

何編かの候補から出版が決まったのは『ケンタのとりのすだいさくせん』という作品でした。私が夜間の童話講座で初めて岡先生にお願いして読んでいただき、「プロを目指してみては」と背中を押していただいた作品の一つです。不思議なご縁に背筋が伸びる思いでした。

◎出版社との何気ない会話からも新しいご縁が

出版が決まった後は、改稿のご相談などで幾度か出版社に足を運びました。そんな中で、ちょっとした雑談の中で趣味の話が出たのです。「小さいときから天文が趣味です」とお話しすると、「えっ、それなら小惑星探査機の『はやぶさ』は知っていますか？」と意外な反応が返ってきました。「もちろんです。天文ライターをしているので、「はやぶさ」の広報キャンペーンを天文雑誌で紹介する側でした！」と、ひとしきりお話をしたところ、

「児童書で『はやぶさ』の本を出したいので、書きませんか？」とオファーがあり、とんとん拍子に二冊目の出版が決まりました。

最初に出版が決まった幼年童話『ケンタのとりのすだいさ

くせん』は二〇一一年三月初旬に、探査機「はやぶさ」目線で描いた〝半分ノンフィクション〟の『「はやぶさ」がとどけたタイムカプセル』は二〇一一年十月に無事刊行となりました。デビュー作の方は、店頭に並んで一週間後に東日本大震災が起きました。筆舌に尽くしがたい被害と、自粛ムードの中で、無名のデビュー作など全く売れないだろうと覚悟をしましたが、幸運にも私の出身県と大型書店の推薦図書に決まりました。そのおかげだと思うのですが、シリーズの二作目の出版も決まりました。

ちなみに、私にとって初めての絵本も、協会の懇親会での雑談からオファーにつながりました。私にとって協会の懇親会は、協会員の皆さんや出版社とよいご縁を結んでいただける、さながら縁結び神社のようなとてもありがたい場になっています。

◎これからデビューを目指す方へ

どこにどんなご縁があるか事前には分からないからこそ、童話講座の受講、協会の委員会のお手伝い、懇親会への出席、書きおろし童話展への出品など、童話に関わる人と出会える場に積極的に身を置くことは有効だと思います。

児童文芸家協会の懇親会には、遠方から泊りがけで出席される方もいるほど、皆さん大切にしていらっしゃいます。もし、かつての私のように何らかの理由で懇親会を尻込みしている方がおられるとしたら、「それは、とてももったいないですよ」とお伝えしておきます。

また、あくまで私見ですが、創作の仲間がいたほうがよいと思います。行き詰っているときに、一緒に学ぶ仲間の何気ない指摘から突破口が開けることが多々ありましたから。一番長い方たちとは十七年に渡って一緒に勉強をしており、お互いプロという立場になりましたが、共に辛口批評できる関係はかけがえのない財産です。

私は様々な方とのご縁が次々につながって、幸いにもデビューに至りました。ご縁を結んでくださった皆さまに心から感謝をしています。

皆さまもよいご縁に恵まれますように。

（二〇一九年十二月―二〇二〇年一月号掲載）

【私はこうしてデビューしました⑤】

うれしいたのしいだいすき

松素めぐり

まつもと・めぐり　一九八五年生まれ。東京都出身。多摩美術大学絵画学科卒業。『保健室経由、かねやま本館。』で、第六〇回講談社児童文学新人賞を受賞。受賞作は二〇二〇年六月にシリーズ一巻として刊行。同年八月に二巻、十月に三巻刊行。

子どもの頃から、とにかく「物語」が大好きでした。特に夢中になったのは『ナルニア国物語』と『はてしない物語』。実際に、今、自分は体験しているんじゃないかと思うほど興奮し、ドキドキしながらページをめくりました。手に汗握り、主人公たちと一緒に冒険し、戦い、最後のページまで走りきる。読み終わった後、クタクタになりながらも、幸せな充実感でいっぱいに。テレビや映画も好きでしたが、「自分の好きな場所」で「好きな時間」に楽しめるって、なんて最高なんだ！　「本」の世界にどっぷりのめりこみました。電車の中、公園などはもちろん、道を歩きながら読んで、近所の人に「あんた車にひかれるよ！」と、何度注意されたことか……。

――と、そんな風に、物語の魅力にとりつかれていたので、自分も書いてみたいと思うようになるのは自然の流れでした。小学校の頃は、自作の漫画や小説を、勝手に教室の学級文庫に忍ばせたり。感想までくれる優しいクラスメイトたちのおかげで、作家気分を大満喫。ちなみに当時のペンネームは「地月りんご」。りんごのマークのついたサインまで考えてました。（ああ、恥ずかしい……）

ところが、中学生になり、入学してすぐに自作の小説をクラスメイトに見せたところ「こんなの書いてるの？」と、回し読みされて、笑われてしまったんです。今思うと、たったそれだけのこと。彼女たちも意地悪で言ったわけじゃなく、ちょっとした「イジリ」だったはず。なのに、私はその日からすっかり自信をなくし「創作」をやめてしまいました。部活や勉強で忙しくなってきたことも一因だったと思うのですが、「もう書かない、読む専門になろう」と決めてしまったのです。地月りんご、誰にも惜しまれることなく、引退。

それでも、やっぱりどうしてもお話を考えるのは好きでした。社会人になってからは、通勤時間に「脳内映画の予告編」を頭の中で上映するのが至福のときで。

――説明します。「脳内映画の予告編」というのはですね、自分の考えた物語のＣＭを作るんです。頭の中で。ＢＧＭとかナレーション担当の声優さんまで決めます。（もちろん全て、私の頭の中だけの単独上映なのですが……！）

そんな脳内物語を「書き起こそう」と思ったことは、実は何度もありました。でも、いつも途中で挫折。書ききることがないまま、パソコンに並んだ、いくつもの未完のファイル。

まったく自信がなかったのです。「わたしがおもしろいと思うもの」が、まさか、おもしろいわけない。こんなの自己満足なんだ、って。

だってすでに、世の中にはたくさんの、本当にたくさんのおもしろい本がある。だから、「私の考えた物語」が入る隙間なんて、あるわけない。ハナから諦めてました。私にはムリムリ。おとなしく脳内だけで楽しんでおこう、って。

転機が訪れたのは、結婚・出産を経て、息子が五歳の時。

何冊絵本を読んでも寝てくれず、「もっと長いお話読んでよー」と、リクエストされました。そこで、長年あたためていた脳内映画のひとつを息子に話してみることに。そうしたら、寝るどころか目をギンギンに見開いて聞いてくれて、最後にひとこと。

「おもしろい！」

私が、長年自分にかけていた呪いが解けた瞬間でした。

「え、ほんと？　このお話、おもしろい……？」

ママへの気遣いもあったかと思うのですが、でも、私は単純なのです。その一言で、パチンとスイッチが入りました。

「よし、じゃあいっちょ書いてみるか！」

それからすぐに作品づくりを開始。日中は仕事や家事があるので、家族が寝静まった夜中～明け方が執筆タイム。頭の中で描いていた物語が、文字になって浮かび上がっていく作業は、おお、今アドレナリンがドバッと出ている！　と実感するほど楽しく、夢中になって書きました。蘇ったのは、小学生時代のあの「書くヨロコビ」。そうだそうだ、私はこれが好きだったんだ。ああもうなんだよー、こんなに楽しいことを今までずっと休んじゃってたのかー。

頭の中には、ドリカムの「うれしいたのしいだいすき」がリピート再生。「やっぱりそうだ、あなただったんだ、うれしいたのしいだいすき！」。

おかえり、私。さあ再び、創作の世界へ。

そうして出来上がった作品を、講談社児童文学新人賞に応募したわけです。長年の「自信のなさ」の反動なのか、私は、「受賞できるに違いない」という謎の確信を持っていました。しかし、二次選考で落選。枕に顔を突っ伏して泣きました。でも、こんなに悔しいと思うなんて！　ああ、わたしは本気で作家になりたいんだ。そう実感するキッカケになりました。

落選した作品は、練り直して別の賞に応募したりもしたのですが、今度は一次選考にも通らず。「ダメなものはダメなんだ……」と、やっとその作品を「お蔵入り」する決意をして、新たな作品づくりを開始しました。

次の作品を書くにあたって、決めたことがありました。

中学生時代、クラスメイトのたった一言によって、ふさぎこんでしまった私。大好きな「創作」すら、手放してしまった、繊細だった自分。あの頃の自分に、届けたい作品を書こう。あの頃、言われたかった、聞きたかった言葉を、作品に詰めこもう。

元々、温泉番組を録画するほど温泉好きで、「毎日でも温泉に入れたらいいなぁ」と、子どもの頃から憧れていた私。そして、ふっと思いついたのです。当時の自分に必要だった「休息」。それを、充分に取れる場所。そうだ、温泉だ。温泉の話を書こう。それも普通の温泉じゃなく、心に効く温泉。不思議な世界にある、特別な温泉。制服のままふらりと行けて、そのまま教室に帰って来られる。日本全国の中学生たちと一緒に温泉に浸かって、お互いの悩みを共有できたり、一緒に美味しいものを食べられたり……。

こうして『保健室経由、かねやま本館。』は出来上がりました。主人公のサーマに起きた出来事は創作ですが、彼女が感じた思い、葛藤などは、そのまんま、私が中学生時代に抱えていた気持ちを反映しました。

書きながら、涙が出ました。「疲れたら、休んでいい」。主人公に語りかける言葉。それを書くことで、なによりも、自分自身が救われたのでした。

書き終わったとき、苦しかったあの頃の自分を、やっと癒すことができたような、不思議な感覚になりました。思い出が、すとんと成仏したような、そんな感じ。

おもしろいか、おもしろくないか。それは私にはわからない。だけど、少なくとも自分は、この作品が好きだし、この作品が書けて良かった。心からそう思いました。

受賞のご連絡を頂けた日のことは、一生忘れないと思います。夢なのか現実なのか、もうなんなんだこれは、私の人生にこんなこと起こるの⁉ と、大パニック。子どもの頃の自分の肩を、バシバシ叩いて伝えたい気持ちでした。「ちょっとちょっと、あんた、二〇一九年にすごいことが起こるよ!」

そして、本当に本当にありがたいことに、夢のスタートラインに立たせて頂くことができました。

離れていた時期があるからこそ、今は声高らかに言えます。私は創作が「うれしいたのしいだいすき」なんだ、って。出会った人、出会った物語、すべてに感謝しながら、これからも続けていきたいです。面白い本に出会った時って、読み終わっても、その本を持っているだけで元気が出るというか、そういう感覚に私はなるので、いつかそういう「お守り」みたいな、気持ちいい読後感が長く続く作品が書けるようになりたいです。そして、作品のどこかには必ず「未来は明るい」というメッセージを入れたい。そういうたくさんの本に、私はずっとずっと救われてきたので。

第七章

誌上ミニ添削講座

【誌上ミニ添削講座①】

シロサイくんの消防車

作・原山ゆうこ

はらやま・ゆうこ　今回の単行本に再掲載していただきまして、まことにありがとうございます。シロサイくんが運んでくれた幸運でしょうか。

シロサイくんは、消防士さんです。

消防車のホースから水を出して、すばやく火を消すシロサイくんを、動物たちは、とてもたよりにしています。

Ⓐシロサイくんの消防車は、それだけではありません。夏の暑い日は、動物たちの冷たいシャワーに。日照りの時は、雨の代わりに、田んぼの水やりにもなります。

Ⓑ竜宮城が火事になった時は、乙姫さまを助けたこともあるのですよ。

Ⓒ「シロサイくん、大変！　大変！」

秋のある日、イタチくんが走ってやって来ました。

「火事かい？」

「ちょっとちがうんだけど。早く、早く！」

ウーウーカンカン！　消防車に乗って、シロサイくんは出発です。

原っぱで、イグアナくんが火をふいていました。しかも、

ひらめき。そして、考えて考えて考える。

添削者・すとうあさえ

『子どもと楽しむ行事とあそびのえほん』で産経児童出版文化賞受賞。『ざぼんじいさんのかきのき』『はじめての行事えほん全12作』他。

Ⓐシロサイくんの『消防車』が主役ではなく、『シロサイくん』が主役の物語ですね。ですから、「シロサイくんは、火を消すだけではありません。」という文章にしたほうがよいです。シャワーや水やりの例が出てますが、はしごを使って助ける例もいれておくと、あとではしごが出てくるときに唐突にならないと思います。

Ⓑ「竜宮城が火事」というのが、しっくりこないです。竜宮城は海のどこかにあるので、火事になるのかしら。

Ⓒいよいよ、お話が動きますね。テンポよくいきたいです。今の設定だとイタチが、シロサイくんの消防署（？）まで知らせにくることになっています。例えば、シロサイくんがパトロールをしていて、ラーメン屋で大騒ぎになっているという設定も可能。テンポと場面数なども考慮してみてください。

火をふくたびに、少しずつ空へ浮かんで行くのです。

Ⓓ「イグアナくん、ドラゴンになっちゃったの？」

シロサイくんは、おどろいてたずねました。

Ⓔ「イタチのせいだよ！　おれが食べてるラーメンに、トウガラシをたっぷり入れるから！」

「だっ、だって、イグアナくん。トウガラシ入りのラーメンを食べたいって、言ってたじゃないか」

「だれがあんなに入れろって、言ったんだよ！」

Ⓕさけんだとたん、イグアナくんの口から、火がぶわぁーっとふきだしました。

シロサイくんとイタチくんは、あわててにげました。イグアナくんはといえば、空高く飛んで行ってしまいました。

「どうしよう、どうしよう！」

イグアナくんが空に消えてしまい、イタチくんはおろおろしています。

「よーし！」

Ⓖ早速、消防車のはしごを空高くのばすと、シロサイくんは、かけ足でのぼって行きます。Ⓗどんどん、どんどん。

雲の上までのぼった時、シロサイくんは、はしごから身を乗り出して、イグアナくんをしっかりとつかまえました。

「イグアナくん、もう大丈夫だ！」

ところが、身を乗り出しすぎたシロサイくんは、はしごから

Ⓓ このシロサイくんの言葉、気が抜けてて笑っちゃいました。頼りになるけど、時々抜けてるというキャラクターかな。

Ⓔ イグアナが話しているのですが、火をふきながら話している感じをだしてみませんか。どんな感じかな。

Ⓕ ここは、ドキドキ場面。火がぶわーっとでたとたん、イグアナは空へロケットみたいに飛んでっちゃう。シロサイくん、逃げてる場合じゃないよ。「よし！」とばかりに助けよう！

Ⓖ シロサイくんの消防車のはしごがすごく伸びていくというのが、都合良すぎの感じがします。例えば、ホースをもってはしご車をかけのぼり、のぼりきったところでカウボーイよろしくホースをぐるぐるまわして、「それーっ」。イグアナ、救出！　とか。

Ⓗ 絵本にしたとき、シロサイくんが、のぼっていくこの場面の文章は「どんどん」だけがいいと思います。場面に変化がでます。「どんどん」をいくつつなげるか、です。

Ⓘ ここでウミガメをだしたいために、「竜宮城の火事」が必要だったのかな。海にシロサイくんとイグアナが落ちる設定にしたいのなら、ウミガメ以外になにかもっと面白いことを

ツルンと、足をすべらせてしまいました。

「うわっ、わっ、わーっ！」

イグアナくんをだきしめたまま、シロサイくんは、強い風にあおられながら、下へ下へ。

（もう、だめだ！）

シロサイくんが目をつぶったしゅんかん、ザブーン！　という音がひびきました。シロサイくんとイグアナくんは、海の中に落ちていました。

「シロサイくん！」

Ⓘそこへ、竜宮城のお使いをしているウミガメさんたちが、泳いで近づいて来ました。そして、シロサイくんとイグアナくんをそれぞれ、甲羅に乗せてくれました。

「ありがとう、ウミガメさん！」

「こちらこそ、この間は、乙姫さまを助けてくれたもの！」

ウミガメさんたちは、シロサイくんとイグアナくんを、海辺までつれて行ってくれました。

「シロサイくん！　イグアナくん！」

イタチくんが砂浜へ、走ってやって来ました。

「はーくしょんっ！」

シロサイくんは、大きなくしゃみをしました。イグアナくんも、寒さでブルブルと体をふるわせています。イタチくんは、大いそぎでまきを集めました。


考えてみましょう。例えば、はしごの先からシロサイとイグアナが、海に落ちる。そこにいたのは、くじら。くじらの背中に落ちて、助かる。陸とくじらの背中を消防車のはしごで結んで、はしご橋。ほかの動物たちも、橋をわたってくじらの背中にのって海散歩とか。くじらの潮も楽しいことに使えそう。

Ⓙ物語の筋を追ってみると、このやきいもの場面はいらないように思います。違う話が始まったような印象を持ちました。

Ⓚしゃぼん玉は、よくあるアイデアなので、最初のシロサイくんの頼もしさを説明する一例として出したらどうでしょう。それも例えば、シロサイくんは汚れたビル（？）まできれいにしてくれる。まずホースでせっけん水をかけてきれいにしてから、水をかけて洗い落とす、せっけん水をかけるときに、しゃぼん玉がたくさん出てこどもたちは大喜び、とか。

【総評】
このお話は、絵本向きだと思いました。絵をつけたら楽しくなりそう。何場面にするのかを決めたら、場面ごとに物語を割って、ラフを描いてみます。ページを開いたときの変化がわかるので、私はよくやります。（絵は超ラフ）
転をいかに面白く、乗りこえるかが鍵です。竜宮城、お芋、

Ⓙボー！　イグアナくんが、口から、まきに火をふきました。あっという間に、たき火のできあがり。おかげで、ほこほこと体があたたまってきました。

イタチくんは、たき火に、たくさんのおいもを入れました。しばらくすると、ふんわりと、おいしそうなにおいがただよってきました。

「イグアナくん、ごめんね」

イタチくんは、あつあつに焼けたやきいもを、イグアナくんにわたしました。

「もう、いいよ」

イグアナくんは、おいもにかぶりつきました。はふはふ。みんなで食べると、おいしいね。

おいもを食べおわったら、イグアナくんの口から、火は出てこなくなりました。

「よーし、じゃあ、なかなおりの記念に」

Ⓚシロサイくんは、消防車のタンクに、たっぷりのせっけん水を入れました。

「それっ！」

ブクブクブー！

「わあっ！」

ホースから出てきたのは、たくさんのきれいなシャボン玉。みんな、大よろこびでした。


シャボン玉など、いろんな要素を入れてしまうと、物語があっちこっちになり、ダラダラしてしまいます。お話の軸をしっかりと据えて、リズム感のある文章で進めていきましょう。

シロサイくんは、いつもみんなのためにがんばっています。しっかりもので優しい性格ですね。いつも順調にすらすら解決するシロサイくんが、「転」のところで、窮地に陥り、「大丈夫かな」「どうするんだろう」というドキドキ感を読者にもってもらえると、解決できたときの「やった！」感が大きくなり、物語を面白くします。

会話は生き生きと。登場人物のキャラクターをしっかりつくることも大事。主人公はシロサイですが、なんでシロサイにしたのか、作者がちゃんと理由がわかっていたほうがいいです。シロサイは、どんな生態なのか。水に入れるのかとか、一応押さえておくことも必要です。

物語は、ひらめきから始まる場合が多いように思います。それを、形にしていくためには、ひたすら、考えます。一生懸命考えたり、ぼーっと考えたり。いつも頭のどっかに置いておくと、不思議なことにいい展開が、ふっと浮かんだりします。

そして、書き続けること。これが、一番大事だと思います。シロサイくんの消防士、ぜひ絵本の形にトライしてみてください。


（二〇一五年十二月–二〇一六年一月号掲載）

【誌上ミニ添削講座②】

あべこべ人間

作・和山みゆ

わやま・みゆ　平成三十年　児童ペン新人賞詩部門佳作受賞。詩や絵本、童話の創作をしていますが、新しい分野にもチャレンジしたいです。

Ⓐあさごはんのとき、お母さんは、いった。

「タイチ、そのシャツおかしいわ。まえと後ろを、あべこべにきているわよ。もう二年生なのに。それじゃ、タイチじゃなくて、Ⓑチイタになっちゃうでしょう」

「お母さん、なにチイタって。ぼくの名まえを、さかさまによまないでよ」

「それなら、まちがえないことよ」

じかんがないのでシャツはそのまま、いそいで家を出た。

(チイタか。かっこいいじゃん。今日は、チイタでいくか)

学校についた。くつばこの名まえを、チイタとかきなおしてみた。いいかんじだ。名ふだも、シールをはって、チイタとかきなおした。これで、あべこべ人間のできあがりだ。

「タイチ、なにやっているんだよ」

となりのせきの学だ。

「シャツのまえと後ろが、あべこべになっているときは、チ

ストーリーをもっとふくらまそう！

添削者・山本省三

やまもと・しょうぞう　神奈川県在住。絵本からノンフィクションまで幅広く執筆。挿絵も手掛け、『月をめざしてしゅっぱつ！』（小学館）など作品多数。

Ⓐ「あさごはんのとき、」とあるが、食に関することでなく、いきなりシャツのことに触れるのは、唐突な感じがする。「あさごはんのとき、」の後に「ぼくのシャツを見て」と入れてはどうか。

Ⓑシャツは前後が反対なのに、名前の上下が反対になるのは、少々引っかかる。タイチをチイタにする必要があるだろうか。チイタという名が、後の展開に絡んでくるのかと読み進めるが、何も起こらないのは、肩透かしの感がある。ただ、洋服を後前に着たために、あべこべ人間になってしまう発想はおもしろい。

イタってよんでくれよな」

「なにそれ、おもしろいね。わかった。今日はチイタだな」

一じかん目は、こくごだ。

「じゅんばんに、Ⓒきょうかしょをよみましょう」

まえのせきの友だちがおわると、つぎはぼくだ。

（にがてなんだよな。しっぱいしそう）

ところが、スムーズによめたのだ。かんぺきだった。

「ノッテルなあ。さすが、チイタだな」

学は、ゆびでマルをつくってみせた。

（今日は、ついてるぞ）

つぎは、ずこうのじかんだ。ぼくは絵がにがてだ。それなのに、今日はちがった。クレヨンで、がようしいっぱいに、大きくふねをかいた。さいこうのできだ。先生にみせると、すごくほめられた。学も、少しおどろいたようだ。

「チイタになると、なんでもうまくいくな」

（じぶんでも、おどろきだ。これも、あべこべ人間のパワーなのか。すごいじゃん）

ろうかに出ると、Ⓓとなりのクラスのサオリちゃんが、ちょうど、きょうしつから出てきた。

「ここに、なんてかいてあるか、よめる？」

ぼくは、名ふだをゆびでさした。

「なにそれ、チイタって。へんなの。それにシャツがはんたい

Ⓒ　あべこべ人間になることで、苦手な絵が上手になるのは、子どもの読者もイメージできるが、朗読はピンと来ないかもしれない。難しい漢字が書けたとか、算数で計算が早くできたなどの方がわかりやすくないだろうか。さらに欲をいえば、この部分に限らないが、あべこべのエピソードとして、もっと読者を驚かせるものを取り入れたい。

Ⓓ　タイチとサオリちゃんの関係が、いまひとつわからない。何となく好きな女の子らしいが、親しいわけの説明が欲しい。しかもなぜ隣のクラスなのだろうか。

よ。はずかしいから、なおしなさいよ」

「こうすると、うまくいくんだ。あべこべ人間のパワーで」

「もう、いつまでも子どもっぽいんだから。やめてよ」

そういうと、いってしまった。それから、かえりのじかんまで、ずっと、サオリちゃんのたいどは、おかしかった。しゃべってくれないし、目もあわせてくれない。べつ人みたい。

学校のかえりみち、ぼくは、ひとりで歩いていた。すると、小さい女の子がないていた。Ⓔいつもなら気にしないで、とおりすぎたとおもう。けれど、こえをかけずにいられなかった。

「どうしたの？」

「おかねをおとしちゃったの。うえーん、うっ、うえーん」

「えっ！　いくら」

Ⓕ「ちゃくえん、おとしたあ。うえーん」

「もうなかなくて、だいじょうぶ。いっしょにさがそう」

ぼくは、ほっとけなくて、じぶんのランドセルをおいて、ほどうのはしから、ていねいにさがした。

「なかなか、みつからないね。どのへんに、おとしたの」

「このへん。ちゃくえんあるかなって、ポケットのなかをさがしたら、なかったの」

「そっかあ、このジャンパーのポケットに、あったんだね」

ぼくは、ポケットをみたけど、やっぱりなかった。そのとき、ちょっと気になって、Ⓖ女の子のズボンのポケットのなか

Ⓔ なぜ気にしないのか、ふだんのタイチの性格を書くべき。たとえば、めんどうくさがりで、小さい子の世話をするのが苦手等、ぜひ書き加えたい。

Ⓕ「ちゃくえん」は、舌足らずの表現だろうが、他の部分で舌足らずがないので、不自然な気がする。入れるなら、同様の言葉づかいがあと二、三か所あると良い。

Ⓖ 子どもとはいえ、見ず知らずの女の子のズボンのポケットに手を入れて探すのは考えものだ。女の子にアドバイスを与えることで見つかることにしてはどうだろう。

をさがした。すると、あったのだ、ひゃくえんが。

「あった、ちゃくえんだ。おにいちゃん、ありがとう」

「よかったね。気をつけて、いくんだよ」

手をふっていると、サオリちゃんがあるいてきた。

「タイチくん、いいとこあるじゃない」

「みてたの？」

「うん。たまたま、とおりかかってね。あっ、チイタってていわないと、いけないんだっけ？」

「まあね。チイタになったせいか、ないてるのをみたら、たすけたいって、おもったんだ」

「ふーん、チイタっていいかも。でも、Ⓗわたしはいやだな」

ぼくたちは、いっしょにあるいてかえった。

Ⓘあれから、サオリちゃんがいやがるから、チイタになるのをやめていた。しばらくたった日、じぶんのへやで、ずこうのしゅくだいをやっていた。

(ああ、ちっとも、絵がかけないよ。今だけ、チイタになっちゃおうかな。だれもみていないし)

シャツのまえと後ろをあべこべにきてみた。けれど、チイタだった、あのときのように、いい絵はかけなかった。

あの、あべこべ人間のパワーは、気のせいだったというわけか。ぼくは、がっかりした。けれど、ぼくじしんのパワーで、Ⓙさいこうの絵をかいてやろうじゃん、っておもった。


Ⓗサオリちゃんがなぜいやなのか、理由を書かないと、子どもの読者は理解が難しいと思う。あべこべ人間をやめてしまう原因になるのだから、重要なはずだ。

Ⓘあべこべ人間になることは、タイチにとってかなり魅力のあることなのに、サオリちゃんのひと言で止めてしまえるのだろうか。この展開は、いきなりまとめにかかった感がしてしまう。これでは読者が満足しないのではないか。

Ⓙやはり実力で勝負とは、道徳的でつまらない。またあべこべ人間になれない原因も読者にはわからず、すっきりしない。せっかくの発想がしぼんでしまった。


【総評】

枚数の関係かストーリーのふくらませ方が足りないし、エピソードもあべこべ人間としては、月並みと思う。もっと大胆な展開を考えたい。また読者はタイチがいつ動物のチータになるか期待してしまうはずだ。繰り返しになるが、それがないなら、名前の変換はなしでよいだろう。とにかく発想を十分発酵させて、いい意味で読者を裏切るような構成になるよう推敲を重ねて欲しい。


（二〇一五年十二月―二〇一六年一月号掲載）

【誌上ミニ添削講座③】

ミチルとアリコ

作・皆川あき子

みながわ・あきこ　長野県出身。日本児童教育専門学校児童文学専攻科卒。卒業から年月がたちましたが、児童文学が好きな気持ちは深まるばかりです。

Ⓐ「そんなちっちゃいすなのつぶ、ぜんぜんかわいくない」

メイちゃんったら、ひどい。

「ぼくはでんしゃごっこのほうがいいな。いっしょにやろう」

いやだよ。ソラくんもぜんぜんわかってない。

ようちえんのおにわで、とってもきれいなダイヤをみつけた。おひさまのひかりをあびて、きらきらかがやくちいさなちいさなすなのひとつぶ。すなのにしろっぽくてとうめいで、ほかのすなとはぜんぜんちがう。とっておきなんだ。

「ユメせんせい、みてみて」

「なあに、ミチルちゃん、…あ、ふあ、ふぁっくしょーん」

「わっ、ダイヤが！」

わたしのてのひらに、もうなんにものってない。

「ごめんね！　どんなものみせてくれるつもりだったの？」

「もう、しらない！　みんな、しらない！」

せんせいのてをふりはらって、しゃがみこむ。ああ、くや

書く対象の世界を深くみつめましょう

添削者・日野多香子

ひの・たかこ　桜美林大学アカデミーの児童文学創作講師を務めて十年余り。他に銀の鈴社のアンソロジー編集委員も。これからも頑張ります。

今回拝見したのは皆川あき子さんの「ミチルとアリコ」でした。私の見解をかきましょう。

Ⓐ幼稚園の庭でミチルは砂粒をひろい、ダイヤだとおもいこんで、ともだちに認めてもらおうとします。しかし、仲良しは皆そっぽ。子どもらしい躍動感のある導入ですが、ここにまず問題があります。省略しすぎのためかいつ、どこで、誰が、何を、の基本がみえてきません。どのような作品の場合も、これはとても重要なことなのです。

しい。きれいなダイヤ、せっかくみつけたのに。……このへんに、ないかな、もういっかい、みつからないかな。

Ⓑ(ねえ、なにしてるの？)

「え？　なに？　だれかよんだ？」

(ここよ、ここ！)

わたしにかおをむけるアリが、めのまえにいっぴき。

「まさか、アリがしゃべったわけじゃないよね」

(そうよ！　あたし、アリコ。あなた、なにをきょろきょろしているの)

アリコとなのったアリがくびをかしげた。Ⓒあたまにしろいはながひとつ、くっついている。

「ダイヤをさがしていたの」

(ダイヤ？　それって、どんなもの？)

「すっごくきれいなものだよ。しろっぽくて、すこしとうめいで、おひさまのひかりできらっきらってひかる、これっくらいのすなのつぶなんだ」

(いいわね。きれいなもの、すきよ。いっしょにさがすわ)

「ありがとう！　たぶんこのへんだとおもうけど」

(わかったわ)

アリコはろっぽんのあしをすばやくうごかしてあるく。あたまのはなもいっしょにゆれた。

「そのあたまのしろいおはな、かわいいね」

Ⓑ作者はミチルのセリフには「　」をアリコのセリフには(　)をつかっています。この意図はなんでしょう。(　)によるアリコのセリフはミチルの内言でしょうか？　はっきりさせる必要があります。ただ、単にアリコは虫だからとの区別ですか？　いずれにしましてもこのように(　)と「　」を使い分けるには読者に其の意図がつたわらないと。

Ⓒ誰にもみとめてもらえなかったばかりか、ユメ先生にくしゃみで飛ばされてしまう砂粒、がっかりしているところに通りかかったのがありのアリコでした。アリコはミチルの悩みをきいて一緒にさがしてくれることになりますが、ここにも問題があります。とてもちいさなアリが頭に白いシロツメクサの花を載せて歩けるはずがありません。更にお互いのおおきさからみても、ミチルとアリコは到底会話などできないでしょう。この不可能を可能にするところに、創作の面白さがあり工夫もあるのです。

（まあ、よくきづいてくれたわね。シロツメクサのはなからひとつだけひきぬいて、かざっているの）

「いいね、とってもよくにあってる」

（わあ、うれしい！　あなた、おなまえは？）

「ミチルだよ」

（ミチル、いいおなまえね。あたし、なかまたちに『みつもはいっていない、こんなはななんかじゃなくて、もっとおいしいものをさがしてこい』ってまたいわれたばかりなの。はながすてきなものだってことは、だれもわかってくれないわ。……あら、あれは、なにかしら）

　ながいしょっかくでアリコがさしたさきに、おひさまのひかりをあびてきらっとかがやく……もしかして！

「あった！　あったよ！　これがダイヤだよ！」

　しんちょうに、ゆびでつまんでてのひらにのせる。アリコはわたしのてのうえにのぼってきて、まえあしでダイヤにちょんとふれた。

（まあ！　きれい。こんなものがおちているのね。まいにちじめんをあるいているのに、ちっともきがつかなかったわ）

「わたしのともだち、だれもいいね、きれいだねっていってくれなかったんだ。アリコはわかってくれるんだね」

（もちろんよ。あら？　Ⓓあたしたち、にているわね）

「うん！　おんなじだね」


Ⓓアリコのおかげで砂粒はみつかりますが、ここに第二の問題点がでてきます。作者はアリコとミチルに「私たちにているね」「そうおんなじね」といわせていますが、こんなに簡単に友情はなりたちますか？　まして相手はとても小さなアリ。心を通わせることは到底無理です。それだけにこのお互いのセリフには無理があります。更に、作者はもっと友情や、心と心の結びつきを深く考えてほしいのです。

　このままだと、自分に都合のいい物はすべて「似た者同士」で友だちという感じになります。対象への深い洞察がほしいところです。


Ⓔ最後はユメ先生に、ミチルがみつけた砂粒をみとめてもらうところでおわります。これは読者である幼児を安心させます。幼児童話の場合特に読後の安心は大事といわれており、読者に「ああよかった」との気持ちを持たせることは大切です。ミチルの試みは、園児仲間からはみとめられませんでしたが、ユメ先生がきちんと受け止めてくれてやれやれでした。

Ⓕそうして、見つかった砂粒の横にはアリコがミチルにくれたシロツメクサの花がきちんとおかれていたとの〆になりますが、ここで私など「いいの？」とおもいました。作者は、「ミチルがアリコに会ったのは本当ですよ」といいたいので

（あたし、ミチルがすきになったわ。これ、あげる）

アリコはあたまにかざっていたおはなをとった。

「だいじなおはなじゃないの？　もらっていいの？」

（いいの。ミチルにであえたきねんの、おくりものよ）

「ミチルちゃん！」

とつぜんおおきなこえでよばれて、かたをたたかれた。たちあがってふりむいたら、ユメせんせいがいた。

「ミチルちゃん、ごめんね。さっき、だいじなものをみせてくれようとしたところだったでしょう？」

「そうだよ！　このダイヤをみせたかったんだ。ほら」

Ⓔ「わあ、きらきらひかってる！　よくみつけたね！」

「うん！　ユメせんせいがくしゃみでとばしちゃったから、アリコといっしょにもういっかいさがしたんだ」

「アリコって、だれのこと？」

「ここにいる……あれっ？」

アリコはいつのまにか、もう、わたしのてのうえにいなかった。

Ⓕでも、ダイヤのよこには、あのしろくてちいさなはなが、ちゃんとおいてあったんだ。


しょう。しかし、ミチルとアリコが元の大きさのまま話をし、心を通わせるのは無理と思っているわたしには、このせっかくの〆も、「無理」とおもえてしまうからです。


【総評】

ダイヤに見まがう砂粒の発見とそれにかかわるトラブル、更にハッピーエンドが書かれています。そこにシロツメクサの白という色彩が加わって、独特の可愛い世界をくりひろげています。しかし、このままでは無理があり、難もあります。

まず、アリコとミチル、この物理的な大きさの違いを何とかしなければなりません。このようなとき、児童文学では魔法をつかいます。つまり、アリコを擬人化し、ミチルとおなじ大きさにして、あるいはミチルをアリの大きさにして、お互いの心を分かり合えるという状態を作ってしまうことでこのための工夫が実は児童文学を書く楽しさなのです。

更にもう一つ気になることがありました。アリコとミチルはどちらも花がすきなわけですが、安易に「にているね」「おんなじね」「すきになった」などとはいわせないことです。本当の友情とはこのように安易なものではないからです。

という次第で、さわやかで、幼児の共感を呼ぶ作品でしたが、更に考えてほしい問題も残りました。

さわやかな作品が書けるあなた、次作を期待します。

（二〇一六年十二月－二〇一七年一月号掲載）

【誌上ミニ添削講座④】

ふってくるよ　ふってくる

作・真山みな子

まやま・みなこ　大好きな児童書の画家さんがたくさんいます。そんな方たちに絵を描いていただくことを妄想しながら、お話を作ったりしています。

Ⓐ今年うまれたおたまじゃくしが、ちいさなかえるになるきせつ。

村のはずれの池のまわりで、
うれしくって、ケロケロケロ
たのしくって、ケロケロケロ
「雨がふる、雨がふるよ」と、ケロケロケロケロ。
あまがえるたちは、Ⓑてんきよほうのめいじんです。
雨のけはいをかんじると、
ケロ　ケロ　ゲロ　ゲロ　クウェッ　クウェッ　クウェッ
だいがっしょうがはじまります。
ところが、中にいっぴきだけ、ぜんぜんなかないかえるがいました。
Ⓒちいさな、ちいさな、ケロップです。
「ふってくるのが　わからないの？」

感じること、心の揺れを大切に

添削者・戸田和代

とだ・かずよ　東京に生まれる。『ないないねこのなくしもの』で児童文芸新人賞。『きつねのでんわボックス』でひろすけ童話賞受賞。

Ⓐ「今年うまれたおたまじゃくしが、ちいさなかえるになるきせつ」は「今年」と「季節」が重なります。「今年もおたまじゃくしが、ちいさなかえるになりました」ぐらいでいいのではないでしょうか。「ちいさなかえるになるきせつ」はすこし堅苦しいかもしれません。

Ⓑ「てんきよほう」より「雨よほう」としたほうが、かえるらしいのでは。

Ⓒ「ちいさなちいさな」では特別な感じがしません。ちいさくて静かで目立たないケロップを印象付ける言葉がほしいです。

Ⓓ子供向けのお話としては「かんじる」はあいまいです。「そんな気がするんだもん」ぐらいがいいかもしれません。それとも、「かんじるだってさ」「かんじるってなに？」「むねがもやもやするんだ」と、ほかのかえるとやりとりをするとか。

Ⓔ「その日の夜は夏まつり」「年にいちどの、花火の日です」

「あまがえるなんだから、しっかりしろよ」

そんなふうにいわれても、やっぱり、しずかにだまったままんま。

そんなケロップが、ある日、めずらしくなきだしました。

おひさまが、ギラギラギラギラじめんをてらす、あついあつい夏の日です。

「ケロロロップ、ケロロロップ。ふってくるよ　ふってくる。もうすぐ、たくさん、ふってくる」

「そんなわけあるかい。雨なんて、とうぶん、まったくふりそうにないぞ」

「ちがうよ、ふってくるのは、雨じゃない。いろんな色のあかるいものがふってくるんだ」

「なんで、そんなことわかるんだよ」

Ⓓ「わかんないけど、かんじるんだもん」

Ⓔその日の夜は、夏まつり。

年にいちどの、花火の日です。

青、赤、みどり。金にぎん。色とりどりに広がったわが、雨のようにふってきて、しずかにきえていきました。

しばらくたって、また、ケロップがなきだしました。

夕やけ空に山のかげがくっきりうかぶ、空気がすんだ秋の

は、読者にはじめから種あかしをしているようなもの。「わかんないけど、かんじるんだもん」と、いったあとに、青、赤、ぎん、いろとりどりのひかりがふってきて、みんながびっくりしていると「あれは花火というんだ」と、としよりのかえるがいってもいいと思います。

Ⓕ「長くつづいていた雨……」のあとに、かえるたちに大笑いさせるとか。

Ⓖ冬から春へかわるので一行あけたほうがいいです。

Ⓗ「こんどはなにが……」のあとに「かえるたちはねぼけまなこで聞きました」など。

Ⓘこのお話は擬人化されているので「ケロップのなきごえ」より「ケロップのこえ」としたほうがいいと思います。

Ⓙ最後の一行を読者の想像にまかせず、作者としてひとことほしいです。「かえるたちは、前の年よりもっと大きな声でなきはじめました」など。


【総評】

寡黙なかえるケロップの姿が目に浮かぶ楽しいお話でした。文章も読みやすく、しっかりと物語を展開させ終わらせています。タイトルも面白いですね。

少し雰囲気のちがう冬の場面も面白いと思いました。ただ読んだ後になにか物足りなさを感じるのです。なぜで

日です。

「ケロロロップ、ケロロロップ、ふってくるよ　ふってくる。

もうすぐ、たくさん、ふってくる」

Ⓕ「長くつづいていた雨が、やっとやんだばかりじゃないか」

「ちがうよ、ふってくるのは、雨じゃない。キラキラピカピカしてるもの」

その日の夜、空にはたくさんのながれ星がみえました。

シュッとみじかく光ったり、夜空をながーくよこぎったり。

いっしゅんの、ぎん色の雨になりました。


えだのはっぱがすっかりおちて、木々がはだかになったころ、ケロップは、おちばの下から、そっとかおをだしました。

ねむくてねむくてしかたないけど、何かをかんじるのです。

「ケロロロップ、ケロロロップ、ふってくるよ　ふってくる。

もうすぐ、たくさん、ふってくる」

小さな声でいってみたけど、なかまはみんな、ゆめの中。

「フワフワ　シャリシャリしてるもの……」

そのとき、おでこにポツンと、白いものがのっかって、

「ひやっ、つめたい」

ケロップはびっくりして、土の中にもぐりこみました。

Ⓖ長い冬をねむってすごしたケロップたちが、ゆっくりとおきてきます。


しょうか。

たぶんそれは、読んでいるとちゅうで、お話の流れがわかってしまうからでは？　いっぴきの不思議なかえるケロップが、「ふってくるよふってくる」というと、夏には花火、秋はながれ星、そして冬には雪、春には花びらと……、夏、秋、冬、春と季節を追っていることが想像できてしまいます。

想像した通りに物語がすすむのは、読者にとってつまらないもので、とちゅうで飽きてしまいます。

お話を書く上で大切なことは、読者の知らない世界にいってみたいというわくわく感を満足させることにあります。

そして作者もそういうところにいってみたいはず。

ケロップの本心はもっと違うもの、あるいはとても大切なものをまっているのではと期待します。しかし、春になって、少し大人になったケロップと、ケロップを少し理解し始めたかえるたちで終わるのは残念です。

レオレオニの『フレデリック』をご存知と思います。フレデリックは働かないのねずみですが、お話の最後には、特別な才能をもったフレデリックがみんなを喜ばせます。それは思いがけない展開です。だから読んだあとも、いつまでも心に残るのですね。

かえるのケロップも、ほかのかえるとは違います。

その違いはなんでしょう。かえるになったばかりのケロッ

あったかい空気が体をつつむ、ほんわりとした春の日です。

「ケロロロップ、ケロロロップ、ふってくるよ　ふってくる。

もうすぐ、たくさん、ふってくる」

Ⓗ「こんどは、なにがふってくるの？」

「いいにおいの、ヒラヒラしたもの。いっぱい、いっぱい、ふってくるよ」

池のそばには、古い古いさくらの木がいっぽん。

まんかいの花をたくさんつけて、空にえだを広げています。

そこに、ビューンとつよい風がふいてきました。

ハラ　ハラ　ヒラリ、クルクルクル
あとからあとからふってくる、やわらかい花びらが、じゅうたんのように広がっていきます。

いままでは、なかまのかえるたちも、みんなたのしみにまっています。Ⓘケロップのなきごえがきこえるのを。

「ケロロロップ、ケロロロップ、ふってくるよ　ふってくる。

もうすぐ、たくさん、ふってくる」

Ⓙこんどは、なにが、ふってくるのかな？


プは、かえるなのにどうしていつもだまっているのでしょう。たんなる予知能力？　たんなるかわりもの？　きっとそれだけではないはずです。そこをもうすこし掘り下げてみてください。言うは易しですが……。

ケロップにとって、雨のことよりももっと大切なものはなんですか？　そこに作者のお話を書こうとした動機（ひらめき）があるような気がします。

たいていの場合、ああしてこうしてと書き直しているうちに、いったい自分は何を書こうとしたのかわからなくなってしまい、どんどんありきたりなほうに向かっていってしまうものです。そこが創作の落とし穴です。そうならないように、はじめに感じた動機をいつも心のかたすみにおくようにしてください。そして、行き詰ったらそこに戻るようにしてみてください。すこしずつ自分らしい作品が書けていくのではないかと思います。

感じること、まるでケロップのようですね。

ケロップは作家なのでしょうか。

最初に感じたほんの少しの心の揺れ、動機が、あなたにすばらしい作品を書かせてくれると信じています。

（二〇一六年十二月―二〇一七年一月号掲載）

【誌上ミニ添削講座⑤】

ミルクの実

作・七々美

ななみ　一九七五年生まれ。兵庫県出身。平成二一年　日本文学館出版大賞特別賞受賞。現在事務をしながら創作。

Ⓐむかしむかし、雲の上には庭園がありました。

それは、天使たちが、

「神様はいつもひとりぼっちでかわいそう。さみしそう。」

と思い、神様がさみしくないようにとみんなで相談してつくったものでした。

庭園には果物が実っていて、朝になると目を覚まし、

「おはよう。いい朝だね。」

と太陽やまわりの果実にあいさつをします。昼間は、太陽の光につつまれてうたたねをしたり、となりの果実と、どちらが大きいかくらべっこをしたりしていました。

庭園は、雲の形にそって、だんだん畑になっていて、果物のほかに、いろいろな花や木もすくすくと育っています。

七色の花や銀色の草がところせましと咲きほこっています。その果物の一つに、ミルクの実というものがありました。そ

感性を生かした作品

添削者・北川チハル

きたがわ・ちはる　『チコのまあにいちゃん』（岩崎書店）で児童文芸新人賞、『ふでばこから空』（文研出版）でひろすけ童話賞、児童ペン賞童話賞受賞。

Ⓐ西洋民話の趣がある神秘的、幻想的な舞台が提示されていますね。日常とかけ離れた世界へ誘う狙いがあるかと思いますが、まずは説明的でボリュームある導入部を見直したいです。短編では全体のバランスを考え、冒頭で端的に舞台設定を伝える必要がありますが、今のままでは複雑で、世界観も壮大なため、少し難しいかもしれません。設定をシンプルにするひとつの手段として、キャラクターを絞ることがありますね。ここではひとまず、神様のみにしてみると、〈むかし、空の上に住む神様が雲の庭に白く輝く種をまいた。たちまち芽が出て太い木になり、ミルクの実がなった〉ぐらいの簡潔さで物語を始められるのではないでしょうか。そしてその後に続く主題部をより深めやすくなるだろうと思います。

また、ミルクの実に読者の視点を集中させるためにも、その他大勢の植物などは割愛し、果実がことばを話す設定も省いてよいかと感じました。のちに矢で射られることをみても、

の実は、しずくのような形をしています。スイカよりも大きく、こしくらいの高さにある、やしの木のような太い幹に実っています。実は、その名のとおり白いミルクの色をしていました。一つの木に五、六個の実をつけ、風がふくたびにぐらぐらとゆれながら、雲の畑の中でずんずん大きくなっているのでした。

Ⓑところがある日、大きな台風がやってきました。地上で大きな竜巻をおこした台風は、空の庭園までやってくると、あっというまに大きな風と雨で庭園をおそいました。庭園の果実たちは、雨をすって、みるみる大きくなりました。庭園の植物たちは、

「とばされないように気をつけろ。」

「もう少しのしんぼうだ。」

と、お互いをはげましあいながら揺れ続けました。ミルクの実も、パッツン、パッツンと今にもはじけそうにぶつかりあいながらも、台風が去っていくのを待っていました。

ところが、

ブツッ!

とうとうミルクの実のひとつが、大きな風にふかれて庭園から飛び出しました。

ミルクの実は、雲の中をとおりぬけ、ビューッとすごいいきおいで落ちていきました。Ⓒそれに気づいた鳥たちは、さ

果実の擬人化は、慎重に考えたいです。

Ⓑ「大きな」や「大きく」という語句が、この部分だけでなく全体的に目立ちますが、意識されてのことでしょうか。そうでない場合、音読あるいは録音推敲し、耳でチェックすると、文を目で追うだけでは分からなかった細かい点にも気づきやすくなりますよ。安易な重複を避け、言いかえを試みて、ぴったりの表現を探したいですね。文章も豊かになり、この物語の味わいを深めるポイントにもなると思います。

Ⓒ鳥、動物、人々、町……ざっくりとした名詞のみで語られ

あっと飛び去り、動物たちはさわぎだしました。

　ミルクの実は、雨をふくんでどんどん大きくなりながら落ちていきます。でも、人々は台風に気をとられて、ミルクの実も、動物たちのさわぎにも気づいていません。大きくなったミルクの実は、このままでは、町をこわしてしまうかもしれないいんせきぐらい、大きくなってしまっていました。

　その時です。ひとすじの白い光の矢が、世界一高い山の上で、ミルクの実をいぬきました。庭園の様子がきになって見に来た天使が、ミルクの実が地上に落ちていくのをみつけ、急いで雲の上から天使の矢でうったのでした。

Ⓓミルクの実は、空中で、パアッととびちり、本物のしずくになりました。その粒は、すいかの種のような大きさで、たくさんの粒になって降っていきました。

　ミルクの実をいぬいた光におどろいた台風は逃げ出し、太陽が少し顔を出しました。ミルクのしずくは、白くキラキラと光りながら、雨のかわりにふりそそぎました。

Ⓔ人々は、不思議そうにそのしずくをあびました。ミルクのしずくは、とても甘くて、いいかおりのするものだったので、人々は安心し、鳥たちももどってきてさえずりだしました。動物たちもさわぐのをやめてミルクの実のしずくが降ってくるのを全身でうけとめました。人々は、

「こんなにおいしい飲み物は飲んだことがない。」


るので、絵が浮かびにくいです。台風の中、鳥たちはどこにいて、どんな動物たちがどのように騒ぎ出したのか、人々とはどのような姿で、どのような家に住み、どう暮らしているのか、町とはどんな特徴のあるところなのかなど、もう少しイメージが湧くように具体的に描写するとよいと思います。

Ⓓしずく、粒、降って、ふりそそぎ、など重複する表現を整理するとスッキリした文章になる箇所ですね。

Ⓔ未知のものが降ってきたら、はじめは避けたり、怯えたりするのが自然ではないでしょうか。そのあたりの行動も丁寧に追ってほしいです。

「もっと、もっと降って。」

と空にむかって願い、さけびました。でも、ミルクの実は、雨で大きくなったとはいえ、庭園の中のほんの一粒がちらばったものだったので、太陽が完全に顔を出すころには、やんでしまいました。


Ⓕ人々ががっかりしてため息をつきながら、台風の後片付けをはじめました。

すると、動物たちがまた騒ぎ出しました。

おどろいた人々が、動物たちを落ち着かせようとしていると、動物の中でも、羊、牛、ヤギの乳が白くなっているのに気づきました。

もしやと思って、白い乳をなめてみると、さっきの白い雨と同じ味がします。

人々は、神様が願いをかなえてくれた、と喜び、感謝しました。人々は、その名を以前から知っていたかのように、ミルクと名づけました。それから、ミルクは羊、牛、ヤギから出るようになりました。

ミルクの実は、今でも空の上で、実をふるふると動かしながら、太陽の光をあびています。


Ⓕ結末を書き急いだ感があり、もったいないです。特に動物の乳が白くなっていることに人々が気づくエピソードは重要。しっかり書きたいところです。また、この地上世界にミルク（母乳）がなかったころ、哺乳類はどのように子育てしてきたのでしょう。疑問点を残さないようにすると、作品の世界観がよりたしかなものになっていきますね。

【総評】　ミルクの起源譚、自然や生命の尊さがテーマになっているようにも感じ、想像をかきたてられました。ただ短い作品の中に登場するものが多いため、それぞれの役割、個性などが充分に描ききれず、苦労されたかもしれませんね。読者にとっても、物語の世界をうまくつかみきれないように思います。枚数を気にせず、世界観をたっぷり編みこんで仕上げていくか、このまま短編でいくのなら、登場人物を神様、ヤギ飼い、母ヤギ、子ヤギぐらいに絞るとよいのではないでしょうか。完成を楽しみにしています。
人々に喜びを与えたミルクの雨のように、作者の感性を生かした作品が、キラキラと読者のこころにふりそそぎ、読み継がれていくことを願っています。

（二〇一七年十二月―二〇一八年一月号掲載）

【誌上ミニ添削講座⑥】

サツマイモのジャンボ

作・清水雅也

しみず・まさや　東京都出身。現在、放課後等デイサービスにおいて、障がいのある子どもたちを相手とした仕事に従事しています。

父ちゃん、ねえちゃん、それにぼくの三人で、サツマイモほりにやって来た。Ⓐ青空にうかぶうろこ雲を見て、きのう食べたサバの塩焼きを思い出した。秋、まっさかりだ。ハートの形をしたサツマイモの葉が、広々とした畑一面をおおい、たくさんの人でにぎわっている。ハンドシャベルで葉の根本をほると、すぐに赤むらさき色のかたまりが、目にとびこんできた。ぼくはうれしくて、むちゅうでそれをほり出した。

「おーい。おいらも出してくれよ」

Ⓑするととつぜん、足の下から声がした。ぼくは、おどろきとこわさで、Ⓒしりもちをついた。

「ね、ねえちゃん！」

近くにいるねえちゃんをよび、「こ、ここから、声がした」と、足元を指さした。

「はあ？　何言ってるのよ」

Ⓓねえちゃんは、面どうくさそうに言ったが、「早く出して

臆面もなく大うそをつく

添削者・野村一秋

のむら・かずあき　愛知県出身。『ミルクが、にゅういんしたって?!』で児童文芸幼年文学賞受賞。著書に『びっくりしゃっくりトイレそうじ大作戦』など。

Ⓐサツマイモを食べる気満々でやってきた主人公の心情を表現しているのだと思いますが、なくても困らないので削りましょう。短い作品なので、ジャンボがうごきだす場面まで、できるだけ早く進めたほうがいいです。

Ⓑ「すると」は「それをほり出した」を受けているので、「おーい……」の前に置きます。

Ⓒ「近くにいるねえちゃんをよび」はⒶと同じ理由で削りましょう。「しりもちをついた。」を「しりもちをついて、」にして、その後に続く二つの会話文を一つの「」でくくればすっきりします。

くれよ！」という声を聞くと、「ヒィイ」とおかしな声をあげて、ぼくと同じようにしりもちをついた。

しばらく、動けずにいたねえちゃんだが、「よし！」と気合いを入れると、そでをまくってほりはじめた。ぼくも手伝う。うでがすっぽり入るくらい深くほると、赤むらさき色のすがたが見えた。周りの土をていねいにどけていく。すると、バスケットボールのように大きくてまん丸な、特大サツマイモが現れた。

「めっちゃジャンボ……」

ねえちゃんは、ポカンと口を開けた。

ふたりで取り出そうとしたが、重くて持ち上がらない。父ちゃんをよぶと、「こりゃあすごい！」と言って、両手でつかみ、鼻のあなを大きく開いて、「フググググ」と言いながら持ち上げた。

「こんなにでかいのは、初めて見た！　一〇人でも、食べきれそうにないぞ！」

父ちゃんは大喜びだ。すると、ジャンボがまたしゃべった。

「一〇年間、だれにも気づいてもらえず、土の中にいたおいらが、ようやくおてんとうさまの元に出られたんだ。かんたんに食べられてたまるかい！」

それからゴロゴロと転がり始めた。父ちゃんは、「フワワア」と情けない声をあげ、やっぱりしりもちをついた。

Ⓓこの文、長くてもたついた感じがしませんか？　「面どうくさそうに言った」で切ってもいいかもしれませんね。「おかしな」や「ぼくと同じように」は強調したいことばなのでしょうが、わざわざ入れなくても読者にはわかります。これを省いてすっきりさせましょう。

Ⓔ「とうとう」は「大きくなっていた」にかかるので、「ぼくよりも」の前に置いたほうがわかりやすいです。それから、「とうとう」なら「大きくなった」でしょうか。「大きくなっていた」を生かすなら「いつのまにかぼくよりも大きくなっ

「ジャンボがにげるぞ！」

ぼくとねえちゃんはおいかけた。ジャンボは転がりながら、他のサツマイモたちを、むしゃむしゃ食べている。食べるたびに大きくなっているようだ。その様子を見て、周りの人たちも、次々にしりもちをついた。

「なんだ、ありゃ……？」

Ⓔとうとう、他のサツマイモを食べつくしたジャンボは、ぼくよりも大きくなっていた。するとにげるのをやめ、ぼくに向かってきた。

「次はおまえを食ってやる！　いちばんうまそうだ！」

ぼくは、けんめいににげた。サツマイモに食べられて、人生が終わるなんて、まぬけすぎる！

Ⓕ「パパをよんでくる！」

ねえちゃんは、父ちゃんのところへ急いだ。事情を聞いた父ちゃんは、きりっとまゆを上げて走ってくると、「子どもに手出しはさせないぞ！」と、両手を広げ、ジャンボの前に立ちはだかった。かっこいい。さすが父ちゃんだ！

ジャンボは、いきおいよく転がって、父ちゃんにぶつかると、ボーリングのピンのように、はじきとばしてしまった。

「すまん。サツマイモに、負けた……」

畑に横たわる父ちゃんから、かなしそうな声が聞こえた。

ジャンボは、ふたたびぼくに向かってきた。あせったぼく

ていた」とか。子ども読者に向けて書くときは読みやすくてわかりやすい文章を心がけましょう。

Ⓕ主人公は「とうちゃん」ですが、ねえちゃんは「パパ」なんですね。そういうねえちゃんのキャラクターや弟とのギャップのおもしろさをねらっているのかもしれませんが、それがわかる場面がないので、このことばに違和感を覚えました。「パパ」でなくてもいいと思いますよ。

Ⓖ食べられたサツマイモの中でそのサツマイモを食べるという逆転の方法はとてもおもしろいのですが、飲み込まれたとたんに優勢になってしまい、ものたりないです。ここまでは順調に盛り上がってきただけに、ちょっと残念。ここは作品の中でいちばん盛り上げたい場面です。ねえちゃんと父ちゃんも、いっしょに飲み込まれてしまうというのはどうでしょうか？　三人だったら、もっと大騒ぎになりそうな気がするのですが。


【総評】

ジャンボがどんどん大きくなって、主人公が食べられてしまったかと思ったら、結末はやきいもになったジャンボを食べてしまうという展開がおもしろいです。軽快なテンポで、

は、足がもつれて、転んでしまった。

「やばい！」

ジャンボの大きな口がせまってくる。ぼくは両うでで頭をおおった。

「いただきます」

Ⓖぼくは、パクリとのみこまれた。

ジャンボのおなかの中は、夏にもどったみたいに暑い。そして、とてもいいにおいがする。ぼくはためしに、おなかをちぎって食べてみた。ホクホクしていて、あまくて、何というおいしさだろう！

「何をする！」

あわててぼくをはき出したジャンボから、白いゆげが出ていた。どうやら、たくさん動き回ったせいで、体が熱くなって、やきいもになっちゃったみたいだ。

あまいにおいにさそわれて、たくさんの人が集まってきた。二〇人でも三〇人でも、いや一〇〇人でも、食べきれそうにない。

おなかいっぱいのぼくは、大きなおならをした。プププップッププ。それは、「たのしかったぜ」と言っているようだった。


緊迫感もちゃんと出ています。ラストの「たのしかったぜ」というジャンボのことばに、ほっとしました。

うまくまとめてあるがやや盛り上がりに欠ける、というのが率直な感想です。ということで、しっかりと盛り上げて、さらにおもしろくするためのポイントを三つ。

この話の核となるのは、ジャンボがうごきだしてからの場面です。そこをできるだけ長くして、読者をたっぷりと楽しませなければいけません。そのためにほかの場面を短くするのですが、そこで大切なのが、一つ一つの文を見極めること。なくても困らない文がまだありそうですよ。

奇想天外な展開にはユニークなキャラクターがつきもの。ジャンボだけでなく、主人公一家もユニークなキャラクターにしましょう。ジャンボの中で三人のキャラクターを生かして騒動をおこせば、クライマックスが盛り上がります。

キャラクターにしても展開にしても、控えめですよね。ラストも「言っているようだった」だなんて。ここは「言った」でいいです。ジャンボが言えるようなアイデアをひねり出してください。この種の童話は読者がうそを楽しむものです。どうせつくなら大うそを。臆面もなく大うそをつけば、そのうそがもっともっと楽しくなります。これ、ほんと！


（二〇一七年十二月―二〇一八年一月号掲載）

【誌上ミニ添削講座⑦】

二どめのたんじょう会

作・馬渕定芳
まぶち・さだよし　ひよっこ研究会員。公募がきっかけで書く力不足を痛感し、オンライン合評会で児童文学を勉強中です。

「ただいまー、バァーバ」

「オサムくんおかえり、今日は学校どうだった？」

Ⓐボクは、聞こえないふりをした。パパがいないと、わるぐちを言われて、ケンカをしちゃったから。

「きげんがわるいのね。ぶつだんに手を合わせてね」

「うん……、わかってるよ」

ボクはオサム、小学2年生になった。町外れのマンションで、ママとバァーバの3人ですんでいる。小学校に入る前に、パパはびょうきでしんじゃったんだ。

にゅういん前のパパは、とっても太っていた。あまいパンが大すきで、野さいぎらい。ボクもパパといっしょで、野さいがにがてなのだ。

バァーバが、キッチンで夕はんを作っている。Ⓑボクはテーブルで、プリントを広げた。今日は、とくべつな日だから、しゅくだいをすぐやらないとね。

アイデアの種の扱い方

添削者・横田明子
よこた・あきこ　近著に『こけももむらのゆうびんやさん』『アサギマダラの手紙』。『四重奏デイズ』で第四回児童ペン・少年小説賞受賞。川崎市在住。

Ⓐボクは、自分から「ただいま」と声をかけているので、ここでは、聞こえないふり、というよりも、「返事をしなかった」とする方が自然だと思われます。また、「パパがいないと、わるぐちを言われて」とありますが、パパが死んだことで悪口を言う友だちの存在が、この作品の中でどんな意味を持つのかが、今一つ不明です。友だちとのことは、その後全く出てこないので、この冒頭の部分はなくてもいいのでは？「ボクはオサム……」から始めるという選択肢もあるのではないでしょうか。この始まり方でも十分に、主人公を巡る設定はわかります。

Ⓑ冒頭の6行を省いた場合、ここに、「ボクは、ぶつだんに手を合わせてから、テーブルでプリントを広げた」とすると、動きもスムーズになると思います。細かい描写の仕方やつながりにも心を砕いていきたいです。

「たんじょう日おめでとう。夕はんは、ハンバーグだよ」

プリントを見ていると、バァーバが言った。

Ⓒ「それって、野さいのつくねでしょ。お肉をたっぷり入れて、ファミレスみたいなハンバーグにしてよ」

バァーバのおかずは、なんでも野さいがたっぷりなのだ。

ボクは時計を見ながら、バァーバに聞いた。

「ねえ、ママは早く帰ってくるよね？」

ママは電車で、遠くの会社に通っている。いつもざんぎょうでおそくなるけど、だいじょうぶかな。

「どうかな、バァーバにはわからないね」

「きのう、三人でたんじょう会するって、ママとやくそくしたよ」

「ハイハイ。だから今日は、お肉たっぷりのジューシーハンバーグを作ってるけど……」

Ⓓ「プレゼントは、明日の土曜日にママと買いに行くのよね」

バァーバは、スマホをとりだして電話をはじめた。そして、ボクにこまった顔をした。

「ママ、おそくなるって。夕はんは、先に食べてましょ」

なーんだ、いつもとかわらないよ。ハンバーグは、とってもおいしかったけど、あれがないと、たんじょう会じゃない。

おふろからあがって、ボクは時計を見た。


Ⓒこの部分、ボクは、バァーバに直接話しているので、流れからすると、13行目にあるように「お肉たっぷりの……」とバァーバが答える展開になるのでは？

従ってここは会話にはせず、「でも、バァーバのおかずは、なんでも野菜たっぷりで、ハンバーグも、野菜だらけのつくねだ。たまには、ファミレスみたいなハンバーグが食べたいな」というように、ボクが、心の中でつぶやく形（ここでは地の文）にすれば、あとのバァーバの発言につながると思います。


Ⓓ設定に対して、素朴な疑問を抱きました。明日は土曜日で、プレゼントをママと買いに行くのなら、お誕生日会自体を明日にするという方が自然であり、ママもバァーバも、ボクのために現実的にそう考えるのでは？　ママが帰って来ないことが、この作品では前提となっているため、このようにしたのはわかりますが、読み手に余計な疑問を抱かせてしまう設定は、一考する余地があると思われます。

「ママ、ケーキを買うの、わすれてないよね？」

聞いてもバァーバは何も言わないし、もう、ねる時間だよ。

するとげんかんの方でガチャガチャ音がして、リビングのドアがあいた。

「オサムごめんね、おくれちゃって」

ママが、とってもつかれた顔で、イスにすわった。

「ママ、ケーキは？」

「もう、お店がしまってて、買えなかったの」

そう言うと、ママはカバンの中を、ごそごそさがしもの？

Ⓔ「オサムごめんね、これしかないわ」

ママは、半分になった、いたチョコを出して、

「いっしょに夕はんを食べようと、がんばったけど、おなかがすいて、チョコを半分だけ食べちゃったの」

「バレンタインデーじゃないよ、たんじょう日なのに……」

ボクの声は、だんだん小さくなった。すると、バァーバが、

Ⓕ「オサムくん、ちょっとまって」

ママが出したチョコをにぎって、キッチンへ行った。パキポキ、ジジジ、ペタペタ、バァーバがいそがしそう。あまいにおいがしてきた。

「さあ、めしあがれー」

バァーバが、テーブルに小さなチョコケーキをのせた。そんなに早く作れるの？　バァーバが、その丸いケーキを四つ

Ⓔ誕生日ケーキを買ってくる約束をしていたママが、仕事のせいで帰れなかった事情は理解できますが、このチョコは、ママが自分のために買ったものですよね？　しかも半分だけ。ママがボクに、悪かったという思いがあるとすれば、ここは、駅前のコンビニあたりで、せめてチョコだけでも買ってきた、というようにしてはどうでしょうか。展開していく上で、より効果的なシチュエーションを見つけましょう。

Ⓕこの部分は、アイデアもすばらしく、心温まるエピソードです。この作品の核となるべき内容ではないでしょうか。作者としては、タイトル通り、「二どめのたんじょうびかい」という流れに持っていきたいのだと推察できますが、亡くなったパパが大好きだったメロンパンに、ママが買ってきたチョコで作ったお誕生日ケーキをメインにする筋立ての方が、読み手には気持ちが伝わるお話になるのでは？　ケーキも、バァーバひとりではなく、ママも一緒に作ると、ほのぼの感や、ママのボクへの申し訳ない気持ちも際立ってくるのではないでしょうか。

Ⓖ明日バァーバが作ってくれるなら、今日作っておいて、ママを待っていればよかったのに、と思ってしまいました。

に切ったとき、ボクは気がついた。おそなえのメロンパンに、とかしたチョコがかけてある、これ、ぶつだんにあったパパのメロンパンだ。

パパの、にっこりわらった顔を思い出した。

「ケーキをありがとう、これからたんじょう会だね」

そして、ボクは心の中で、パパにありがとうと言った。

Ⓖ「あした、バァーバがシフォンケーキをやいてあげるわ」

「わーい、ケーキに野さいをたっぷり入れていいけど、うーんとあまくしてね」

テーブルをかこんで、あはは、うふふ、とケーキのチョコがついたくちびるで、みんなにっこり。あっ、ボクはひらめいた。明日はプレゼントを買うし、ケーキもあるから……、「毎年、二回ずつたんじょう会ができないかな？　そうすれⒽば、もっと早く大人になれるのに。パパとのやくそくも、すぐにまもれるのになー」

「まあ、どんなやくそくをしたの？」

ママとバァーバがボクを見た。

「男どうしのひみつだよ！」

ボクは、のこったテーブルのチョコケーキを、ぶつだんにおそなえした。

Ⓗパパとの約束がなんなのかを具体的に示さないと、読み手にはボクの思いは伝わらず、作品の深みや広がりが出ません。

【総評】

パパを亡くした「ボク」のお誕生日会にまつわる物語。ママの仕事が忙しく、約束を守れないというモチーフは、お話としてはよくあり、目新しいとは言えません。その中で、この作品では、ボクが二回お誕生日会ができる、といううれしさがテーマでしょうか。ただ、このテーマに読者が心を動かされるか、というところで立ち止まらざるを得ませんでした。

作品を書く時、まず、アイデアが浮かび、それに沿って物語を組み立てていく作業をしていきます。この作品のようなリアリズムはもちろん、ファンタジーやナンセンスなど、あらゆるジャンルにおいても、「うんうん、なるほど。こういうことは確かにある。登場人物の気持ちが伝わってくる」という思いを読者が抱けるリアリティが必要です。

そして、温めていたアイデアの種を吟味して熟成させる。そのために、色んな人に読んでもらうことも含め、客観的に自らの作品を見つめられる眼を養うこと。推敲は惜しまずに続けることが大切です。この作品は、「メロンパンをケーキにした」というエピソードを中心にした内容を目指すことで、他にはない面白さが、ぐんと引き立ってくるでしょう。

（二〇一八年十二月－二〇一九年一月号掲載）

【誌上ミニ添削講座⑧】

身からでたカギ

作・堀江潤子

ほりえ・じゅんこ　福岡県出身、岡山市在住。童話工房ぴあの同人。創作と並行し、子育て支援及び子どもの読書支援に二〇年以上携わる。

何が祭りだ、ふれあいだ、Ⓐ委員会なんてくそくらえだ。

ぶつくさつぶやきながら、ヒロシは路地を歩いていた。うす暗い路地には、もう人通りもない。Ⓑ中学のPTA合同イベント、「ふれあい祭り」の実行委員会のせいで、すっかり遅くなった。母親がパートから帰るまでのまったり時間が削られ、ポテチをつまみながらのマンガもなし、ゲームもなし、うたた寝もなしだ。マジ面白くない。そして何より、似合いもしない委員会にのこのこ参加する自分が腹立たしかった。

が、路地の角を曲がったとたん怒りがとんだ。

白髪頭のばあさんが、Ⓒ棒をふりあげ用水をたたきつけていた。ザブンドブンと、大きな水音が響いてくる。思わず足を止めると、驚いたことに、ばあさんが振り返って言った。

「そりゃあ困ったね、助けてやろうか」

Ⓓギョッとした。確かに、二年の二学期から、からかいのター

緻密に練ってリアリティを

添削者・金治直美

かなじ・なおみ　埼玉県在住。『ミクロ家出の夜に』『となりの猫又ジュリ』（国土社）『知里幸恵物語』（ＰＨＰ研究所）『読む喜びをすべての人に』（佼成出版社）など。

Ⓐ中学生が「くそくらえ」っていうかな？

Ⓑ「イジられている」という状況を表すのに、実行委員を押し付けられたということが、効果的でしょうか？　もっとヘンな役回りでいいし、偶然を装って物をかくされたりしてもいいのでは。また、ここで、成績が落ちたためにイジられるようになった、という状況を書いた方が、この後の展開がわかりやすいです。その前提として、この中学では先生も生徒も成績至上主義、成績が下位だとスクールカーストの一番下に転落してしまう――などの設定も書いたほうがいいでしょう。ヒロシは自尊心が強そうなので、イジるやつらに抵抗はしている、でも、さすがにもう心が折れそう、という状況を書いてください。

Ⓒよくわかりません。棒で水の表面を打っているのでしょうか。ラストのヒロシの記憶や行動と呼応させるなら、たたきつけるのではなく、何かを引き寄せるかのように動かしてい

ゲットになっていた。これがエスカレートしたら、という不安は靴に入り込んだ小石みたいにいつも腹の中を転がっている。祭りの委員だってそいつらの推薦のせいで、ヒロシには苦行でしかない。けれど逆らえなかった。ついこの間までからかう側の人間だったから、なおさら。でも、口に出した覚えはないし、見ず知らずのばあさんが知っているはずもない。おかしなばあさんの独り言だ、いや、聞き間違いだ。そう納得して通りすぎようとした。ところが、

「困ったときに使うもんだ」

と、ばあさんは近づいてきた。そして、「災いをとめることができるぞ。ただし、考えなしに使うと……Ⓔ」とささやいて、手に何かを押し込んできたのだ。

驚いて手をひっこめたとたん、Ⓕポッキリと折れた棒切れを残して、ばあさんは跡形もなく消えた。

Ⓖきつねにつままれたような気分で家まで歩き、玄関前で無意識にポケットのカギをさぐって、我に返った。

カギの代わりに、汚い紙包みが手のひらに収まっている。

Ⓗ折れた棒の残像に、ふっと遠い記憶が立ち上るような気がしたが、形にはならなかった。

「夢じゃなかったのか……」

つぶやきながらもう一度ポケットをさぐった。が、Ⓘ家のカギは見あたらない。母親が帰るまで二時間ほど。冬の日暮れ

る、となるのでは。

Ⓓギョッとするのは、ここでは「おばあさんがいきなり声をかけてきた」ことであって、胸中を言い当てられたからではないのでは？　ワンクッションおいてから、「今悩んでいる状況を言い当てられたのか？」と思い至るほうが自然です。また、「推薦」というより、「にやにや笑いながら押し付けられた」という感じでしょうか。ここの数行は、いそぎすぎていて、一読しただけでは、ヒロシのおかれる状況がわかりにくいです。

Ⓔ……からあとのことばは、ここではよく聞き取れなかったわけですね。「あとはよく聞き取れない」などを補って。

Ⓕ棒は、いつ折れたのでしょうか。この書き方だと、最初から折れていたのか、このときに折れたのか、わかりません。また、その棒切れの太さ、長さは？

Ⓖ慣用句を無自覚に使っていませんか？　中学生が主人公の物語ですから、言葉の鮮度を意識してみて。

Ⓗかっこいい表現ではありますが、意味がわかりにくいです。それに、「遠い記憶」は、そんなに遠いことではないはず。十四行前にあるように、「ついこの間」のことではないですか？

Ⓘ「あれ？　落としたのか？」みたいなリアクションがほしいです。また、カギというのは、中学生がポケットに入れるでしょうか？　体育着に着替えたりするので、カバンに入れ

は早いし気温もさがる。寒空に放り出されて「困っている」といえなくもない。

「困ったときに使う、だって？」と、声に出した。Ⓙ紙包みは、板ガムくらいの大きさで、何か硬いものが入っているようだ。Ⓚ好奇心がむくむく頭をもたげた。ヒロシは深呼吸を一つすると包みをつかみ、くるくると折りひろげていく。と、汚い紙切れの中から小さな金属があらわれた。ピカピカ光る、カギのような形の金属だ。

「カギ？　たしかに、カギがなくて困ってる……けど」

こわごわ金属をつかむと、ゆっくり玄関のカギ穴に差し込んでみる。カチャリ。金属はすんなり吸いこまれ回った。

「は、あいた」

あまりのスムースさに拍子抜けすらした。おそるおそる入った家の中も、いつもと同じ、いつもの我が家。

「な、なんかわかんないけど……」

妙な気分のまま、とりあえず包み直して、おかしな「カギ」は、勉強机の引き出しに放り込んでおいた。

翌日、家のカギはポケットから当たり前のように出てきた。おかげでⓁおかしな「カギ」のことはすっかり忘れて過ごし、あっと言う間に年が明けた。そして、あと三日でⓂ三学期の期末テストが始まるという日。

ヒロシは、机の前で、大きなため息をついた。

るのでは。

Ⓙどんな紙？　そもそも、紙に包む必然性は？　さらに、この部分は作者の意図がよく見えません。家のカギがなくなっていて、あとで理由もなく戻ってきますが、これはおばあさんの仕掛けた罠なのでしょうか？　それとも、堀江さんが、ヒロシにカギを使わせるために、無理やりそうしちゃった？　前者とすれば、もう少しその意図がわかる書き方を。「カギのほうからぴょんと手に飛び込んできた」とか。後者とするなら、ちょっと都合よすぎ。ほんとうにカギをなくしたか、あるいはクラスのやつらにかくされたことにしてもいいのでは。

Ⓚは、好奇心というより疑問、「なんだ、これ？」くらいのほうが自然では。

Ⓛカギのこと、忘れるでしょうか？　わたしなら、ほかのカギ穴でも試してみたくてうずうずしちゃいますが。

Ⓜ中学校では、三学期は中間テストなしで、学年末テストしかやらないところのほうが一般的のようですが……。二学期の成績がさんざんだった、ということにしては。

中間テストは惨たんたる結果で、Ⓝ母親には、塾にいけゲームはするなと叱られ、「期末でばんかいしないと、ゲーム機没収！」とまで言われていた。だから、なんとかするはずだった。なのに、何一つ手についていない。あいつらにふり回されて……と言いたいところだ。Ⓞだが、基本、みんな頭のよい連中だから勉強はする。Ⓟからかいがへり、おかげで睡眠ばかりがはかどった、というのが本当のところ。

「あー、なんとかしないと」

と、うなって机につっぷしたとたん、思い出した。

「あれ、使ってみるか……」

ガバッと顔をあげ、ヒロシは勢いよく引き出しをあけた。

翌日、うす暗い学校の廊下にヒロシは立っていた。

心臓がバクバク暴れ、そのありかが手に取るようにわかる。我ながら大胆だと思う。入室禁止の職員室に忍びこみ、試験問題を手に入れようだなんて。もちろん、悪い事とは分かっている。が、ゲーム機没収はイヤだし、あいつらにこれ以上バカにされるのも真っ平ご免だ。どんな手を使っても、からかいのキッカケになった赤点科目をばん回して、からかう側にカムバックしたい。「カギ」が本物ならきっと助けてくれるはず。ヒロシは祈るような気持ちで、例のカギをとりだすと、職員室の扉に差し込んでみた。ガチャッ。

Ⓝヒロシは、母親のことばよりも、後で出てくるように、成績が振るわなくて学校でイジられることのほうがつらいのでは。この部分は削って、ヒロシのクラスでの状況を書いてみてはいかが？

Ⓞそうなのですか？　一ページ目に書きましたが、もっと早い段階で、クラスのやつらが「頭がよくて、成績が下位のヤツをイジる連中」という大前提を書いてほしいです。

Ⓟこれは、連中も勉強に目がいって、ヒロシをからかうのが減った、その結果ヒロシはほっとしてよく眠れるようになった、ということですね？　皮肉屋で頭もそこそこいいヒロシのことばとしてはおもしろいのですが、わかりにくいです。

「あいた!」

嬉しさと興奮でさらに心拍数がはね上がる。が、喜んでいる暇はない。細くドアを開くと、ヒロシは真っ暗な職員室にスルリと身体を滑り込ませ、スマホをかざす。パァッと暗やみに光が浮き上がる。その光をたよりに、まっすぐ英語教師の机をめざし、握りしめた「カギ」を机の鍵穴にさしこんだ。チャンッ。今度は軽い音をたてて、カギは回った。

「あった……」

問題用紙が、引出しのファイルシートに行儀よく収まっている。ヒロシはふるえる手で用紙を抜き出し、素早く写メをとった。そして、あばれる心臓をなだめながら引き出しに戻し鍵をかけ、職員室のドアをしめて、もう一度鍵をかけると、廊下に躍り出た。走りながら、Ⓠ思わず「カギ」に頬ずりをした。放課後、Ⓡ窮屈なトイレで四時間近くも息をひそめたかいがあったというもの。あとは、ロッカー前の大きな玄関扉を開けて出ていくだけだ。Ⓢ驚く母親の顔やクラスメートの尊敬のまなざしが、早くもまぶたに浮かぶ。玄関扉に手をかけながら、思わずほくそ笑んだ。と、その瞬間だ。指先からカギが滑り落ちた。チャリーンという金属音を立てて足元ではね、「カギ」は放物線をえがきながらロッカーと壁の隙間に飛び込んでいく。そのさまがスローモーションで見えた。

Ⓣ最新式ロックの玄関は、出るときも絶対カギがいるという

Ⓠこの場面でそんなことをやるでしょうか?

Ⓡトイレに四時間隠れていたの? 家で心配して大騒ぎになりますよ。深夜に家を抜けだして侵入するほうが自然では。

Ⓢ「高い点を取って驚く母親——」などを補って。

Ⓣ正面玄関ドアは、時間外は防犯のためにオートロックがかかり、出るときもカギが必要、ということにしては。

Ⓤ暗いのに、見えるのでしょうか? カギが「ほのかな灯りに、キラッと光っている」ような一文を。

Ⓥ何か月か前に、「クラスメイトの上履きを用水にほうりこんだ」のですね? ということは、帰宅途中の町中? ほうきがなぜ都合よくあったのでしょうか? 自分がかつてイジる側だったという、重要な部分ですから、もう一行二行増やしてていねいに書いてください。ヒロシが首謀者だったのか、何人くらいでやったのか、など。

Ⓦあのとき、聞き取れなかったことばが、なぜか耳にくっき

のに、だ。

あわてて しゃがみこみ、すきまに手を入れた。が、すきまがせまい。手首までしか入らない。舌打ちして素早くあたりを見渡した。すみの傘立てにホウキが一本立ててある。使い込んだヤツだが、カギぐらいならかき出せそうだ。

細いホウキを傘立てから乱暴に引っこ抜くと、隙間に突っ込んで、握りこんだ柄を思いっきりさし伸ばした。

「くうっ」

もう少しだ。Ⓤもう少しでホウキの先がカギに届く、と思ったその時、ベキッと嫌な音を立てて、柄が真っ二つに折れた。おまけに、握りしめた柄が手元から消え始めたではないか。

う、うそだろ……。声にならない声がのどにからみついた。けれど、見開いた目をわずかに瞬きする間に、ホウキは転がった「カギ」もろとも、目の前からきれいさっぱり消え去ってしまった。と、入れ替わるように、去年の記憶の中のホウキが、くっきり頭の中に現れた。

用水に浮かぶ上履きを、必死にたぐりよせる友達から奪いⓋ取って、笑いながらへし折った、かつての自分の姿とともに。

ヘナヘナと座りこんだヒロシの耳元に、どこからともなくⓌばあさんの声が響いた。――考えなしに使うと、わざわいをよびこむぞ、ヒッヒヒッヒッ――


りと聞こえてきた、などを補ってみては。


【総評】

不思議なカギを手に入れたものの、使途を誤って破滅の道へ。「サビ」と「カギ」をうまく引っかけ、ほうきの柄を小道具として、ちょっとブラックで奇妙な世界をシャープに描き出した、意欲作ですね。ヒロシの中途半端なプライドの高さや小ワルぶりがおもしろいです。

この短さにまとめるのに、苦労したのではないでしょうか。そのためか、わかりにくいのが難点。イジる側からイジられる側へ転落した状況が、すっと読者に入ってきません。「からかわれるのがエスカレートしていく心配」だけでは、問題用紙を盗撮する動機として弱いのでは。どんなふうに「からかわれ」ていたのか、もっと具体的に書いてください。

全体に文章を整理し文字数を浮かせ、ヒロシの辛い現状と懲りない性格、ラストのドキドキをていねいに描きましょう。

こうしたファンタジーは、構成と表現をできるだけ緻密にして現実味を出し、それを土台にファンタジーを構築するとリアルになります。細部まで神経を行き渡らせましょう。また、できるだけ中学生っぽい表現を心がけてくださいね。

「奇妙な物語」は、子どもも大人も好きです。どんどん書いてみてください。わたしも大好き！

（二〇一八年十二月－二〇一九年一月号掲載）

【誌上ミニ添削講座⑨】

ひめじおん　はるじおん

木尾文香

きお・ふみか　兵庫県出身。広島市在住。「キャビネットの家のナラ」で第九回そよ風コンクール佳作受賞。「とんとんぼっこ」所属。

ぼくは花が好きだ。

Ⓐ最近は庭や花だんにある花だけじゃなく、道ばたや空き地に咲いている雑草の花にも興味がある。豆つぶより小さいものでも、よく見るときれいだったり、面白い形をしていたりする。そしてどの花にも立派な名前があるんだ。ふようらん、からすのえんどう、ひめつるそば……。

そんな花をみつけると、ノートにスケッチして帰って、パソコンでどんな花かを調べるのが、ぼくのひそかな楽しみ。

なんでひそかかというと、からかわれたことがあるんだ。女子に。四年一組の男子乙女って。男子で花が好きで、なにが悪いんだよ。

※今朝も登校中、うす青色の小さな花をみつけて、夢中で絵を描いていると、遠くで学校のチャイムが鳴った。

ファンタジーの出入り口に要注意

竹内もと代

たけうち・もとよ　石川県生れ。『不思議の風ふく島』で日本児童文芸家協会賞、産経児童出版文化賞受賞。作品に『菜緒のふしぎ物語』『土笛』他。

Ⓐ導入部分が長くて説明的ですね。

短編の場合はとりわけ、描写から書き始めることをお勧めします。主人公がどこで何をしているか、まず読者に分かるようにしましょう。後ろから二行目※印からの描写を、冒頭に置くとよさそうです。が、登校中他の子は誰も通学路を通りませんでしたか。主人公が住む山に囲まれた田舎町らしき環境も、早々に手短に描写すれば、道端や空き地の雑草に抵抗感がなくなります。

「四年一組の男子乙女」は「乙女男子」の方が適切なのでは？

ああ、遅刻だ。チラッと女子たちの顔がうかんだ。なんとなく学校に行きづらくなり、道をそれた。ひと気のない方へない方へと歩いていき、とうとう町はずれまで来てしまった。

Ⓑ細い川が流れている。木でできた橋がかかっているけれど、その橋はわたれない。「進入禁止」の札が立っている。橋の向こうはだれかの持ち山で、入ってはいけないんだ。

まだ四月なのに暑い。

サラサラと、川の流れる音がする。

チチチ……鳥が鳴いている。

……どうしよう、学校……。

ぼくは、橋の手前で、しゃがみこんだ。

Ⓒ川のむこうの草の中、白い花がたくさんさいている。どこにでもある、背の高い雑草の花。

風がさあっとふいて、花たちをさわさわゆらした。

Ⓓあの花は、

「ひめじおん？　はるじおん？」

ガサッ！

花をかきわけて、なにかが顔をだした。

「うわっ！」

Ⓔこわい、にげなきゃ……、でも、うしろを見せたらダメなんだっけ？

Ⓑ「細い川」「木でできた橋」だけでは、あいまいです。もっと具体的に書いて、情景が見えてくるようにしましょう。「だれかの持ち山」は、四年生の少年のことばとしてどうでしょうか。この言葉が含まれる一文は、なくてもよいかもしれません。

Ⓒここの描写も極めてあいまいです。

川の向こうのどのあたりですか。橋に近いですか、はなれていますか。どれぐらいたくさん咲いていますか。雑草の背の高さも具体的にしたいですね。例えば、ぼくの腰ぐらい、肩ぐらい、など。

Ⓓ文章として不完全ですね。

台詞のあとに、〝声にだしてつぶやいたとき〟などの一文がほしいところです。初めての台詞であり、またキーポイントの台詞でもありますから、丁寧に扱いましょう。

Ⓔ顔をだしたのが動物だと、すぐにわかりましたか。わかった上でのこの感情と思うのですが、子どもの読者には、なぜダメなのか伝わりにくくないでしょうか。

心情の描写だけでなく、驚いた時の動きの描写も絡めると臨場感がでます。

「は？　おまえなに？　人間？」

「え？」

ぼくはかたまった。

「なんで知ってる？」

「えっ？」

「なんで、おいらの呪文、知ってる？」

Ⓕしゃべっているのはキツネの子だった。

「え？　え？　じゅもん？　そっちこそなんでしゃべれる？

え？　きみ、キツネでしょ？」

Ⓖ「はあぁ？」

そのままぼくたちは、しばらく無言で相手を見つめていた。

Ⓗこわいけど、ぼくは動物全般こわいけど、しゃべるキツネ？

おもわず、ゴクリとつばを飲みこんだ。

「あの、きみ……」

するとと今度は、キツネの子の方がビクッとした。

Ⓘ「な、なんだよ。なんでこんな時間にキツネの子が人里にいるのかって思ってるだろ……。そうだよ！　おいらは寝てなきゃいけない時間だってわかってるよ！」

そしてじろっとぼくをにらんだ。

「でも人の子！　おまえだって、今学校へ行ってないといけない時間のはずだろ？」

ひぇぇ、キツネのくせによくわかってる。


Ⓕここではまだ顔しか見えていませんが、主人公はキツネだと断定しています。全身が見えていてでも、キツネと分かるのはなかなか難しく、子ギツネと分かるのはもっと難しいと思われます。主人公には〝キツネのようだけど〟など、断定を避けたいい方をさせたいですね。

Ⓖキツネの気持ちがよくわかりません。このひとことはないほうがスムーズな気がします。


Ⓗクエスチョンマーク付きの体言止めのため、主人公の気持ちが推しはかりにくいです。敢えて繰り返して動物全般をこわいと強調し、でもそれどころじゃないという驚愕の表現かと思われますが、きちんと文にする方がいいですね。

体言止めは、文章のリズムに破調をもたらす効果はありますが、著しい表現不足になるというリスクを伴います。多用は厳に避けねばなりませんし、使う場合は十分に吟味する配慮が必要です。


Ⓘ意表をついた展開がいいですね。

Ⓙ「おいら、この花が好きで、ときどきこの時間こっそりここに遊びにくるんだ。みんな眠っているからひとりでね。だって、明るくならないと、花開かないだろ。食べられるものでもないのに、おかしなやつ、ってみんな言うけど、おいらに言わせりゃ、花の良さのわからないやつの方がおかしいんだ。花が好きでなにが悪いんだよ！」

「そうだよな！」

ぼくはあいづちをうち、おもいっきり叫んだ。

「花が好きで何が悪いんだ――！」

キツネの子も同時に叫んでいた。

ぼくたちは顔を見合わせ、くすくすと笑った。

Ⓚキツネの子はうれしそうにしっぽをふった。ふっさふさのしっぽが、草の中でゆれている。

「こっちにこないか？」

キツネの子が言った。

「いっしょに遊ぼうよ」

「うん！　あ、でも」

Ⓛ橋をわたってはいけない、だけど少しなら……。ぼくはきょろきょろあたりを見回した。だれもいないな、よし！

ぼくはランドセルをおいて、立ちあがった。

「まって」

「えっ？」

Ⓙ一方的な説明の台詞にするのでなく、主人公との台詞のやり取りで展開させる方がいいでしょう。

この展開だと、主人公は子ギツネに共感できますが、子ギツネの方はどうでしょうか。主人公の状況を知らされていないので、このあとすぐの主人公の相槌にも、ただ同情してくれたと思っているだけかもしれません。ここは双方互いに共感し合ってこそ、意気投合して盛り上がるシーンです。子ギツネにも、主人公の状況が伝わる展開を工夫しましょう。

Ⓚこの時点でも、キツネの身体は背の高い草にかくれていませんか。そのキツネのしっぽが、主人公から見えるでしょうか。一人称の物語は、主人公に見えるものしか描けません。勢いで描いてしまいがちになりますが、気をつけましょう。

Ⓛ「うん！」と答えた後に「あ、でも……」と続けて、「橋を渡ってはいけない」と自発的に思う主人公の冷静さは、盛り上がりのブレーキになります。立ち入り禁止の札が目に飛び込んできて、やむを得ず思いださされる展開なら、読者も許容できそうです。

Ⓜ「その橋をわたるとき、呪文を唱えながらわたってきて。面白いことがおきるから」

「呪文？」

「ひめじおん　はるじおん」

「あ、呪文って、そうなんだ！」

ぼくは橋の上に一歩足をだし、呪文を唱えた。

「ひめじおん　はるじおん」

にゅっ……顔がのびて、黒い鼻先が見える。

あれ？　なにこれ？　もう一歩ふみ出した。

「ひめじおん　はるじおん」

ふぁさ……体中にうす茶色の毛が生えた。

Ⓝ心が軽くなる。今までふつうに、やらなきゃいけない、こうでなきゃいけない、と思っていたことが、どこかへ吹き飛ばされたように。ぼくはこれから、おもいっきり野をかけまわるキツネになるんだ！

「ひめじ……」

「かずきー！　どこにいるのー？」

「ゲッ！　かあさんの声だ！」

ふりかえったとたん、ぼくは人間の男の子にもどっていた。

「あ、いた！　かずき！」

かあさんが、こっちに来る！

キツネの子がサッと身をかくした。


Ⓜ素敵な呪文ですがあいまいです。

橋と呪文にはどんな相互関係があって、子ギツネは主人公を引き止めるのでしょうか。渡る時にいわないと、面白いことはおきないのですか。ふたりが出会う前に、主人公は知らずに呪文のことばをつぶやいていますが、ふたりがしゃべり合っていることは、その呪文によって起こった面白いことではないのでしょうか。子ギツネが最初に「おいらの呪文」と言っていますが、ほかの子ギツネにはほかの呪文があるという設定ですか。様々な疑問がわいてきます。

Ⓝ説明的ですね。何やら作者の主張のようなものも漂います。「心が軽くなる」と主人公に言わせるのでなく、主人公の動きや感覚を描写して、心が軽やかになっていることを、読者に感じてもらいます。

Ⓞちょっとくどいですね。

「学校から」もしくは「先生から」で良さそうです。

Ⓟキツネの子の気持ちがよく伝わってきません。

「エッ」と叫ばせたのが、座りが悪いようです。わずかですが時間の経過がありますし、キツネの子は身を隠した時点で、この成り行きを予測しただろうとも思われて、今更の感じがぬぐえません。

Ⓠこの文は、「かけていくキツネの子をかくすように、風がひめじおんはるじおんを大きくゆらした。」でいいでしょう。

Ⓞ「学校の先生から『お休みですか？』って電話がきたのよ。なにやってるの？　山に入っちゃいけないでしょう！」

「ご、ごめんなさい」

ぼくはあわてて、ひきかえした。

Ⓟ花の根元で、キツネの子が、エッと小さく叫ぶのが見えた。

「先生も心配してさがしてくれてるわ。何か学校でいやなことでもあったの？」

ぼくは首をふった。もうもどらなきゃ。

かあさんに背中をおされて、歩きはじめた。もう一度川向こうを見ると、キツネの子はさびしそうにぼくを見ていた。

「そうだ、先に先生に電話しなきゃ」

かあさんはスマホを取りだし、電話をしはじめた。その間に、ぼくは橋までかけもどり、キツネの子によびかけた。

「きみ、明日もくる？　明日なら遊べるよ」

明日からゴールデンウイークだ。

キツネの子は、パッと顔をかがやかせ、「うん！」とうなずくと、くるりと背をむけた。ふっさふさのしっぽが、うれしそうにゆれている。

Ⓠかけていくキツネの子をかくすように風がふき、ひめじおんはるじおんを大きくゆらした。


【総評】

花好きの少年かずきと花好きの子ギツネが出会う、繊細で優しい感性の物語です。「ひめじおんはるじおん」という呪文の響きも心地よいですね。かずきと子ギツネが一緒に叫ぶシーンに、ワクワクしました。そのため、出会うだけではもったいなく、野を駆け回るシーンにつなげられないものかと思いました。導入部分を短くして全体的にも文を多少整理すれば、描き入れることができるのではないでしょうか。

さて、この物語のファンタジーの入り口は、「はるじおん？ひめじおん？」とかずきがつぶやいた時と思われます。いきなりキツネとしゃべれたのは、つぶやいたことばで異世界に入ったからでしょう。そしてお母さんの声で、もとの世界に引き戻されます。ところがファンタジーの世界が閉じた後にも、子ギツネに「エッ」「うん！」などの人間のことばで反応させていますね。動物の鳴き声や動きで反応させないと、異世界との境目が崩れて物語全体もぐらつきます。

キツネはメルヘンやファンタジーによく登場する素材ですが、「花好き」「仲間からの疎外感」など、主人公と共有するものが重なって互いに強く共感し合うという切り口が、しっくりと胸に届く作品でした。

（二〇一九年十二月－二〇二〇年一月号掲載）

【誌上ミニ添削講座⑩】

働きに行こう！

きくち　さちこ
栃木県出身。東京都在住。二〇二〇年四月より『児童文芸』編集委員。二〇一九年度児童ペン新人賞佳作受賞「まほうのクレヨン」。

Ⓐ三月だというのに、空が低い日だった。満開の梅の花も、今日だけは寒そうに見える。その美容室の前に着いて、文奈はそっとマフラーを外した。Ⓑ肩の長さの髪がサラサラと揺れる。Ⓑそして、入口のドアを勢いよく開けた。

「今日は、よろしくお願いします」

中学校では二年生になると、「職場体験」の授業があった。実際に仕事を体験させてもらう実習型の授業だ。Ⓒ文奈は早くから「この美容室に行きたい」と、先生にお願いしたのだ。

店内には、静かに有線ラジオが流れていた。本棚にはデザインの本、海外の雑誌、子供向けの絵本等が、表紙を見せてきれいに並べられている。季節の花が飾られて、まるでモデルルームのような空間だ。

文奈は、Ⓓ小さい頃からこの店が大好きだった。

ドラマの山を作ろう！

光丘真理
みつおか・まり　宮城県出身。『シャイン♪キッズ』（児童文芸創作コンクール優秀賞受賞）でデビュー。新刊『赤毛証明』（くもん出版）。映画とミステリーが大好き。

Ⓐすっきりとした書き出しで、読者を惹きつけよう！春は低気圧がよく通過するので空が低い時が多いし、「梅」も出てくるので、三月と書かなくてよい。『どんよりとした低い空。満開の梅も今日は寒そうに見える。』などと、端的に。

Ⓑ改行して、「その」「そして」不要。「入り口のドアを」の前に『文奈は、』を加筆。「肩の長さの髪」は、『肩まで伸ばした髪』と分かりやすく。

Ⓒ先生にお願いは不要。『文奈は、この美容院に行きたい！とはじめから決めていた』など。

Ⓓどうしてこの店が気に入っているか？『母の行きつけのこの店が、幼い頃から大好きだった』など、お母さんによくつ

店長の恵美さんは、栗色のショートヘアにナチュラルメイク。白いパンツが更に脚を長く見せていた。動くたびに、大きめのピアスが揺れている。「働く女性のモデルのような人だ」と、文奈は以前から憧れていた。

「文奈ちゃん、今日はよろしくね。早速だけど、床の髪の毛を片付けてくれる？」

「分かりました！」

ホウキを握ると、文奈は上手Ⓔに髪の毛を集め始めた。

（次は、どんな仕事をさせてもらえるのかな）

文奈の口からは、自然と鼻歌がこぼれていた。

実習初日の今日は、お客さんが少なかった。そこに、担任の先生が様子を見に来てくれた。

「こんにちは。文奈さん、Ⓕどうかしら？　様子を見に来たわよ！」

「あら、先生！　いいところに来て下さいました！　シャンプーモデルをお願い出来ませんか？　今、お店が空いているものですから」

お客様向けの言葉がスラスラと並ぶ。恵美さんは文奈にウインクをすると、飛び切りの笑顔を先生に向けた。

「文奈さんに髪を洗ってもらえるなんて、先生、嬉しいわ！」

快諾してくれた先生は、早速、結んでいたゴムを取ると、

いていったから好きになったと分かるように。

Ⓔどんなふうに「上手に」か？　「上手」と書かずに、『ていねいに』など。

Ⓕ実習初日に、いくらモデルでも、いきなり、シャンプーをさせてくれるはずはない。

このくだりの前に、恵美さんが、お客様のシャンプーを手際よくやっていて、それをじっと観察する主人公。最後に、タオルを巻くのを手伝わせてもらうとか、伏線が欲しい。また、恵美さんの仕事ぶりに、ますます憧れる文奈の気持ちも盛り込んでほしい。

恵美さんから、シャンプーモデルを頼むのではなく、先生から『わたしが、モデルになろうかしら？　文奈さんに洗ってもらいたいわあ』とか言われたほうが自然。

また、「先生」は、一人の生徒の職場訪問にこれだけ時間を割けないかもしれないので、よく知っている「近所のおばさん」にしてもいい。

Ⓖ頭を振りながら椅子に座った。

Ⓗ緊張している文奈が、洗髪台に立つ。

「お湯加減は、どうですか？」

先生の髪の色が、どんどんと濃くなっていく。まず湯で汚れを流し落とす。次にシャンプー液を泡立てて髪になじませる。頭皮を洗うのに耳の後ろに指を運んだ。すると、先生が短く声を上げた。

「いっ！」

「あ、ごめんなさい」

「大丈夫、ちょっと力が強かっただけよ」

Ⓘつい手に力が入ってしまった。失敗したと思うと、更に力が入ってしまう。

(落ち着いて、落ち着いて！)

文奈は自分に言い聞かせた。先生の体は、少し固まっているようにも感じられる。

「流します」

今度は泡をきれいに洗い流す。それだけのことだけれど、耳の際を流すのはとても難しい。ついシャワーの勢いが強くなって、先生の耳全体にお湯が掛かってしまった。

「スミマセン！　タオルで拭きます」

Ⓙ気付いたら、洗髪台の周りは水が飛んで、ビチョビチョになっていた。


Ⓖ「頭を振りながら」が分かりにくい。『自分から頭を振って、髪をほぐしながら』という意味？

『シャンプー台の椅子に座った』と、読者がすぐ分かるように、『シャンプー台』を補う。

Ⓗ恵美さんがまず、お湯加減みたり、髪をぬらしたりして、そのあと恵美さんのアドバイスの下、文奈が緊張しながら見様見真似でやってみてほしい。

Ⓘ失敗したら、また、恵美さんが丁寧にやり直してくれるシーンも入れる。

恵美さんのプロの手さばきにますます感心してもいい。そうすることで、最後に「恵美さんのような美容師になりたい！」という気持ちの伏線になる。

Ⓙ最後のタオル巻きだけは、とてもうまくいくシーンを入れ込むと、Ⓛの伏線にもなる。

「お疲れ様でした」

どっぷり疲れているのは文奈の方だった。先生の頭にタオルを巻き、椅子を戻して、先生の肩をそっとたたく。

（シャンプーがこんなに難しいなんて……）

颯爽と働く、自分を想像していたのに。

（働くって、大変なことなんだ）

店を出た時には、辺りはすっかり夕暮れ時の空になっていた。暗くなり始めた空に、自分の心も見透かされているような気がして、文奈は思わず深く溜息を付いた。


実習二日目とⓀなった。

「文奈ちゃん？　仕事はどう？　面白い？」

恵美さんが心配そうに聞いてきた。

「それが、自信がなくなっちゃって……」

「あら、最初はみんなそうよ」

「そうなのかな」

「仕事は、出来ることから始めればいいのよ」

「出来ること？」

「そう。カットは出来ないけれど、切った髪の毛はきれいに片付けられたし。シャンプーは難しいけれど、Ⓛタオルを頭に巻くのもきれいに出来たわ。それも必要な仕事のひとつよ」

（出来ることから、始める）


Ⓚ不要。


Ⓜここから、さらにドラマを盛り上げたい。

またシャンプーのくだりではなく、まったく別の出来事、事件を創る。

例えば、お客様とのトラブル。文奈が出したお茶をお客様のひざにこぼしてしまう、とか、恵美さんに持ってきてと言

「分かりました！」

そう言うと文奈は、すぐそばにあった山積みのタオルを、一枚一枚丁寧にたたみ始めた。


Ⓜ午後になって、恵美さんがこう切り出した。

「ね、もう一回シャンプーをしてみない？　もうすぐ私の妹が来ることになっているの」

「は、はいっ。やらせて下さい！」

文奈は、戸惑いながら笑顔で答えていた。

「こちらの台へどうぞ」

来店した妹さんを笑顔で迎えると、洗髪台へと案内した。

「椅子を倒します」

自分でも驚くほど、滑らかに話している。

（優しく、優しく、優しく）

髪を湯で流しシャンプーを付けると、頭の形をなぞるように優しく頭皮を洗っていった。

「とっても気持ちがいいわ」

妹さんが絶妙なタイミングで答えてくれた。

（良かった！　嬉しい！）

安堵感と喜びに満ちた感情が湧いてくる。

「流します」

耳を手で覆い、そっと湯で流していく。


われた用具を間違えるとか……、次々に失敗して、てんやわんや。

それでも、恵美さんの機転と対応で、なんとかクリアしていくなど、『見るとやるとは大違い。美容師という仕事は、本当に大変なんだ』と文奈が実感できるような、具体的なエピソードを盛り込みながら、ストーリーの山を作っていきましょう。

Ⓝいよいよ、実習最終日。

大変な二日間をくぐりぬけた最後の日です。ここからも大切に書き上げましょう。

例えば、『いよいよ、実習最終日。朝から雨がふっているが、暖かい。』などとこの日を暗示するような天候（エンディングⓆでは、『雨上がり』に）を書いてもいい。

「大活躍の一日」と簡単に済ませないで、失敗の連続のおかげで仕事に大分慣れてきて、最終日はお客様にもほめられたり、恵美さんの役にも立ち、美容師の仕事の楽しさも味わうことを具体的に表現する。

Ⓞ不要。『本当にお疲れさまでした』程度で。

Ⓟ『恵美さんのような、美容師になりたい！』

ストレートのほうが、伝わる。

Ⓠ書き終わりも大事。余韻を残し、読後感爽やかにするためにも、心血注ぎましょう。

「流したりないところは、ないですか？」

最後に髪をきゅっと絞って、タオルで巻いて、肩をトントントン。

「ありがとう。気持ちが良かったわ」

妹さんからのお礼の言葉で、強張っていた文奈の体から、スッと力が抜けていった。

「お疲れ様でした」

文奈は涙が出そうに嬉しかったのを必死でこらえて、飛び切りの笑顔をお客様に向けた。

Ⓝ実習最終日となった。今日は終了時間も一時間長くなる。午後からはお店も忙しくなって、恵美さんは座る暇もない。文奈も、掃き掃除に大活躍の一日となった。

「本当に、お世話になりました」

「Ⓞやだわ、文奈ちゃん！　二度と会えないような挨拶。またいつでも来てね。待っているから。いつか私の髪もカットしてね」

仕事をする恵美さんの笑顔が一段と輝いて見えた。Ⓟ彼女を目標にしたい。文奈は改めてそう思っていた。

Ⓠ温かな風が頬を優しくなでる。学校に戻る文奈の足は、自然と小走りになっていた。

『雨が上がって、空が透きとおってきた。文奈は、思い切り深呼吸をした。……』など、天気と文奈の気持ちを呼応してもいいし、学校へ帰る道が、三日前と同じはずなのに違って見えるなど、心の成長を暗示してもいい。

【総評】

破綻がなく、読みやすい文章。基本ができています。あとは、「ストーリーをいかに盛り上げるか」という点を心がけてください。

中学生の職場体験は、社会人への扉を開ける第一歩のようで、とても貴重な出来事ですね。そこにスポットを当てたことは、おもしろいと思います。

ただ、今のままでは、ルポのようで、子どもと大人の中間にいる中学生という主人公の、微妙で繊細な心理があまり伝わってきません。中学生らしい表現も必要になってきます。

子どものころからずっと憧れていた「恵美さん」という存在。だから、その人のように、自分も美容師になりたいな、と思ってこの店を選んだ。けれども、その仕事は簡単ではなかった。恵美さんに助けられながら、必死で頑張る文奈。読者がそんな主人公の心に寄り添い、エールをおくれるような三日間のドラマを展開してください。

文奈、がんばれ！

（二〇一九年十二月〜二〇二〇年一月号掲載）

童謡二作

作・北川 風

きたがわ・かぜ　主に少年詩、現代詩を書いていますが、童謡詩も書いています。先に色鉛筆などでイラストを描いて、詩を書くこともあります。

そよ風《かぜ》とむら雲《くも》

風が　そよ吹《ふ》く
どこからともなく
ながれて
ながれて
ながれて
気《き》の向《む》くままに

空《そら》を　眺《なが》める
むら雲は　ゆっくりと
ながれて
ながれて
ながれて
あるがままに

自分の中のみんなで書く

添削者・織江りょう

おりえ・りょう　童謡詩人。第四童謡集『とりになった ひ』（てらいんく）で第四十九回日本童謡集、第五回児童ペン賞・詩集賞受賞。二〇二〇年、幼児童謡曲集『たんじょうび』出版。

《そよ風とむら雲》は、風と雲をテーマにした一連六行からなる二連詩です。一連目は風、二連目は雲の情景が描かれています。風の気ままさを「気の向くままに」、雲のゆったりさを「あるがままに」という表現で対比しています。詩型は整っていて童謡詩として読むことができます。作品としてとてもよくまとまっています。

作者の発見は、一連は「風が　そよ吹く／どこからともなく／気の向くままに」、二連は「空を　眺める／むら雲は　ゆっくりと／あるがままに」となるでしょう。

純粋に風と雲を対比するのなら、二連目の「空を　眺める」という私の視点となる言葉はないほうがいい。「風が　そよ吹く」に対比して「雲が　ながれる」としたほうがすっきり

風船《ふうせん》といっしょ

そっと　手紙《てがみ》を結《むす》んだ
風船が　ふわり
空へ　空へ

風といっしょに
旅《たび》をして
どこまで行《い》くの？
ふわり　ふわりと
赤《あか》い風船

風といっしょに
友《とも》だち
友だち探《さが》して
友だち
友だち探して

します。そうすると、「どこからともなく」に対比して「あお空のなかを」や「おお空のなかを」などの場所を特定する言葉が自然と浮かんできます。

詩と違って童謡では、事物を私の視点ではなく、私の中にあるみんなの視点で捉えることが大切です。それは、個人と世界の関係をみんなと世界の関係に広げることです。

詩のなかで繰り返される「ながれて」という言葉は、リズムを整える意味で詩の世界の本質とはそれほど関係がなく、むしろ、目に見えない風と、目に見える雲というスピード感の違う二つの動きを同じ言葉で表現することの違和感を逆に感じてしまいます。また、「そよ吹く」「気の向くままに」「あるがままに」など、より分かりやすい言葉がないか考えてみるとさらにいい作品になると思います。

《風船といっしょ》は詩型からすると、連の区別がなく童謡というより少年詩といったほうがいいかもしれません。

そこで、これを童謡詩にすることを考えてみましょう。一連を何行にするかは自由ですが、仮に前半を活かして六行にしてみましょう。

手紙　むすんだ
風船　ふわり
空へ　空へ
風といっしょに
旅をして
どこまで行くの？

手紙　むすんだ
風船　ふわり
空へ　空へ
私といっしょに
旅をして
友だちさがしに！

旅をするのは、風船に結んだ手紙に込めた私の願い。一連目で「どこまで行くの」と問題を提起して、二連目で「友だちさがしに」とその問題に答えてあげるといいでしょう。

また、風船と手紙を擬人化して手紙を運んでいるときの風船のワクワクするうれしい気持ちを表現したり「どんな人に届くのだろう」という手紙のドキドキ感や不安、風船と手紙のスリリングな旅、会話などテーマにしたら、たのしい作品がたくさんできると思います。そうすることでまったく違う発見ができるでしょう。童謡というメディアを使って自分の中にあるたくさんの「書きたい」を自由に奇想天外に「自分の中にいるみんな」といっしょに見つけてほしいと思います。

私は、「もの」にはこころがあると思っています。小学校からよく「詩の授業をお願いします」という依頼があって、伺う機会がよくあります。学校では、詩が何かとてもむずかしいもののように思われているようですので、「詩」という言葉は使わず、「ものの見方について」のお話をします。「ものってなんだろう」と子どもたちに聞くと、あれもこれもたくさん出てきます。ということで、「私たちは、たくさんのものに囲まれて生きている」ということが分かります。

次に、「ものごころ」についてのお話をします。本来の意味とは違うのですが、「どんなものにも、こころがある」という話をします。当然、初めはとまどっていますが、目の前の鉛筆やふで箱や黒板や机等、それらのものが「いまなにを思っているか」を自由に言葉にしてもらうと、だんだん言葉があふれて、子どもたちの顔が生き生きしてくるのが分かります。思うことの大切さとそれを言葉にすることの大切さを感じてもらいたかったからです。

授業が終わって、後日手紙がくるのですが、いろんな感想がある中で二、三ご紹介しますと「今日聞いた話は、大人になるまで忘れたくありませんでした」とか、「わたしは、放課後サッカーをしました。ものにはこころがあると聞いて、強くボールをけることができませんでした」とありました。なんとやさしい気持ちでしょう。子どもたちとの授業を通じて感じたことは、「詩」を書くということは難しいことではなく、とても身近なものであり、すべてのものが「詩」の対象でありうるということでした。後日、先生からも子どもたちがうれしそうに詩を書いているとの報告をいただきます。

私が書いているのは、童謡詩とよばれるものです。そこで、童謡詩について基本的なことを確認したいと思います。

詩と呼ばれる韻文には様々なフォルムがあり、大まかに分けて、定型詩と自由詩の二つの詩型がよく知られています。

（1）定型詩。短歌や俳句などに代表される詩型

（2）自由詩。児童詩・少年詩・一般詩など

では、童謡はどうでしょう。童謡は（1）と（2）の中間の定型自由詩と位置づけることができます。

（3）定型自由詩。童謡詩

童謡は、その成り立ちから唱歌を対抗軸に置いていたため、詩でありながら歌われることを意識していました。連を繰り返すことで歌いやすく、全体を一つのまとまりある世界にまとめました。各連のパターンを繰り返すという意味で、童謡は定形詩ですが、連の長さを自分で決めることができるという意味で自由詩でもあるのです。

詩を書こうとする人は、きっと何かを書きたいという熱い思いがあるのでしょう。もし、その思いがなければ書く必要はないでしょう。それを表現するのに、様々な手法があり、どの詩型を選ぶかは書き手の好みにもよりますが、童謡もその中のジャンルの一つなのです。

童謡詩人のまど・みちおは「詩は自分の中の自分で書くが、童謡は自分の中のみんなで書く」といいました。また、矢崎節夫は、かつて『児童文芸』誌上で「発見のない作品は、作品ではありません。大いに、心をやわらかく、広く、そして素直にして、あらゆるものに感動し、発見し、それを書いてみようではありませんか。詩としても存在できる童謡が生まれることを、心から願っています」と書いています。

童謡が誕生して二世紀に入りました。新しい童謡を子どもたちの未来のために、ともに研鑽しつつ手渡そうではありませんか。

（二〇二〇年十二月－二〇二一年一月号掲載）

【誌上ミニ添削講座⑫】少年詩編

少年詩二作

作・はやしゆみ
兵庫県尼崎市出身、『わたしはきっと小鳥』『こころの小鳥』(銀の鈴社)。甲南女子大学日本語日本文学科卒業。

小鳥の時間

私には小鳥の時間がある
小鳥の本を読んだり
小鳥と遊んだり
小鳥にエサをあげたりする
小鳥の気持ちを考えたり
小鳥のほっぺをマッサージしてあげたり
すずめにエサをあげたりする

一篇の詩の重み

添削者・西川夏代
にしかわ・なつよ　著書に『みか子の尾風呂やさん日記』『そよかぜ公園の紙しばいやさん』『野球少年物語』他。ノンフィクションや詩も書く。

この詩を読んだ時、一連の六行目まで書いてある小鳥って、どんな小鳥なんだろうと想像してみましたが、小鳥にも、たくさんの種類がいるのでわかりませんでした。

六行目の「ほっぺをマッサージしてあげたり」で、そのようなことをしてあげられる鳥って、自宅で飼っている鳥に違いないと考えました。

ところが、最終行で、いきなり「すずめ」が出てきました。あれあれ、六行目まで出てきた小鳥は、まさか「すずめ」のことではないはずだと、首をかしげました。

一連目の半分からあとは、詩そのものが、とても良くなってきて、きれいにまとまっています。

初めてこの詩を読んだ人にも、すんなりと心に入っていく

その時間　私は小鳥になる
そして空を見上げては
小鳥になったつもりで
しばし羽をのばす

その間はつらいことや悲しいことを
忘れる

私の小鳥の時間

ように書いてみましょう。

例えば一行目、「私には」の次は、一マスあけて書いてみてください。ぎっしりと詰めこんで書くよりも、ひと呼吸入れて読みやすく、わかりやすくすることも大事なことです。

また三連目の最後、「忘れる」の前に「すべて」をつけ、「すべて忘れる」にした方が、リズム感も良く、詩がきれいにまとまります。

小鳥への想い。小鳥と触れ合う日常が、自分にとってどんなに大切な時間であるか。ちょっとした心配りで、伝わりやすくなるものです。

実は、はやしゆみさんは、すでに二冊の詩集を出していらっしゃいます。私もその二冊を読ませてもらいました。

第一詩集『わたしはきっと小鳥』の中では、小学生の頃から小鳥が好きで、両親に飼ってもらっていたのが「セキセイインコ」で、大人になってからも、「インコ」を飼っていたと書いています。

二冊目に出した本の中でも、「十姉妹」の事や、「すずめ」のことを書いています。

はやしさんの詩集を読んでいない人たちにも、わかりやす

言葉

「応《こた》える」と「答《こた》える」のちがい
私の中では「応《こた》える」は
心がこもっている感じがする
言葉なので　いつもよく
こちらを使うことが多い

国語の辞書ではわからない
言葉の持つ意味やとらえかたのちがい

好きな言葉は　やはり学校や
事務的な感じのする「答え」ではない
「心」が入っている
「応《こた》える」の言葉をえらぶ

く書いてほしいと思いました。

　誰が目にするかわからない、たった一篇の詩。それがとても大事なのです。一篇の詩の重み、一篇の詩で人生が変わることもあるのです。


　次の「言葉」と言う詩は、少年詩としては、少し難しい気がしました。早く言えば、「A」と「B」とどちらが好きかと問われれば、わたしは、こちらの字を使った方が、心がこもっている気がするから、こちらを使うようにしていますと、言っています。発想としては面白いですし、たしかに、そういう捉え方もありますね。

　でも、ここの二つの言葉は、全く意味が違います。私が大事に持っている国語事典でも「答える」の方は、「答えあわせをするとか、問題を解く」と書いてあります。

「応える」の方は、「期待に応じる。寒さに応じる。強く感じる」等の、例を出して説明をしています。

「少年詩」として読むなら、二つの意味の違いを題材にするより、その詩にふさわしい字の選び方をした詩を読んでみたいですし、ぜひ書いてほしいと思いました。

　はやしさんの詩集の中でも「応える」と入れた詩がありま

したが、その詩を読んだ限りでは、違和感はありませんでした。とは言え、それはその詩集を手にした人にしかわからないことなのです。

この添削は、あくまでも詩集の添削ではなく、一篇一篇の詩を読んだ時の感想の上に立っての添削です。

はやしゆみさんの二篇の詩を見させていただきましたが、推敲、推敲、また推敲、この基本姿勢を学んでいただけたらと思っています。それは、何十年も詩を書いてきた誰もが心がけてきた大切なことです。

すでにお亡くなりになっている国際アンデルセン賞を受賞なさったまど・みちお先生でも、病床で親しくされていた編集者に、

「今度、本を出す時は、あそこを直して」

と伝えたとも……。

「あの本を直してと言われた部分は、もう歌にもなっているので無理なんだよね」

と、苦笑していたという話があります。

その編集者も、まど先生のあとを追うようにお亡くなりになりました。

ずっと以前のことになりますが、『児童文芸』で「書斎探訪」というシリーズがありまして、私は、何人かの諸先生をお訪ねし、お話しを聞かせていただき記事に掲載したことがあります。

この時私は、詩人の江間章子さんと対談した中で、

「これから詩を書こうとしている、若い人たちのために、アドバイスをお願いします」

と言ったことがあります。

大切なことを、まとめて書きますと、

「作品を読んでいいなあっと思うのは、人のあたたか味です。何が人の心を打つかというと、単純ですけど、作者のものを見るあたたか味。それがとても大切だと思います」

というコメントをいただき、そのまま書きました。

一篇の詩で心を揺さぶられたり、生きがいを感じたり、人の生き方まで変わることもあります。

私自身、一篇の詩の重み、一篇の詩の大切さを、心から思うこの頃です。

（二〇二〇年十二月―二〇二一年一月号掲載）

役立つ情報満載！

新鋭協会会員の最近の活躍

松井ラフ
創作コンクールつばさ賞幼年部門優秀賞受賞。
『白い自転車、おいかけて』『なかよしおまもり、きいた？』『となりはリュウくん』(PHP 研究所)。2019 年『児童文芸』連載創作「ココロノコリはオムライス」を執筆。
2020 年に青少年読書感想文全国コンクール課題図書『青いあいつがやってきた⁉』(文研出版)

いどきえり
そよ風コンクール優秀賞受賞から、ノンフィクション講座受講後デビュー。
『フン虫に夢中』
(くもん出版)

おのみつこ
刊行委員会の企画「800 字童話募集！」に応募してデビュー。
『なかよしメイト 9 月号』メイト
「きんぎんおつきみ」

七々美
『児童文芸』の創作童話を執筆しながらデビュー。
『みんなともだち 10 月号』
チャイルドブック
「かなえのたからばこ」

小野みふ
投稿コーナー「童話の小箱」の常連。
徳島県「子ども向け気候変動対策絵本ストーリー」入賞、絵本化中
(非売品 県HPよりダウンロード)

『児童文芸』のご購入は
一般社団法人
日本児童文芸家協会
HP より
http://www.jidoubungei.jp
ネット書店、全国の書店でもご購入、ご注文いただけます。

児童文学塾

～作家になるための魔法はあるのか？～

日本児童文芸家協会編

2021年1月20日発行
定価　本体1500円（＋税）
ISBN978-4904387-31-3

―発行人―
山本省三

―編集チームリーダー―
高橋うらら

―編集委員―
石川千穂子　いどきえり　宇佐美敬子　きくちさちこ
北川チハル　楠木しげお　馬渕定芳　和山みゆ

―表紙・カバーデザイン―
石川早希　落合健人（sunrise garden）

―編集協力―
あるまじろ書房

―編集・発行所―
一般社団法人　日本児童文芸家協会
〒102-0072　東京都千代田区飯田橋2-16-3-202
電話　03-3262-6026　FAX　03-3262-8739
ホームページURL　http://www.jidoubungei.jp/

―発売―
あるまじろ書房株式会社
〒942-1354　新潟県十日町市福島1560
電話　025-594-7210　FAX　025-333-0662
ホームページURL　http://www.arumajiro.co
E-mail　photoaruma@gmail.com

―印刷所―
中央精版印刷株式会社

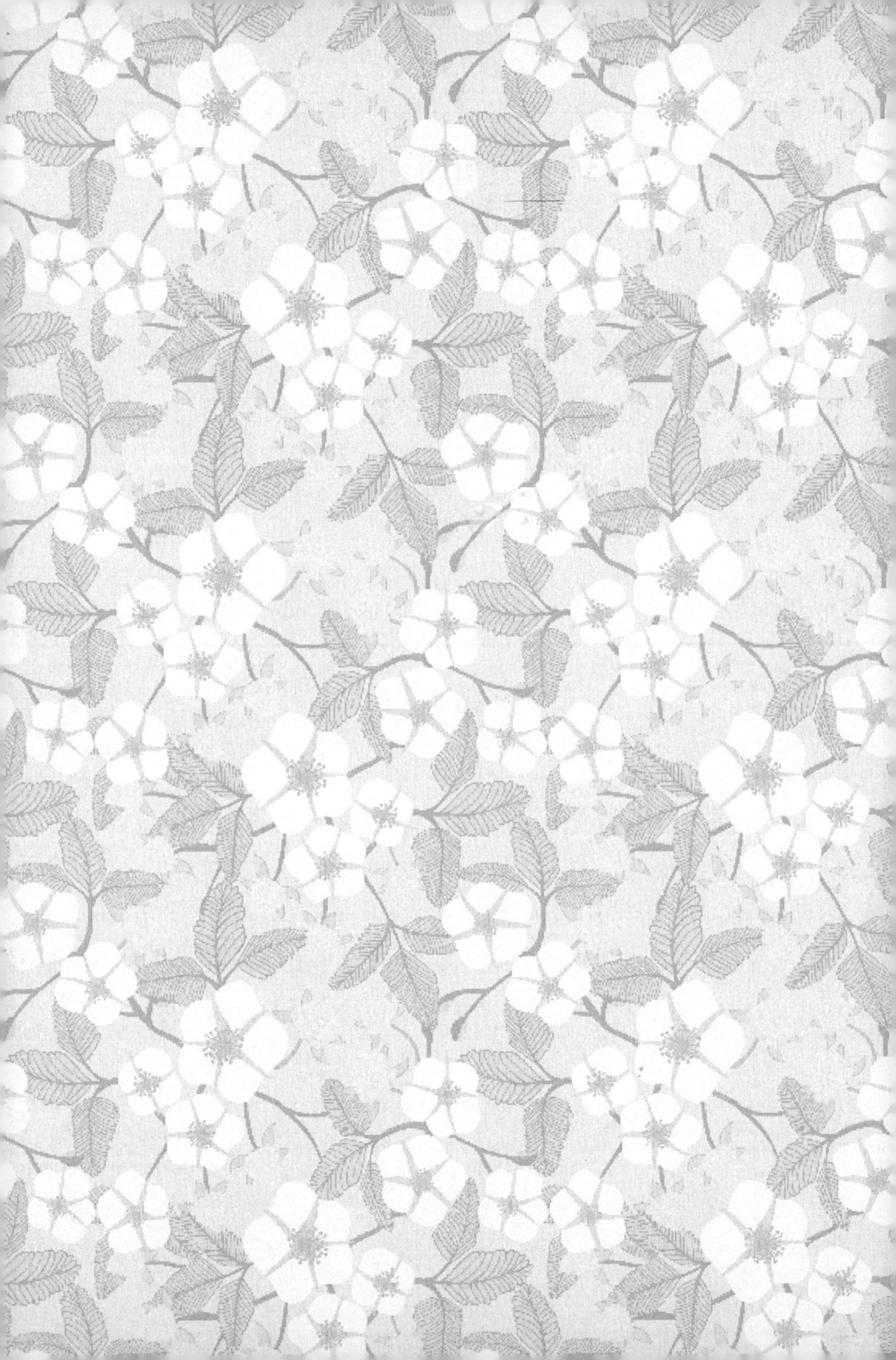